ラテン詩への誘い
Carmine tu gaudeas

國原吉之助 編著

東京 大学書林 発行

D. M.

Chiakii Matzudairae
vilia tura damus

はしがき

　ラテン詩を学ぶ若き友へ

　本書は，古典ラテン語の詩，つまり古代ローマの，紀元前200年頃から後200年頃までの，詩歌を対象とし，3世紀以後のキリスト教詩や中世ラテン詩は取扱っていません．詩選集は前篇で，比較的やさしくて短い詩を，後篇ではローマを代表する抒情詩人と叙事詩人の比較的長い詩を選びました．たとえて申しますと，前篇は信州の安曇野に立って，わさび田や果樹園を眺めるようであり，後篇は囲りに高く聳える北アルプスの山々を展望するようなものでしょうか．

　どのような詩でも一語一語丹念に調べ，名詞は格とその用法を前後の語との関係や文脈から推察し，動詞は時称，人称，法を確認しながら，一行ずつ文意をつかみ，わからぬときは，次行へ移り，あるいは再び元の行へ戻り，こうして自分の力で理解しようと努めて下さい．どうしてもわからぬときは［註］を見て，巻末の「大意」（散文訳）は，自分の訳ができ上がったときに比較して下さい．

　最初から案内人（現代語訳）にたよっていると，自分の力で山頂を極めることはできません．山道を迷い苦しみ，詩の意味ばかりでなく，音調の美しさ，詩人の意図までもわかってくると，そのうちに古典詩の醍醐味が堪能できることでしょう．

　それも当然です．たとえばローマで最高の抒情詩人 Horatius は，詩の原稿を7年間も筐底に秘し，公表までに何度も推敲していましたし，最高の叙事詩人 Vergilius は，代表作 'Aeneis' を，10年にわたる彫心鏤骨にも拘わらず，結局未完成として後世に遺したのです．ローマの詩を読むとき，片言隻句も疎かにせず——韻律を調べるためにも——時間をかけて吟味すればするほど，喜びも深くなるはずです．長年ラテン詩と苦楽を共にしている老書生の言葉を信じて，どうか自分の力で古典詩を味読し鑑賞して下さい．

國原吉之助

目　次

はしがき ……………………………………………………………… i

解説　　ラテン詩の韻律と朗誦 ……………………………………… 1
　　　scansion, 音節, アクセント, 詩脚, 詩型
詩選集
　前篇　Ⅰ. Disticha Catonis ……………………………………… 28
　　　　Ⅱ. Epitaphium ………………………………………… 42
　　　　Ⅲ. Epigramma ………………………………………… 51
　後篇　Ⅰ. 抒情詩 ………………………………………………… 76
　　　　　　Catullus ………………………………………………… 76
　　　　　　Horatius ………………………………………………… 97
　　　　　　Tibullus ………………………………………………… 121
　　　　　　Propertius ……………………………………………… 135
　　　　Ⅱ. 叙事詩 ………………………………………………… 161
　　　　　　Lucretius ……………………………………………… 161
　　　　　　Vergilius ……………………………………………… 175
　　　　　　Ovidius ………………………………………………… 194
　　　　　　Lucanus ………………………………………………… 207
大意（散文訳）……………………………………………………… 222

略語表 ………………………………………………………………… 276
索引（人名, 文法項目）…………………………………………… 277
あとがき ……………………………………………………………… 284

解　説

ラテン詩の韻律と朗誦

§1. 詩は知性に訴えると共に，音声のひびきや律動によって感性をも喜ばす．ローマの文芸評論家 Quintilianus[1] はこう言っている．'infinito magis audita quam lecta delectant'「詩は読まれるときよりも聞かれるときの方が，はるかに心地よい」．そしてたとえば英国の詩人 Tennyson[2] は，Vergilius の 'Aeneis' の hexameter についてこう言っている．'wielder of the stateliest measure ever moulded by the lips of man'「Vergilius はかって人間の唇によって練り上げられた韻律のうち，最も格調高い hexameter を創造した詩人である」と．この小さな選集の中にも一読しただけではさほど感じないのに，繰り返し諷誦吟味しているうちに興味を覚えてくる詩も見つけられると思う．

　詩とは元来そういうものである．

[註]
1. *Institutio Oratoria* XI, 3. 4. これは長い原文の要約である．
2. CCLL p. 364 ; T. E. Page, The Aeneid of Virgil, Books I-VI, XL

§2. 詩は先ず韻律を調べることから始まる．この **scansion** のために必要な，あるいは前提となる基礎知識を以下に述べる．

§3. **音節(syllable)と音節の区切り方**について．

§3.1　音節は発音上の単位であり，一つの音節は一つの母音，または複母音からなる．この母音または複母音に一つの子音，またはそれ以上の子

音がついても一音節とみなされる．
　一音節語　o, oh, vae, aut, urbs
　二音節語　foe-dae, a-mo
　三音節語　Ro-ma-ni, re-gi-na
　四音節語　cae-li-co-la

§3.2　複母音は，**ae, oe, au, ei, eu, ui** であるが，この一音節が，ときに区切られて二音節となる場合がある．たとえば，rei (res の gen.) は re-i「物の」と，deus は de-us「神」と区切られる．ui が一音節なのは，hui「おお」, cui「quī の dat.」, huic「hĭc の dat.」のみ．あとは 2 音節である．fu-it「彼はあった」　Kühner-Holzweissig. 48.

§3.3　1 つの子音が 2 つの母音にはさまれるとき，その子音は後の母音と一緒になって一音節を形成する．
　a-mo, pa-ter, e-go, equ*us, lo-qu*or（※ qu は一子音）

§3.4　2 つの子音が一つの母音につづくとき，前の子音は前の母音と，後の子音は後の母音と一緒になって一音節を形成する．
　am-bo, ar-bor, al-ga, ur-na
　cur-ro, mit-to, vel-le, fer-re
　ig-ni, om-ni, as-pe-ra
　nup-ta, op-pe-to, ac-tus

§3.5　しかし次のような 2 子音は，切り離されずに，1 子音とみなされるのが原則である．
（i）**黙音**（p, t, c, b, d, g）または f が，**流音**（l, r）と結合するとき．
　ul-**tr**a, an-**tr**o, tem-**pl**um, li-**br**i, a-**gr**i-co-la, doc-**tr**i-na, A-**fr**i-ca, qua-**dr**a, pu-**bl**i-cus, ca-**pr**a, **cr**e-do, **cl**au-do
（ii）sc, squ, sp, st, ps, gn も一子音とみなされる．同じく 2 重子音も一子音とみなされる．

— 2 —

解　　説

sci-o, sta-tu, a-sper, squa-ma, spon-si-o, spec-trum, sa-xo, e-xe-o, tex-tor, de-pstus, gna-rus, Gnae-us, nu-psi

(iii) ラテン語化されたギリシア語では，sm, sch, sb, sd, sth, も一子音とみなされる．

　　I-sma-rus, Mo-schus, Le-sbus などギリシア語の例はもっと複雑な説明を必要とするので，本書では省略する．詳細は Kühner-Holzweissig. 250.

§3.6　しかしこの§3.5の原則に反した例は，どの時代にも，どの詩人にも見られる．
　(i) pat-ris, luc-rum, trip-li-ci, ab-ri-pi-o (cf. §3.10), ob-ru-o, sub-li-mi
　(ii) fus-ca, as-pe-ra, ha-rus-pex

§3.7　一つの母音に3つの子音がつづくとき，2つの子音は前の母音に，残りの一つの子音は，後の母音につくのが原則である．ただし3子音のうち§3.5の2子音が含まれている場合はこの原則と違ってくる．
　　sanc-tus, emp-tor,　cf. urbs, arx, in-sci-a, con-sti-tis-se

§3.8　ただし次の3子音は切り離されないことに注意．scr, spr, str
　　scri-bo, ca-stra, ro-strum, spre-tus, ma-gi-stri, strin-go, mon-stra-re

§3.9　一母音に子音が4つつづく場合は稀であり，それも§§3.5, 3.8の切り離せない2子音や3子音が含まれていて，区切るのはやさしい．
　　de-mon-stro, tran-strum, mul-ctrum

§3.10　合成語の場合，前綴り，基語，接尾語，enclitic（§4.4）で切り離すのが原則である．
　　ab-sto, ab-le-go, ab-ri-pi-o, a-scen-do, res-pu-bli-ca, ex-eo, red-eo, ob-ru-o, quis-que, us-quam, i-den-ti-dem, lu-mi-na-que

§4. アクセント (accentuation)

　古典期のラテン語のアクセントは，ギリシア語と同様 musical pitch accent であったと考えられている．しかしそれ以前は，そしてそれ以後も stress accent であっただろうと言われている．
　ラテン語のアクセントについて，私は次のようなラテン語学者の説を紹介するのが精一杯で，自説を自信を持って述べる力も資格もないことを告白しておく．
　Leumann[①] (180) は 'Betonung の問題は umstrittensten である' と．そしてフランスの碩学 J. Marouzeau[②] も 'ces deux (=l' accent et la quantité) questions essentielles doivent être réservées' (27)「この2つ（アクセントと音量）の本質的な問題は保留とせざるを得ない」と言っている．しかし最近イギリスのラテン語学者 W. S. Allen[③] はこう述べている．
　「ラテン語の prehistoric stress accent が，古典期に pitch accent にとってかわられ，これがまた間もなく再び stress accent にとってかわられたというようなことは，ありそうにないことだと思われる」(84) そして Allen は，従来よく主張されてきたような，ラテン語とギリシア語の accent の同一視を否定し (85)，ラテン語の accent はギリシア語と違って stress accent であったと考えている (86)．
　Allen の説は言語学的に正しいのかも知れないが，今ここで私には積極的に肯定したり否定する力も余裕もない．ともかく今は，たとえば Kühner-Holzweissig[④] (237) に従って，ラテン語とギリシア語の accent は同じ pitch であったと考えたい．というのは古典期の詩人はギリシアの詩を手本とし，韻律法も全くギリシアの詩に従っていると考えられるからである[⑤]．そのことは古代のラテン語学者・文法学者いわゆる Grammatici Latini も述べていることである．従って今日，我々がラテン詩を scan し朗誦するのに Allen の学説にこだわることもないと私は考えている，内心釈然としないのであるが．

解　説

1. Lateinische Grammatik, Laut-und Formen-Lehre 1965[5]
2. La prononciation du latin 1955[4]
3. Vox Latina ; The Pronunciation of Classical Latin（Second edition）1978
4. Ausführliche Grammatik der Lateinischen Sprache, I. Elementar-, Formen-und Wortlehre 1994[2]
5. Raven. Latin Metre, 17 'The structure of classical Latin verse is dreived from that of Greek verse'
   Halporn, Ostwald, Rosenmeyer, The Meters of Greek and Latin Poetry. 59 'all meters of classical Latin poetry are based on Greek prototypes'

§4.1　単音節語では，母音の長短にかかわらず，そこにアクセントはおちる．
　vír 男　vís 力　ŏs 口　ŏs 骨　aés 銅（´アクセント記号．ˉ˘長母音，短母音の記号）

§4.2　2音節語では母音の長短にかかわらず，第一音節の上にアクセントはおちる．
　ré-gō　私は支配する
　rḗg-num　王位
　cū́-rō　私は注意する
　cúr-sus　走行

§4.3　3音節以上の語においては，**終わりから2番目の音節**（penult）の母音が長いとき，そこにアクセントはおちる．もしpenultの母音が短いか又は長短共通であるとき，アクセントは**終わりから3番目の音節**（antepenult）におちる．
　man-dā́-re　引きわたすこと
　mán-de-re　かむこと
　ín-tĕ-grum（n. acc）完全なものを

—5—

cir-cúm-dă-re　取り巻くこと
re-gí-mi-nī　あなた方は支配される
su-pér-sti-tēs　上に立つ人たち

§4.4　-que, -ve, -ne, -ce など **enclitic** のついた語では，この enclitic のすぐ前の音節にアクセントはおちる．
　　ví-rum → vi-rúm-que　その人を
　　flū-mi-ná-ve　あるいは川は
　　lu-mi-ná-que　光と
　　vi-dḗs-ne?　お前はわかったか

§4.5　facere, do の合成語では
　　sa-tis-fá-cis　あなたは満足させる
　　ca-le-fá-cit　彼は暖める
　　ve-num-dó　私は売る
　　sa-tis-dát　彼は保証する

§5.　音節の音量（**Quantity**）

§5.1　一音節を発音するときに要する時間（mora, tempus）は，**長母音**や**複母音**を含む音節では**長く**（－），**短母音**を含む音節では**短い**（⏑）．かりに音楽上の単位を用いると**短母音節**は一拍（8分音符），**長母音（複母音）節**は二拍（4分音符）ということになろうか．
　　a-mī-cus（⏑－⏑）友．lau-dō（－－）ほめる

　quantity に関しても Allen の説を紹介せざるを得ないのである．
　「いくつかの current standard works においてすら，音節の quantity と母音の長短との間の混乱が非常に多く見られる」(91)「短母音が位置によって長くなるといった nonsensical doctrine (cf. Cooper. 15[*]) が，ルネサンスから今日までずっと主張されつづけている」(92)「事実は，母音

— 6 —

解　説

は長いか短いかであり，そして音節は heavy か light かである．長母音は常に heavy syllable を必然的に伴う．しかし heavy syllable は 1 つの長母音か，一つの短母音を含むのである．どんな短母音でもそれ自体が長くなるということなどあり得ないのである」(92)　Allen は音節の Quantity について，母音の**長短**と区別するため，**heavy, light** を用いている．たとえば「一音節が，長母音を含むとき，その音節は automatically heavy である」と．本書では以下で音節の音量に限り，長短と重軽を併用する．a-mī-cus 短(軽)-長(重)-短(軽)

※ 'The statement, still sometimes made, that "in Latin a vowel is long by position when it comes before two or more consonants" is utterly and completely false.'

本書は初学者を対象としているため，「選詩集」は少数の例外を除き，古典期の詩に限られている．Plautus, Terentius など古喜劇の韻律については言及していない．そしてラテン語化したギリシア語やギリシアの人物や地名の固有名詞の音量についても言及していない．これらについては各自必要に応じて下記の参考書を見られたい．

1. Beare, W., Latin Verse and European Song, A Study in Accent and Rhythm 1975
2. Cooper, C. G. : An Introduction to the Latin Hexameter 1964^2
3. Gildersleeve-Lodge : Latin Grammar, Prosody, 445 ff　1953^2
4. Halporn, Ostwald, Rosenmeyer : The Meters of Greek and Latin Poetry 1963
5. Hammond. M. : Latin : A Historical and Linguistic Handbook, XIII Versification 1976
6. Kennedy, B. H., Latin Grammar, Latin Prosody, 511ff　1900^6
7. Kühner-Holzweissig, op.cit., von den Silben 223ff
8. Lindsay, W. H., Early Latin Verse 1922
9. Nougaret, L., Traité de métrique latine classique 1948

10. Platnauer, M., Latin Elegiac Verse 1951
11. Raven, D. S., Latin Metre : An Introduction 1965

§5.2
(a) **短母音**を含む，あるいは**短母音**で終わる音節の音量は，**本質的に** (naturā, φύσει) 短(軽)い
  ta-bu-la （⌣⌣⌣）書板
  lo-cus （⌣⌣）場所
  co-quus※ （⌣⌣）料理人
    ※ qu (kw) は一子音 §3.3
(b) たとい長母音であってもこの長母音が，母音または複母音の前に位置するとき，この長母音または複母音を含む音節の音量は **位置によって** (positu, または positione, θέσει) 短(軽)となる
  prī-mus （—⌣）最初の → pri-or （⌣⌣）より早い
  flē-tus （—⌣）悲嘆 → fle-ō （⌣—）泣く
  mo-nē-re （⌣—⌣）忠告すること → mo-ne-ō （⌣⌣—）私は忠告する
  crē-scō （——）生まれる → cre-ō （⌣—）生む
  e-ō （⌣—）行く (cf. §5.11), de-us （⌣⌣）神, vi-a （⌣⌣）道, pu-er （⌣⌣）少年, tu-us （⌣⌣）あなたの, me-ae （⌣—）私の, tra-h※o （⌣—）引く, ni-hil （⌣⌣）無, prae （—）→ prae-it （⌣⌣）先に立つ, dē → dě-hor-tor （⌣——）諫止する, prō → prŏ-hi-be-o （⌣⌣⌣—）禁止する
    ※ h は無視される．cf. Kühner-Holzweissig §5
  (例外)
  fī-ō （——）なる cf. fĭ-e-rī （⌣⌣—）なること, di-ē-ī （⌣——）dies 日の gen.
  cf. fi-dě-ī （⌣⌣—）fidēs 信頼の gen. il-li-us （—⌥⌣）かの人の

§5.3
長(重)音節にも2種類ある．(a) 長母音または複母音あるいは複母音の短縮形を含む，あるいはそれで終わる音節の音量は，**本質的に長**

(重) い．(b) しかし**短母音**であっても，それが2つ以上の子音の前にくるとき，この短母音を含む音節は**位置によって長(重)**くなる．
  (a) ō（－）おお，vae（－）ああ，lē-gēs（－－）あなたは読む，cae-dēs（－－）殺人，con-clū (clau) -dō（－－－）なくす
  (b) per（⏑）によって → per-dō（－－）失う，ad（⏑）に向かって → ad-pel-lo（－－－）訴える，ars（－）技，mons（－）山，dens（－）歯，col-lum（－⏑）首，ca-stra（－－）陣営，sa-x¹um（－⏑）石，しかし sto-ma-ch²us（⏑⏑⏑）胃
  1. x は2重子音，2. h は無視 5.2 (b) 註

§5.4 （これは§5.3 (b) の註である）

詩行においては，前の一語が子音で終わり，次の語が子音で始まっている場合，この語の音節の音量も**位置によって長(重)くなる**
  per ma-re（－⏑⏑）海路で
  in ter-ris（－－－）大地で
  sed ta-men（－⏑⏑）しかしそれにも拘わらず
  ut bel-lī sig-num（－－－－－）戦闘の合図が…ときに

§5.5 （§5.3 (b) の註）

しかし，短母音が次の如き2子音の前にくるとき，この音節の音量は**長短(重軽)共通**，あるいは**長短(重軽)不定**(anceps)の**音節(syllaba anceps)**といわれる．その2子音とは，**黙音**（p. b. f. t. d. c. g.）+**流音**（l. r）(cf. §3.5) で，とくに **cr. cl. pr. pl. br. fr. tr. dr.** である．
  te-ne-brae（⏑⏓－）暗闇，nā-vi-fra-gus（－⏓－⏑）難破した，a-grī（⏓－）畑 (pl.)，ca-prī（⏓－）牡ヤギ (pl.)，ar-bi-tror（－⏓⏑）決定する，ob-ru-ō（⏓⏑－）埋める，sub-lī-mī（⏓－－）高尚な (pl.)

§5.6
黙音と流音の2子音の前で，音節の音量が長短(重軽)両方に scan されている例として次のような典型的な hexameter（§8）の例を2つあげておく．§§3.5, 3.6, 5.5で述べたことは，このような scansion を納得

—9—

するためであった.
(1) et pri | mo simi | lis volu | cri, mox | vera vo | lucris
　　－　－｜－　⌣⌣｜－　⌣⌣｜－　－｜－⌣　⌣｜－　－

(Ovid. Met. 13. 607)

(訳) そして最初は鳥そっくりに, やがて本当の鳥 (に変形した)

この一行で volucris は, -cr- の前の -lu- の音節が, 長短(重軽)両方に scan されている

(2) gnatu(m)⌣an |te⌣ora pa |tris, pat |rem qui⌣ob |truncat⌣a|d ⌣ aras
　　－　　－｜－⌣⌣｜－　－｜－　　－｜－⌣⌣｜－　－
グナータン|トーラパ|トリス パト|レム クゥオプ|トルンカタ| ダーラース

(Verg. Aen. 2. 663)

(訳) 父親の面前で息子を, 祭壇の前で父親を虐殺する所の者

ここでは -tr- の前の pa- の音節が長短(重軽)両方に scan されている

［註］ (m)⌣ については後述 (§10.1.2) を, また発音についても §10.2 参照あれ

§5.7　最後の音節について

A.　2音節, あるいはそれ以上の語において, **最後の音節が a, e で終わる音節の音量は短(軽)い**, そして, **i, o, u で終わる音節の音量は長(重)い**.

§5.8　**a・短(軽)**

ter-ra（－⌣）地, i-ta（⌣⌣）そのように, ca-pi-ta（⌣⌣⌣）頭 (pl.)

(例外)

1. 名Ⅰの abl. sg. ter-rā（－－）
2. 動Ⅰの命 amā（⌣－）
3. 数詞 tri-gin-tā（－－－）
4. 前・副 cir-cā（－－）, pos-te-ā（－⌣－）

－10－

解　　説

§5.9　e・短(軽)
　a-ge（⌣⌣）agō の命
　re-ge-re（⌣⌣⌣）regō の不
　be-ne（⌣⌣）よく
　ma-le（⌣⌣）悪く
　(例外)
　1. 名．V．の abl. sg. diē（⌣－）
　2. 動詞Ⅱの命．monē, docē（⌣－）
　3. 副．rec-tē（－－）正しく

§5.10　i・長(重)
　do-mi-nī（⌣⌣－）主
　vī-gin-tī（－－－）20
　au-dī（－－）聞け（動Ⅳの命）
　(例外)
　1. qua-si（⌣⌣）あたかも…ような
　2. ni-si（⌣⌣）もし…でなければ
　3. 次の i は **anceps**（≍）cf. §§5.6, 5.5
　　　mi-hi（⌣≍）, ti-bi（⌣≍）, si-bi（⌣≍）, i-bi（⌣≍）, u-bi（⌣≍）
　　　u-bi-que（⌣≍⌣）, u-ti-nam（⌣≍⌣）

§5.11　o・長(重)
　bo-nō（⌣－）名．形．Ⅱ. sg. m. n. dat. abl.
　a-mō（⌣－）動．現．Ⅰ. sg., mōneō, a-gō, au-di-ō, no-lō, etc.
　(未来形) a-ma-bō, erō, ībō, etc. 動．1. sg.
　(例外)
　1. **長短(重軽)共通**(anceps)の **o**
　ho-mo（⌣≍）人，le-o（⌣≍）ライオン，vir-go（－≍）処女，
　vo-lo（⌣≍）欲する，e-o（⌣≍）行く，pe-to（⌣≍）求める，
　pu-to（⌣≍）考える，sci-o（⌣≍）知っている，da-bo（⌣≍）与え

るだろう
2. 短(軽)の o
mo-do（⏑⏑）, ci-to（⏑⏑）, im-mo（—⏑）, du-o（⏑⏑）, am-bo（—⏑）

§5.12　u 長(重)
語末の u を含む音節は常に長(重)い
cor-nu（——）角．fru-ctu（——）果物．Ⅳ. 名. abl.
au-di-tu（———）audio の supinum

§5.13　B　子音で終わる多音節語について
その子音は **c. l. m. n. r. s. t** のいずれかであるが，s 以外の子音で終わっている音節の音量はすべて短(軽)いのが原則である
animal（⏑⏑⏑）動物；consul（—⏑）執政官；amem（⏑—）amō の接；amabam（⏑—⏑）amō の未完了；nōmen（—⏑）名前；amor（⏑⏑）愛；calcar（—⏑）拍車；caput（⏑⏑）頭；
amat, amābat（⏑⏑）,（⏑—⏑）amō の 3. sg. 現．未完了
語末の c は稀で，あっても（≍）共通か（—）である．
illic（——）あそこに，illic（—⏑）彼，illūc（——）
（例外）
(ⅰ) at, et, it（—）
　古ラテン語で（つまり Plautus などの喜劇で）manet（⏑—）彼はとどまる，fulget（——）それは輝く，eget（⏑—）それは欠ける，facit（⏑—）彼はする，vidit（⏑—）彼は見る，などの例が見られる．古典期でも aberat（⏑⏑—）彼は去った，erat（⏑—）彼はいた，videt（⏑—）彼は見る，sinit（⏑—）させる，などの例が見られる
(ⅱ) ar, er, or（—）
　loquar（⏑—）話す，opinor（——）思う，moror（⏑—）ためらう，aēr（——）空
［註］dep. 受. 1. sg. は古ラテン語で -ār, -ōr であった（Kühner-Holzweissig. 117）

解　　説

(iii) l, m, n で終わる音節での例外：
　　nihil（－⌣）無，Daniel（⌣⌣）ダニエル，deum（=deorum）
　　（⌣⌣）神々の，Aenean（－－－）アエネーアースを

§5.14　s で終わる最後の音節で，**as, es, os** を含む音節の音量は長(重)
く，**is, us** を含む音節は短(軽)い
　(i) -ās（－）
　　a-mās（⌣－）あなたは愛する，Ae-nē-ās（－－－）アエネーアース
　　stellās（－－）星々を　　aetās（－－）年齢
　　（例外）a-nas（⌣⌣）アヒル
　(ii) -ēs（－）
　　rē-gēs（－－）あなたは支配する，di-ēs（⌣－）日
　　（例外）es（⌣）お前は…である，mī-les（－⌣）兵
　(iii) -ōs（－）
　　ne-pōs（⌣－）孫，de-ōs（⌣－）神々を
　　（例外）com-pos（－⌣）支配している
　(iv) -is（⌣）
　　le-gis（⌣⌣）あなたは読む，ca-nis（⌣⌣）犬
　　（例外）au-dīs（－－）あなたは聞く，sīs, vīs（－）不規則動詞.2.sg.
　　bo-nīs（⌣－）名．形．Ⅰ．Ⅱ．pl. dat. abl.，　ci-vīs（⌣－），om-nīs
　　(=om-nēs) 名．形．Ⅲ．pl. acc.
　(v) -us（⌣）
　　ser-vus（－⌣）奴隷（Ⅱ名），cur-rus（－⌣）戦車（Ⅳ名）
　　（例外）cur-rūs（－－）名Ⅳ．sg. gen., pl.acc., vir-tūs（－－）勇気

§5.15　単音節語について
　(i) **母音**で終わる単音節(語)の音量はすべて**長(重)**い
　　ā=ab 前，dō 与える，dā 与えよ，mē 私を，tū あなた，dē 前，nī (=ne)，
　　sī もし
　　（例外）enclitic: -que, -ve, -ne, -ce, -te

(ii) **子音で終わる名詞，形容詞，副詞の単音節の音量は長(重)い**
 ōs 口, mōs 習慣, vēr 春, sōl 太陽, vās 器, fūr 泥棒, lār (lăris) 炉, pēs (pĕdis) 足, bōs (bŏvis) 牛, plūs より多い数, pār (păris) 等しい
 (例外) vir 男, lac 乳, os 骨, mel 蜂蜜, cor 心, vas 保証, tot それほどの, quot いくつの

(iii) **子音で終わる particle (小辞) の音節は短(軽)い**
 an …か, cis こちら, in (前), nec …もない, per (前), ter 三度
 (例外) crās 明日, cūr なぜ, ēn ほら, nōn でない, quīn なぜ…ないのか, hic (≃), hoc (≃), ac (≃)

§5.16 合成語における音量の長短(重軽)については，もとの(基語)要素の長短を保つ

cē-dō 行く, an-te-cē-dō (—⌣——) 先を行く, dē-cē-dō (———) それる,
cae-dō 打つ, oc-cī-dō (———) 打ちのめす, ca-dō 死ぬ, oc-cĭ-dō (—⌣—) 死ぬ

(i) **前綴 dī-, sē-, vē- の音節は長(重)い**
 dī-dū-cō (———) 分ける, sē-dū-cō (———) 離す, vē-cors (——) 狂気の

(ii) **前綴 ne-, re- は anceps (≃)**
 nē-dum (—⌣) …ではない, nē-mo (—⌣) 誰も…ではない, nē-ve (—⌣) また…ない, nĕ-que (⌣⌣) そして…ない, nĕ-fās (⌣—) 不正, rĕ-de-ō (⌣⌣—) 帰る
 rĕ- は sc, sp, st の前で (つまり位置によって) 長 (重) くなる (cf. §5.5)
 re-scin-dō (———) 引きさく

(iii) **prō も ancep (≃) といった方がよい.**
 prō-fi-ci-ō (—⌣⌣—) 役立つ, pro-fi-te-or (⌣⌣⌣—) 告白する, prō-flu-ō (———) 流れ出る, pro-for (⌣—) 言う, pro-a-vus (⌣⌣—) 先祖 (cf. §5.2 (b))

解　説

§6. 2つの注意

　以上述べてきたように母音の長短や音節の音量に関する原則には，必ずといっていいほど，違反あるいは例外があった．我々がラテン詩を scan するさい，なお我々を苦しめるのが，次に述べる2つの項目である．
(i) 動詞の時称変化に伴う母音の変化と，同じ語根を持つ名詞，形容詞，動詞の間の母音の変化・交替※である．たとえば

　　　　ācer 鋭い, ăcerbus 苦い
　　　　agō 動かす, ēgī 動かした
　　　　dŭx 指揮者, dūcō 指揮する
　　　　ĕmō 買う, ēmī 買った
　　　　fīdō 信じる, fides 信用
　　　　legō 集める, lēgī 集めた
　　　　lūceō 輝く, lucera ランプ
　　　　mācerō 苦しめる, macer やつれた
　　　　molestus 厄介な, mōles 重荷
　　　　moveō 動かす, mōbilis 動きの早い
　　　　pāx 平和, paciscor 協定する
　　　　rēx 王, regō 導く
　　　　sēdēs 椅子, sedeō 坐る
　　　　vōx 声, vocō 呼ぶ

　　　　　　　　　　　　　※ MK861, Leumann（§4）69ff.

(ii) もう一つは，詩人の **licence** による，あるいは詩人の **authority**※による**変則，原則違反**である．

　Vergilius は Ĭtalia を Ītaliām (Aen. 1. 2., cf.§8) と scan し，Ōrīōn を Ŏrīōn (Aen. 1. 535) と scan している．

　また次の hexameter（§8）においては

　　et di | repta do | mus, et | parvi | casus ⌣ I | uli
　　－－ | －⌣⌣ | －‖－ | －－ | －⌣　⌣ | －－

　　　　　　　　　　　　　　　　　　　（Aen. II. 563）

— 15 —

domus（⏑⏑）を（⏑−）と scan している．
また次の hexameter（Aen. IV. 69）では，

pectori | bus inhi | ans spi | rantia | consuli | texta.
− ⏑⏑ | − ⏑ ⏑ | −　− | − ⏑⏑ | − ⏑⏑ | − −
pectoribus（−⏑⏑⏑）を−⏑⏑−と scan している．

※ Cooper. 60. 51

§7．詩脚（verse foot）と詩型

詩の韻律は詩脚の構成と数とによって定まる．詩脚は一行の詩的要素で次の如き種類がある．

(i) 3 拍格の脚

拍　数	名　　称	形容詞	例
⏑　⏑　⏑	tribrach	tribrachic	legite 命
⏑　−	iambus	iambic	legunt 現. 3. pl.
−　⏑	trochee	trochaic	lēgit 完 3. sg.

(ii) 4 拍格の脚

拍　数	名　　称	形容詞	例
⏑⏑⏑⏑	proceleus-maticus	-matic	relegitur 受. 3. sg.
⏑　⏑　−	anapaest	anapaestic	legerent 未完了. 接. 3. pl.
−　⏑　⏑	dactyl	dactylic	lēgimus 完. 1. pl.
−　　−	spondee	spondaic	lēgī 完. 1. sg.

［註］五拍以上の詩脚については，本書では省略する．

解　説

§8. ラテン語で最も多く用いられていて，本書でも多く見られる詩型の **hexameter** verse（6歩格詩行）は次のような構造である．

1	2	3	4	5	6
−́※ ⏑ ⏑ |※ −́ − |	−́ ⏑ ⏑ | −́ − |	−́ ⏑ ⏑ | −́ − |	−́ ⏑ ⏑ | −́ − |	−́ ⏑ ⏑ |	−́ − −́ ⏑ ∧

※ ´ictus は後述（§10.5）参照．\| は脚を区切る記号

(i) hexameter においては最初の4詩脚は，**dactyl** か **spondee** であるが，第五脚は必ず **dactyl** である．もしここが例外的に spondee の場合，この hexameter を spondaic hexameter と呼ぶ．普通は dactylic hexameter である．

(ii) 第6脚は，spondee で終わるのが普通であるが，trochee で終わるとき，−⏑∧ と，∧（caret「欠く」つまり一拍欠く）記号をつける．（本書では省略することが多い）

(iii) hexameter を scan するとき第五脚から始めるとよい．第1-4脚は dactyl と spondee が自由に用いられているので，見つけるのが難しいからである．

早速，次の2行を scan してみよう．これは Vergilius の '*Aeneis*' の開巻冒頭の2行である．

1. **arma virumque cano, Troiae qui primus ab oris**
私は一人の勇士と（彼の）戦いを歌う，トロイアの国から
2. **Italiam, fato profugus, Lavinaque venit**
逃れて，運命によって始めてイタリアのラウィニウムの（海岸）に着いた勇士を

1行の scan

1.2　　ar-ma ※ vi \| -rum-que　−⏑⏑ \| −⏑
　　　　アルマウィ \| ルム　　クゥェ

※子音字の下の _ _ は 2 子音の連続を示す cf. 5.3（b）

3.4　　ca ｜-no, Troi　｜-ae qui　｜⌣｜――｜――｜※
　　　　カ｜ノートロイ｜ヤエ クゥィ
　　　　　　　　　　※次ぎに pri- と 2 子音が続くので，5.4
5.6　　pri-mus※⌣a ‖ b⌣oris －⌣⌣｜――
　　　　プリームサ　　ボーリス（又はプリームス⌣アブ⌣オーリス）
　　　　　　　　　※⌣後述（§10.1）参照

1	2	3	4	5	6
´⌣⌣｜	´⌣⌣｜	´ ‖ －｜	´ －｜	´⌣⌣｜	´ －

‖ 休止符号（§10.4）

2 行の scan

1.2.3　　I-ta-li-　｜a<u>m</u>, fā　｜-tō －⌣⌣｜－‖－｜－
　　　　　イータリ｜アム ファー｜トー
3.4　　　pro-fu｜-gus※, ⌣⌣｜－（※ gus（－）は <u>s L</u> と 2 子音がつづくので）
　　　　　プロフ｜グス
4.5.6　　L<u>a</u>　｜vi-na-que　｜ve-nit －｜－⌣⌣｜－⌣
　　　　　ラー｜ウィーナクゥェ｜ウェーニト

1	2	3	4	5	6
´⌣⌣｜	´ ‖ －｜	´⌣⌣‖	´ ‖ －｜	´⌣⌣｜	´⌣∧

§9. 次ぎにラテン詩で多く見られて，そして本書でも例の多い elegiac couplet（又は distch）を scan してみよう．

　これは第一行が **hexameter** で，第 2 行が **elegiac pentameter**（五歩格）という **2 行対句**(2 行詩)である．ギリシアにおいて，この 2 行詩は専ら挽歌(elegeia)に用いられたのでこの名称が生まれた．しかしローマでは elegiac couplet は悲哀の感情の少ない個人的感情の強い詩，とくに恋歌や，寸鉄詩・短詩(epigramma)に用いられた．

　第 2 行の pentameter は次のような構造である．（ictus 記号省略）

解　　説

1	2	5	3	4	5
—⌣⌣ |	—⌣⌣ |	— ‖	—⌣⌣ |	—⌣⌣ |	⌣
— — |	— — |		— — |	— — |	

　第1-4脚は dactyl か spondee で，第5脚は spondee で，半分（一拍）づつに別れる．第5脚は trochee のときもある．つまりこの一行は2（脚）+1/2+2+1/2 = 5（脚）．‖ caesura（休止）については§10.4参照
　次の elegiac couplet を scan してみよう．これは恋愛詩人 Propertius の開巻劈頭の2行詩である．

1. **Cynthia prima suis miserum me cepit ocellis**
2. **contactum nullis ante cupidinibus**
　キュンティアが始めてだ．その目でもって哀れな私をとりこにしたのは，以前どんな女への欲望にも染まっていなかった私を．

第1行（hexameter）の scan
1.2.　　Cyn-thi-a　 | pri-ma —⌣⌣ | —⌣
　　　　キュンティア | プリーマ
2.3.4.　su |-is mi-se　 |-rum mē| ⌣ | —⌣⌣ | —— |
　　　　ス | イースミセ | ルムメー
5.6.　　cē-pit‿*o　 |-cel-lis —⌣⌣ | ——
　　　　ケーピト　　 | ケッリース（ケーピト・オケッリース）
　※ liaison（§10.1）
　　この第一行はこうなる

1	2	3	4	5	6
—⌣⌣ |	—⌣⌣ |	—⌣⌣ |	— — |	—⌣⌣ |	— —

第2行（pentameter）の scan
1.2.　　con-tac |-tum nul　 |-lis ‖ —— | —— | — ‖
　　　　コンタク | トゥム ヌッ | リース

3.4.　an-te cu- | pī-di-ni　|-bus －⌣⌣ | －⌣⌣ | ⌣
　　　　アンテク　| ピーディニ | ブス

従って第2行はこうなる．

1	2	5	3	4	5
－－|	－－|	－　‖	－⌣⌣|	－⌣⌣|	⌣　∧

［註］hexameter と elegiac couplet について以上に述べたことは最低限の知識である．詳細は上記(7頁)の参考書が提供してくれよう．

§10. 以上で説明したことは，詩の一行を音節に分け，各音節の音量を調べて，**長短**(これを Allen は**重軽**という)を(－⌣)で示し，脚を調べて脚と脚との間に垂直線 (|) を立て，また，休止 (‖) をつけることであった．

　しかし scan は，その語源のラテン語 scando (登る) が意味するように，韻律に従って声を高めて朗誦することである．しかし朗誦するにあたって幼いときから朗誦し，暗誦し，あるいは聞く耳になれていたローマ人と違って，我々に不明な点がいくつかある．そのような問題点を以下で述べておく．

§10.1　liaison（連音）

　前の語の最後の子音と，次の語の最初の母音とを連続して読むことである．scan するとき我々は次の如く子音と母音を一音節とみなして脚をつくる．
arma virumque cano, ‖ Troiae qui primus ⌣ ab ⌣ oris
－⌣⌣| －　⌣⌣| － ‖　－|－　| －　⌣⌣ | －　－

(Verg. Aen. 1. 1)

　しかし**朗誦**するときは，プリームサ・ボーリースではなく | primus | ab | oris | プリームス　アブ　オーリースであったのではないか．じっさい次のような一行を scan 通りによんでいたら聞く人(少なくとも大衆)が正しく文意を理解できたであろうか．
incipi | t Aene | as he | ros : ‖ "non | ulla la | borum (Verg. Aen. VI. 103)

解　説

英雄アエネーアースは始めた「どんな苦労もない」と
incipit ⌣ Aeneas ⌣ (h)eros : non ⌣ ulla laborum
インキピ|タエネー|アーセー|ロース‖ノー|ヌッララ|ボールム
また次のような一行はどうであろう．
non sumus？‖ en, ‖ om|nes⌣et| Troes⌣e|t⌣Arcades⌣| (h)i sunt
— ◡ ◡　 —　 — — — —◡ ◡　 — ◡ ◡　 — —
ノン スムス エーン オムネーセト トローエセ・タルカデシー スント
(Verg. Aen. XII 231)

　liaison について Cooper はくわしい．ちなみに 20 頁の註で，彼はこう念をおしている．
(1) sparsis|hastis|longis|campus|splendet et|horret（§10.4）
　　スパルシース・ハスティース・ロンギース・カンプス・スプレンデト・ホッレト
　この一行は 'in strict accuracy' に scan するとこうである（と Cooper は言う）
(2) spār-sī-| s ⌣ (h)ās-tīs | lōn-gīs | cām-pūs | splēn-dĕ-t ⌣ ĕ- | t ⌣ (h)ōr-rēt
　そこで 'the spoken words of the line' も次の通りである（と Cooper は言う）
(3) sparsi s(h)astis longis campus splende te t(h)orret
　　スパルシー・サスティース・ロンギース・カンプス・スプレンデテ・トーレット
　私は (3) ではなく (1) のようにローマ人は朗誦したと思う．
　たとえば Hammond (222) もこう言う．
(1) quī| prīmŭs ăb| ōrīs（cf. §8）
　は technically に scan したら
(2) quī| prīmŭ să| bōrīs であろうが，しかしローマ人は習慣上（it is customary）(1) の如く scan し朗読していたろうと．
　私も本書において，liaison を scan するさい，それに注意したが，朗誦

— 21 —

のさいカタカナで示したように，必ずしも忠実に scan 通りの発音を守らなかったと思う．というのも，Cooper のように，liaison というラテン語ではない用語で，ラテン詩を scan している学者は，私の手元の参考書では皆無であるから．

§10.2 elision（語末母音省略）

この用語の語源はラテン語の elido（おしつぶす）で，前の語の**最後の音節の母音**，または**複母音**または**母音＋m**が，次の語の冒頭の母音，**複母音**，または **h＋母音**の前で省略されることを意味する．

韻律上の配慮からこのような母音省略が起こっていることは，理解できるが，正確にそれがどのように発音されたか，母音の省略の仕方はどうであったか，どの母音も，つまり a も i も o も同じように省略されたのかよくわからないのである[1]．じっさい母音が省略されて詩行が朗誦されたとき聴衆は理解できたろうか（cf. §10.1）．たとえば次のような詩行を．

utqu(e)⌣ac | res con | cussit⌣e | quos,⌣ut | qu(e)⌣inpulit | arma,

ウトクウァク・レースコン・クッシテ・クウオースト・クインプリ・タールマ

(Verg. Aen. VIII. 3)

「彼は気負い立つ騎馬を励まし武具をゆすぶった」

quod supe | rest,⌣ubi | puls(am)⌣(h)ie | mem So | l⌣aureu | s⌣egit

クオドスペ・レストゥビイ・プルシエ・メムソー・ラウレウ・セーギト

(Verg. Geor. 4. 51)

「残っていることは，黄金の太陽が冬を負かし追いたてたとき」

たしかに次のような密接に関係した２語の場合，母音の省略によっても発音や意味は理解できる．

 aequ(o) animō アエクウァニモー
 magn(o) opere マグノペレ

解　説

anim(um) advertō アニマドウェルトー
しかし次のような i や u は j や v となって，完全に省略されたと言えないのではないか[2]．

odi‿et amo オディエ［odyet-］タモー（オデタではなく）ではなかったろうか．

aspectu‿obmutuit アスペクトウォブ［-ektwob］ムトゥイト（アスペクトブムトゥイトではなく）と発音されたのでは．

1. Allen. 81. the details of this process (id. contraction) can only be conjectured.
2. Hammond 217. 'Exactly what happened in pronouncing an elision is unknown.'

§10.3　hiatus（母音接続中の途切れ）

elision が起こっているのにも拘わらず，それを無視して，続く 2 母音を 1 つづつ発音することを **hiatus** という，これはラテン語 **hio**（大口をあける）に由来する．前の母音を発音した喉をそのままの状態に開いて，次の母音を発音するさい，前後の母音の間に音声の途切れ（休止）がある．これを **hiatus** と言う．

addam | cerea | pruna : ‿(h)o | nos ‿erit | huic quoque | pomo
－　－ | －‿‿ | －　‿ ‖　‿ | －　‿‿ | －　‿‿ | －　－
アッダム | ケーレア | プルーナ ‖ オ | ノーセリト | フーィユック　クォクウェ・ポーモー　　　　　　　　　　　(Vegr. Ec. II. 53)
私は黄色のスモモを加えたい．この果実にも名誉が与えられよう

o ‖ pate |r, ‖ o ‖ (h)omi | num re | rumque ‿Ae | terna po | testas
－　‿‿　　　－　－　　　　‿‿　　－　‿‿　｜　－　‿‿　｜　－　－
オー ‖ パテロー ‖ オミ | ヌムレー | ルムクアエ | テルナポ | テスタース
（オー・パテル・オー・ホミ | ヌム）　　　　　　(Verg. Aen. X. 18)
お父上よ，人間と万物の永遠の主よ

　上例の如く hiatus は (i) 文意の切れ目（休止）のあとか (ii) 間投詞のあとで

起こる

§10.4　休止 (pause)

休止には 3 種類が区別される．(i)は sense-pause で，終止符やコロンによってできる休止である．(ii)は長い一行を朗読するときに，かるく息をつぐため発声を休むときの休止で，これには（イ）caesura-pause と（ロ）diaeresis-pause がある．

前者（イ）は脚の中間で起こる休止であり，後者（ロ）は脚と脚との間に起こるものである．caesura はラテン語の caedo（切る）に由来し，diaeresis はギリシア語の $διαιρέω$（切り離す）に由来する用語．

（イ）の例

insequi | tur cla | morque vi | rum ‖ stri | dorque ‖ ru | dentum　(Verg. Aen.)
 ‐ ⌣ ⌣ ‐ ‐ ‐ ⌣ ⌣ ‐   ‐ ‐ ⌣ ⌣ ‐

インセクゥィ|トルクラ|モルクゥェウィ|ルム ‖ ストリ|ドルクゥェ ‖ ルーデントゥム

そのあとすぐ海兵たちの掛け声と舟の索具のきしる音がつづいて起こった

（ロ）の例

sparsis ‖ hastis ‖ longis | campus ‖ splendet et ‖ horret　(Ennius)[※]

（敵・味方の）長槍がとびかって原野はきらめきよだつ

（イ）（ロ）の休止は文意の区切りであると同時に感情を込めて特に強く発音する語の前で息をつぐためである．

※ この一行が hexameter であることを疑う人もある．E. Courtney : The Fragmentary Latin Poets 1993. 28f. 今は Cooper (20) に従っておく（cf. §10.1）

§10.5　ictus と accent

ictus はラテン語の icio（手を打つ，叩く，足を踏みならす）に由来する用語で，詩脚の最初の音節を音楽的に拍子をとって強く発音する（‐́ ⌣ ⌣）ことを示す．これは各語の持っている accent（§4）と必ずしも詩行では一致しない．たとえば

解　説

postqua(m) ⌣ e | xempta fa | mes ⌣ et ⌣ a | mor com | pressus ⌣ e | dendi
  ´－　 ＿　　´－　＿　　⌣⌣ ´－　 ´－　⌣⌣ ´－

　fámes と ámor の accent と famés と amór の ictus は違っている.
　このような場合どちらを重んじて発音すべきか，ローマ人に聞くしか方法はない.
　我々はこれを 'a matter of individual taste'[1] として自分の好みのままに朗誦したらよいのではないか.
　なお本書では scan にあたって，ictus や accent のしるしをつけなかった. ー⌣ や | や ‖ のしるしはつけたけれども. 一つは繁雑をきらい，一つは不明な点も多かったので.
　Quintilianus は朗誦 (lectio) についてこう言っている.
　「どこで息をつぐべきか, 一行をどこで区切るべきか, 文意はどこで始まって，どこで終わっているか，声を高めたり，あるいは低めたりすべきところはどこか…などを予め知ったならば」「第一に朗誦は男らしくあるべきだ, そしてある種の甘美な魅力を含んだ荘重な声で朗誦されるべきである, …しかし喜劇の中の歌唱 (canticum) の如く気取った抑揚の伴った, だらしない柔弱な歌声であってはならない」[2] と, そして Quintilianus は最後の忠告として "ediscere...erit optimum"「詩は暗唱するのが一番良い (だろう)」[3] と言っている.
　しかしながら Quintilianus が自ら朗誦し, あるいは詩人の朗誦を聞いていたように, 現在の私が, ラテン詩を朗唱しているとか, 朗誦できるとか, 毛頭考えていない. じっさい次のような hexameter の一行をどう発音していいのか (発音されていたのか) わからないのだから.
monstr(um) ⌣ (h)or | rend(um), ⌣ in | form(e), ⌣ in|gens, cui | lumen a | demptum　(Verg. Aen. 3. 658)

1. Allen. 93
2. Quintilianus I. 8. 1-2.
3. id. XI. 3. 25.

詩 選 集

前 篇

Ⅰ. Disticha Catonis
Ⅱ. Epitaphium
Ⅲ. Epigramma

［註］原典では，jの代わりにi，vの代わりにuが用いられている場合が多い．
i = j, u = v MK 5, 6 参照

I. Disticha Catonis

　'*Disticha Catonis*'「Cato の 2 行詩」と銘うった格言集は 2 世紀の終わりに出版され，中世を通じて広く愛読された．ルネサンスの碩学 Erasmus によって最初の校訂本が現れる．この格言集は大 Cato (234-149BC.) が，息子のために書いたといわれる *Carmen de moribus*「道徳論詩」をまねて※, 2 世紀末のある学者が，当時流布していた格言を採録・編集したものである．第 1 巻は 40 歌, 第 2 巻, 31, 第 3 巻, 24, 第 4 巻, 49 歌からなる.

　この作品についての詳細は Schanz-Hosius-Krüger Ⅲ §§ 519-521. Conte 612. 参照あれ.

※異説（CCLL 695f.）あり
[Text] J. W. Duff and A. M. Duff, Minor Latin Poets (Loeb. C. L) 585 ff. 1954

　次の 2 行を自分で scan してみよう．あとで本書の scan と比較されたい．
(1) Instrue praeceptis animum, ne discere cessa ;
　　nam sine doctrina vita est quasi mortis imago. (3.1)

in-stru-ĕ, ces-săは共に命. 2. sg. なのでĕ,ăである，それぞれ —⌣⌣・—⌣ (cf.『解説』§5.3 = 5.3. 以下，cf.『解説』§は省略)
prae-cep-tīs pl. abl. なので———
a-ni-mum (acc.) ⌣⌣⌣ であるが，次の語 (ne) で子音がつづくため ⌣⌣— となる (5.4), なお -tis ⌣ a- は liaison (10.1)
nē dis-ce-re ces-sa 否定の命令(禁止)文 (MK 614)（——⌣⌣—⌣）．そこで，この hexameter の一行は

詩　選　集

```
in-stru-e | prae-cep  | -tīs a-ni  | -mum, nē | dis-ce re  | ces-sa
 ー ⌣⌣ |  ー  ー  |  ー ⌣⌣  |  ー   ー |ー  ⌣⌣ |  ー ⌣∧
インストルエ|プラエケプ|ティーサニ |ムム　ネー|ディスケレ|ケッサ
　　　　　 （第3脚）|ティース・アニ|ムム
```

次の行を scan してみよう．
na<u>m</u>（⌣）は次ぎに <u>s</u>ine（⌣⌣）があるため（ー）となる
do<u>c</u>-trī-nā（abl.）は（ーーー）である
vī-ta ⌣ est は elision（10.2）（ーー）
qua-si（⌣⌣）
mo<u>r</u>-<u>t</u>i-s ⌣ i-mā-gō ーー⌣ーー

　この結果この一行は
```
nam sine| doctri     | na ui     | ta est quasi | mortis i  | mago.
 ー ⌣⌣ | ー ー      |  ー ー    |  ー  ⌣⌣  | ー ⌣⌣   |  ー ー
ナムシネ |ドクトリー |ナーウィー|テストクヮシ|モルティシ|マーゴー
　　　　　　　　　　　　　　　　　　　　　　　（モルティス|イマーゴー）
```

次の一句も scan してみよう．
**(2) Despice divitias, si vis animo esse beatus ;
　　 quas qui suspiciunt, mendicant semper avari.** (4.1)

de<u>s</u>-<u>p</u>i-cĕ 命. 2. sg. ー⌣⌣
dī-vĭ-ti-ās（acc.）ー⌣⌣ー
si vis ーー（cf. 5.15）
a-ni-mō（abl. MK 397）⌣⌣ー
es-se ー⌣ この不は vis の目的語（MK 500）
be-a-tus ⌣ー⌣
　この一行の hexameter は
```
des-pi-ce | di-vi-ti    | -as si  | vis ⌣ a-ni- | mo ⌣ es-se be | -a-tus
 ー ⌣⌣ | ー ⌣⌣  |  ー ー |  ー ⌣  ⌣ |   ー   ⌣⌣ |  ー ⌣∧
デスピケ  |ディーウィティ|アースシー|ウィーサニ |メッセベ |アートゥス
```

—29—

次の hexameter を scan してみる.
quas（ー）この先行詞は divitias
quī（5.15）の先行詞は eī（省略, MK 249（イ））
sus-pi-ci-unt（ー∪∪ー）
men-dī-cant（ーーー）
sem-per ⌣ a-vā-rī（ー∪∪ーー）
quas qui | suspici | unt, men | dicant | semper a | vari
´ー ー |´ー∪∪ |´ー ‖ ー |´ー ー |´ー ∪∪ |´ー ー
クゥァースクゥィ|ススピキ|ウント‖メン|ディーカント|センペラ|ウァーリー

もう一句 scan してみよう.

**(3) Infantem nudum cum te natura creavit,
paupertatis onus patienter ferre memento.**（1.21）

in-fan-tem nū-dum cum（ーー|ーー|ーー）
cum も te と子音がつづくので（ー）. この行の主語は natura, infantem nudum と te は creō の二重対格（MK 122）
tē nā-tū-ra cre-ā-vit（ーーー∪∪ー∪）（cre, 3.5）
pau-per-tā-tis ⌣ o-nus（ーーーー∪∪ー）-nus（ー）は -s pa のため
「貧乏という重荷」（MK 178）
pa-ti-en-ter fer-re（∪∪ーーー∪）
ferre（不）は, memento の目的語（MK 500）
me-men-tō（∪ーー）は, memeini の命（MK 303）

infan | tem nu | dum cum | te na | tura cre | avit
ー ー |ー ー |ー ー |ー ー |ー ∪ ∪ |ー ∪ ∧
インファン|テムヌー|ドゥムクム|テーナー|トゥーラクレ|アーウィト

詩　選　集

pauper	tatis‿o	nus pati	enter	ferre me	mentō
－　－	－　⌣　⌣	－　⌣　⌣	－　－	－　⌣　⌣	－　－
パウペル	ターティソ	ヌスパティ	エンテル	フェッレメ	メントー

（大意）
1. 教えを受けて精神を整えよ．学ぶことを止めるな．学習なき人生は死んだ(姿)も同然である．
2. もし精神的に幸福でありたいと思ったら，富を軽蔑せよ．富を尊敬する者はいつまでも貪欲な乞食である．
3. 自然はお前を裸の赤ん坊として生んだのだから※．貧乏の重荷を辛抱強く我慢することを忘れるな．
　　※理由の cum（MK 805）が，まれに直と共に現れることがある．

A

1. Si deus est animus, nobis ut carmina dicunt,
   hic tibi praecipue sit pura mente colendus.（1.1）

2. Plus vigila semper neu somno deditus esto ;
   nam diuturna quies vitiis alimenta ministrat.（1.2）

3. Virtutem primam esse puto compescere linguam.
   proximus ille deo est qui scit ratione tacere.（1.3）

4. Si vitam inspicias hominum, si denique mores,
   cum culpant alios : nemo sine crimine vivit.（1.5）

5. Clemens et constans, ut res expostulat, esto :
   temporibus mores sapiens sine crimine mutat.（1.7）

［註］

1. **hic**（= animus）**tibi**（行為者の dat. MK 592）**sit**（接. MK 530）**colendus**（動形）
   これはお前によってあがめられるべきだ
   Si deu　｜s ⌣ est ⌣ ani　｜mus nob　｜is ⌣ ut　｜carmina　｜dicunt
   －⌣⌣　｜－　　　⌣⌣　｜－　－　｜－ －　｜－ ⌣⌣　｜－ －

2. **plus** 何と何を比較しているのか.
   vigilā, vigilō の命（⌣⌣－）
   neu = neve = et ne 否定の命令文
   somnō（dat.）**dēditus estō**（= es, 命）
   眠りにあなたは没頭するな.
   neu も **estō**（命）も韻のため
   plus vigi　｜la sem　｜per neu　｜somno　｜deditu　｜s ⌣ esto
   －　⌣⌣　｜－ －　｜－ －　｜－ －　｜－⌣⌣　｜－ －

— 32 —

3. **puto** は不定法句をとる（MK 508）
   compescere（acc）が主語で，**virtutem** が補語．共に acc. なのは不定法句（esse）のため．**ille** は **qui** の先行詞，**proximus** は dat. をとる．**ratione** 手段の abl.
4. **si** = o si = o utinam inspicias（接）見たらいいのに（願望文），MK 531, 758 (3) Kühner 184.
   culpant alios の主語は homines
5. **ut res expostulat** 事情が求める（許す）限り，MK 817.
   temporibus 時代と共に

B

1. Cum moneas aliquem nec se velit ille moneri,
   si tibi sit carus, noli desistere coeptis. (1.9)

2. Contra verbosos noli contendere verbis :
   sermo datur cunctis, animi sapientia paucis. (1.10)

3. Officium alterius multis narrare memento ;
   at quaecumque aliis benefeceris ipse, sileto. (1.15)

4. Multorum cum facta senex et dicta reprendis,
   fac tibi succurrant iuvenis quae feceris ipse. (1.16)

5. Ne timeas illam quae vitae est ultima finis :
   qui mortem metuit, quod vivit, perdit id ipsum. (1.22)

［註］
1. **ille** = aliquis, **se moneri** は moneo の受・不「自分が忠告されること」**noli desistere** 禁止文（MK 613）

coeptis（abl.），coepi の完分「始められたこと，企て」，desistere の目的語（MK461）

| cum mone | as ⌣ ali | quem nec | se veli | t ⌣ ille mo | neri |
| — ⌣ ⌣ | — ⌣ ⌣ | — — | — ⌣ ⌣ | — ⌣ ⌣ | — — |

| si tibi | sit ca | rus no | li de | sistere | coeptis |
| — ⌣ ⌣ | — — | — — | — — | — ⌣ ⌣ | — — |

2. **verbis**（pl. 手段の abl.）
   cunctis, paucis（pl. dat.）
3. **officium alterius**（gen. MK 180）他人の親切な世話　**quaecumque aliis**（dat.）**benefeceris**（完・接 MK 790）あなたが他人にしたような親切なことは何でも
4. **senex...reprendis** あなたが年をとってから非難する．**juvenis quae feceris**（接）あなたが若いときに何をしたかを，**senex, juvenis** は副詞のように訳す（MK 357）．**feceris** の接は間接疑問文のため．**fac**（ut）**succurrant**（接）お前の心に（tibi）思い起こさせよ（MK 648 註 1.）．主語は **quae**（pl. n.）
5. **ne timeas**（MK614）
   (ille) **qui mortem metuit, perdit.**
   id ipsum = quod vivit 生きているということそれ自体

| Ne time | as ⌣ il | lam quae | vitae ⌣ est | ultima | finis |
| — ⌣ ⌣ | — — | — — | — — | — ⌣ ⌣ | — ⌣ ∧ |

C

1. **Ne tibi quid desit, quod quaesisti, utere parce ;**
   utque, quod est, serves, semper tibi desse putato.（1.24）

2. **Quod dare non possis, verbis promittere noli,**
   ne sis ventosus, dum vir bonus esse videris.（1.25）

詩　選　集

3. Qui simulat verbis nec corde est fidus amicus,
   tu quoque fac simules : sic ars deluditur arte.（1.26）

4. Quod vile est, carum, quod carum, vile putato :
   sic tu nec cupidus nec avarus nosceris ulli.（1.29）

5. Linque metum leti ; nam stultum est tempore in omni,
   dum mortem metuas, amittere gaudiam vitae.（2.3）

［註］
1. **ne tibi quid**（不定代）**desit**（接）これは否定の副詞的目的文（MK665）
   quaesisti = quaesivisti（MK 213），**utere**（不）**parce**（命）使用を惜しめ．
   utere の目的語は quod
   ut...serves（接）肯定の目的文．**quod est**（tibi）「手元にあるもの」は
   serves の目的で，desse の主語．
   utque quod ｜est ser ｜ves sem ｜per tibi ｜desse pu ｜tato
   －⏑　⏑　｜－　－　｜－　－　｜－　⏑⏑　｜－　⏑⏑　｜－－
2. **quod...possis**（接）できないようなもの（MK 790）
   verbis 手段の abl.　　**ne sis**（接）（MK 530（ロ））
   dum...videris（受）あなたが見られている間は（MK 778）
   ne sis ｜vento ｜sus, dum ｜vir bonus ｜esse vi ｜deris.
   －　－　｜－－　｜－　－　｜－⏑⏑　｜－⏑⏑　｜－⏑∧
3. (ille) **qui...amicus**
   fac（ut）**simules**（verbis），MK 648 註 1
   ars deluditur arte 技と技のだまし合いだ，cor で cor をいつわっているの
   ではないから．
4. **putato** = puta 韻のため
   quod vi ｜le ⏑ est, ca ｜rum quod ｜carum ｜vile pu ｜tato
   －　－　｜－　－　｜－　－　｜－　－　｜－⏑⏑　｜－－
   avarus（esse）**nosceris ulli**（dat.）あなたは誰からも貪欲な人と認められる．

— 35 —

ulli は判断者の dat.（MK 207）
5. **dum mortem metuas**（接）あなたが死を恐れているうちに（MK 780）
stultum（n.）**est** の主語は **amittere**（不）

linque me　｜ tum le ｜ ti ‖ nam ｜ stultu(m)‿est　｜ tempore‿in ｜ omni
— ⌣ ⌣　｜ — —　｜ — ‖ —　｜ —　　 —　　｜ —　⌣ ⌣ ｜ — —

D

1. Iratus de re incerta contendere noli :
   impedit ira animum, ne possis cernere verum.（2.4）

2. Quod nimium est fugito, parvo gaudere memento :
   tuta mage est puppis modico quae flumine fertur.（2.6）

3. Nolo putes pravos homines peccata lucrari :
   temporibus peccata latent, et tempore parent.（2.8）

4. Quid deus intendat, noli perquirere sorte :
   quid statuat de te, sine te deliberat ille.（2.12）

5. Luxuriam fugito, simul et vitare memento
   crimen avaritiae ; nam sunt contraria famae.（2.19）

［註］
1. **iratus** 怒って，または怒っているときには（MK 357），**ne possis...** は **impedio** の目的文（＝結果文）（MK 686）
2. **fŭgĭtō** = fugĕ（韻律のため）
   parvō（原因の abl. MK 399）**gaudere**, **mage** = magis これも韻律のため
   puppis quae modico flumine fertur,

— 36 —

詩　選　集

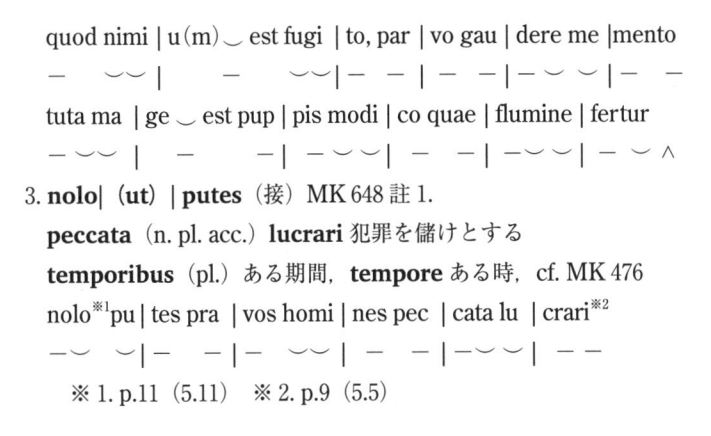

quod nimi | u(m) ⌣ est fugi | to, par | vo gau | dere me |mento
 −　⌣⌣ |　−　　⌣⌣ | −　− | −　− | −　⌣⌣ | −　−
tuta ma | ge ⌣ est pup | pis modi | co quae | flumine | fertur
 −　⌣⌣ |　−　　− | −　⌣⌣ | −　− | −　⌣⌣ | −　⌣ ∧

3. nolo| (ut) | putes（接）MK 648 註 1.
   peccata（n. pl. acc.）lucrari 犯罪を儲けとする
   temporibus（pl.）ある期間，tempore ある時，cf. MK 476
   nolo[*1]pu | tes pra | vos homi | nes pec | cata lu | crari[*2]
   −⌣　⌣ | −　− | −　⌣⌣ | −　− | −　⌣⌣ | −　−
   ※ 1. p.11（5.11）　※ 2. p.9（5.5）

4. quid deus intendat（接）も，quid statuat（接）de te も共に間接疑問文
5. vitare memento さけることを忘れるな
   contraria famae（gen. objectivus）(MK179) luxiria も avaritia も共に
   contraria（n. pl.）「名声を毒するもの」

E

1. **Rem tibi quam nosces aptam dimittere noli :**
   fronte capillata, post est Occasio calva. (2.26)

2. **Cum recte vivas, ne cures verba malorum :**
   arbitrii non est nostri quid quisque loquatur. (3.2)

3. **Cum tibi divitiae superant in fine senectae,**
   munificus facito vivas, non parcus, amicis. (3.9)

4. **Multorum disce exemplo, quae facta sequaris,**
   quae fugias : vita est nobis aliena magistra. (3.13)

5. Quod factum scis non recte, nolito silere,
   ne videare malos imitari velle tacendo.（3.15）

［註］

1. **rem quam tibi aptam noscēs**（未・直）この先あなたの目的にかなうだろうと思ったものを
   fronte…occasio calva チャンスは前頭部で掴まえよ，髪が生えているので．後頭部は禿げていて掴まえにくい．
   rem tibi | quam nos | ces ap | tam di | mittere | noli
   －　⏑⏑|－　　－　|－　－|－　　－|－　⏑⏑|－　－

2. **cum vivas**（接）あなたが正しい生活をおくっていたら（MK 805），**ne cures** 気にするな（MK530）
   arbitrii non est nostri 所有の gen.（MK 555 註），それ（quid…）は，我々の力の及ばないもの，我々の意思でどうにもならないもの

3. **cum…superant** あり余っていたら（MK 800 か 802）
   munificus…non parcus…amicis（dat）友人に対し気前よくなって，けちにならないで（MK 357）
   facito vivas = fac ut vivas（韻律のため），MK 648
   cum tibi | diviti | ae supe | rant in | fine se |nectae
   －　⏑⏑|－⏑⏑|－　⏑⏑|－　　－|－　⏑⏑|－　－
   munifi | cus faci | to vi | vas, non | parcus ⌣ a | micis
   －⏑⏑|－　⏑⏑|－－|－　　－|－　⏑　⏑|－　－

4. **exemplo**（手段の abl.）手本によって
   disce の目的語は，**quae…sequaris**（接）と **quae fugias**（接）と2つの間接疑問文，しかし asyndeton（MK 632）
   vita が f. なので **magister** も f.

5. **quod factum**（esse）**scis**… 正しくなされていなかったと，お前が知っているものを
   ne videāre = ne videāris（接・受，2. sg.）否定の目的文（MK 666）
   tacendo（動名の abl.）だまっていることによって（MK 581）

詩　選　集

```
ne vide  | are ma  | los ⌣ imi | tari  | velle ta | cendo
 – ⌣⌣   | –⌣⌣    | –  ⌣⌣    | – –  | – ⌣⌣   | –   –
```

F

1. **Fac tibi proponas mortem non esse timendam :**
   quae bona si non est, finis tamen illa malorum est. (3.22)

2. **Si famam servare cupis, dum vivis, honestam,**
   fac fugias animo quae sunt mala gaudia vitae. (4.17)

3. **Disce aliquid ; nam cum subito Fortuna recessit,**
   ars remanet vitamque hominis non deserit umquam. (4.19)

4. **Prospicito tecum tacitus quid quisque loquatur :**
   sermo hominum mores et celat et indicat idem. (4.20)

5. **Discere ne cessa : cura sapientia crescit,**
   rara datur longo prudentia temporis usu. (4.27)

［註］
1. **fac**（ut）**tibi proponas**（接）MK 648. 註1.　汝の心に銘記せよ
   timendam（動形 MK 592）
   si...tamen よし…であるとしても，少なくとも（MK 758.1）
   quae の先行詞は **mors** = **illa**
   ```
   quae bona  | si non | est, ‖ fi | nis tamen ‖ illa ma |lor(um)⌣est
    –   ⌣⌣  | – –   | –    – | – ⌣   ⌣  | – ⌣⌣   | –     –
   ```
2. **fugias animo**（abl.）**quae**（pl. acc. n.）（汝の）心から，（人生の悪のたのしみ）であるものを遠ざけよ
3. **disce aliquid**（= aliquem artem）何かわざ（ars）を学んで身につけよ

— 39 —

ラテン詩への誘い

recessit（完了），**remanet**（現），**deserit**（未）
ars rema | net vi | tamque ⌣(h)omi | nis non | deserit | umquam
— ⌣⌣ | — — | — ⌣ ⌣ | — — | —⌣⌣ | — —
　　　　　　　　タムクウォミ

4. **prospicito** = prospice
　tecum tacitus あなたは一人でだまって
　quid...loquatur（接）間接疑問文
　sermo idem 同じ言葉（発言）が
　hominum mores（acc. pl.）人々の性格を
5. **ne cessa**（命）+ 不（MK 614, 150）
　cura は scan すると cūrā（abl.）
　discere | ne ces | sa cu | ra sapi | entia | crescit
　— ⌣⌣ | — — | — — | — ⌣⌣ | —⌣⌣ | —⌣ ∧
　longo temporis usu（abl.）長年の経験だけでは

G

1. **Hoc bibe quo possis si tu vis vivere sanus :**
　morbi causa mali minima est quaecumque voluptas.（4.24）

2. **Non pudeat, quae nescieris, te velle doceri :**
　scire aliquid laus est, culpa est nil discere velle.（4.29）

3. **Tempora longa tibi noli promittere vitae :**
　quocumque incedis, sequitur Mors corporis umbra.（4.37）

4. **Ture deum placa, vitulum sine crescat aratro :**
　ne credas gaudere deum, cum caede litatur.（4.38）

詩　選　集

5. **Miraris versus nudis me scribere verbis?**
   hoc brevitas fecit, sensu uno iungere binos. (4.49)

［註］
1. **quo**（abl.）**possis**（接），vivere を補う（MK 787），あなたがそれによって生きていけるだけのもの，先行詞は hoc．　**bibe** はパン，ミルクをも含めた「飲み食い」を意味しているのか．OLD, bibo (6)
   minima quaecumque voluptas どんなに小さくても快楽が．
   morbi ｜causa ma ｜ li mini ｜ ma ⌣ est quae ｜cumque vo｜ luptas
   －　－ ｜ －　⌣⌣ ｜ －　⌣⌣ ｜　－　　－ ｜－　⌣　⌣ ｜ －－
2. **te** は pudeat（接）**te**（MK 538）なのか，それとも **te velle doceri**（受・不）と不定法句の対格主語なのか，「あなたが教えられたいと思うこと」．この句は **pudeat** の主語．
   quae nescieris（接・完 2. sg.）「あなたが知っていなかったこと」．（この接は不定法句への従属文のため MK 825）
   scire（不）も **discere**（不）も **velle**（不）の目的語．
3. **noli promittere** 保証するな（MK 613）
   vitae（gen.）は **tempora**（pl. acc.）にかかる部分の gen.（MK 376）
4. **vitulum sine crescat**（接）子牛を成長させよ　　この文は sine (ut) vitulus crescat（MK 648）と sine vitulum crescere の混成（contamination）か？
   cf. Hofmann. 730
   aratro（dat.）（MK 206）
5. **hoc brevitas fecit** この hoc は **scribere** か，それとも **iungere** か．おそらく後者．
   hoc brevi ｜ tas fe ｜ cit, sen ｜ su ⌣ uno ｜ iungere ｜ binos
   －　　⌣⌣ ｜ －－ ｜ －　　－ ｜ －　－ ｜ －　⌣⌣ ｜ －－

II. Epitaphium

　パピュルス紙や羊皮紙ではなく，大理石や青銅版に刻まれたラテン語文は，碑文（inscriptiones）といわれる．ローマ帝国全土から発見され採集された碑文は，少なくとも，20万点を超えるとも言われ，それらは18巻の Corpus Inscriptionum Latinarum (CIL) に集録されている．大学の図書館の書架に並ぶ，人を威圧するような堂々たるこの碑文全集には 'Cave canem' から Augustus 皇帝の *'Res Gestae'* に至るまで，公私にわたる大小，長短さまざまの碑文が見られるが，その中で専門のローマ史家ではなく，一般の読者にも興味深いのは，墓碑銘であろう．そこからはローマの庶民の哀愁や死生観が窺えるばかりでなく，ときとしてさわやかな人生最期の感想を垣間見る思いもするからである．ローマから郊外へ出て行く街道の路傍には墓がずっと並んでいた．今ここで僅かな例を紹介しておく．

1. **Reste, viator, et lege.** (1)
2. **Hoc si legisti, vade vale sisque beatus.** (651)
3. **Noli dolere, mater, eventum meum.**
   Properavit aetas, hoc dedit Fatum mihi. (541)
4. **Bona vita vive, sodalis ! Quare ?**
   post obitum nec risus nec lusus
   nec ulla voluptas erit. (436)
5. **Balnea, vina, Venus corrumpunt corpora nostra,**
   sed vitam faciunt balnea vina Venus. (460)
6. **Quomodo mala in arbore pendunt, sic corpora nostra.**
   aut matura cadunt aut cito acerba runt. (494)

　［訳註］（　）の中の番号は H. Geist : Römische Grabinschriften, Tusculum

詩　選　集

1976^2 による.

1. 旅人よ，ちょっと足をとめて，読んでくれ．
2. あなたがこれを読まれたら，立ち去ってください．さようなら，あなたの幸福をお祈りします．
3. 母上よ，私の身の上に起こったことをなげき給うな．私の人生は先を急いだだけです．これを私に与えたのは運命です．（私をこのように急がせたのは運命です）
4. 友よ，幸福な人生を送ってくれ．なぜかって．死後には笑いも，遊びも，そしていかなる喜びもないだろうから．
   bona(m) vita(m) 同族の対格（MK 279）
5. （なるほど）おれの体をめちゃくちゃにする（した）のは浴場と酒場と淫売窟だ．しかし人生(を作っているのは)は風呂と酒と女(愛欲)なのだ．
6. リンゴの実が枝にぶらさがっているように，我々の肉体もぶらさがっている．甘く熟して落ちるか，渋いうちに，はやばやと落ちるか，そのどちらかなのだ．

なお (5) (6) は elegiac couplet なので scan してみよう．
Balnea ｜vina, Ve ｜nus cor ｜rumpunt ｜corpora ｜nostra,
－ ⌣ ｜－ ⌣ ｜－ － ｜－ － ｜－ ⌣ ⌣｜－ －
バルネア｜ウィーナ ウェ｜ヌス コッ｜ルンプント｜コルポラ｜ノストラ
sed vi ｜tam faci ｜unt ‖ balnea ｜vina Ve ｜nus
－ － ｜－ ⌣ ⌣ ｜－ ‖ －⌣⌣｜－⌣⌣｜⌣ ∧
セドウィー｜タムファキ｜ウント‖バルネア｜ウィーナウェ｜ヌス
Quomodo ｜ mala ⌣ in ⌣ ar｜ bore* pen ｜ dunt, sic ｜ corpora ｜ nostra.
－ ⌣ ⌣ ｜－ ⌣ ⌣ ｜－ － ｜－ － ｜－ ⌣ ⌣ ｜－ －
クゥォモド｜マーリナル｜ボーレペン｜ドゥントシック｜コルポラ｜ノーストラ
　この一行は正確に scan できない．arbōre ⌣－⌣ （cf. Kühner-Holzweissig. 312）か？
pendunt －－ か？

aut ma | tura ca | dunt ‖ aut cito ‖ *ācerba | runt
－　－｜－　⌣　⌣｜　－　‖　－　⌣　⌣｜－　⌣　⌣｜　－
アウトマー｜トゥーラカ｜ドゥント‖アウトキトー‖アーケルバ｜ルント
　※ hiatus

（参考書）CIL の選集（ILS）は個人でも持つことができる．
H. Dessau : Inscriptiones Latinae Selectae. 3 巻 5 冊本 1961^2
A. E. Gordon : Illustrated Introduction to Latin Epigraphy. 1983
R. Lattimore : Themes in Greek and Latin Epitaphs. 1962

　以下本書のため選んだ墓碑銘の大部分は，詩人自身の手になる，自分の墓への，あるいは他人の墓への碑銘であり，文学的な価値の高いものばかりである．CIL からのものは 3 点（1. 2. 3.）にすぎない．

(1) 　　　　　　　　　**Cornelius Scipio**
　　　Cornelius Lucius Scipio Barbatus,
　　　Gnaiuod patre prognatus fortis uir sapiensque,
　　　quoius forma uirtutei parisuma fuit,
　　　consol, censor, aidilis quei fuit apud vos,
　　　Taurasia, Cisauna, Samnio cepit, (5)
　　　subigit omne Loucanam opsidesque abdoucit.

［註］**Lucius Cornelius Spicio Barbatus**（前 298 年に consul）．詩の中で順序が入れ変わっているのは韻のため．
(1) **Gnaiuod**（古）= Gnaeo, abl. これは patre と同格（起源の abl. MK 429）
(2) **fortis vir sapiensque**（= optimus vir）ギリシア語の $καλὸς\ κἀγαθός$「美しく善良な人」のラテン語訳．
(3) **quoius**（古）= cujus, **virtutei**（古）= **virtuti**（dat.）, **parisuma** = parissima, par の最上級．dat. をとる．(4) **consol** = consul ローマの官職は就任の順ではなく，高位の順に並べられた．

詩　選　集

(4) **quei** = qui の位置は韻のため「彼はあなた方の間にいた時，生存中（生前に）執政官…であった」
(5) **Samnio** (abl.) サムニウム地方の（又はから）T. と C. の町を **Taurasia**<m>, **Cisauna**<m>,
(6) **subigit** = subegit, omne<m>. acc.
　　Loucanam = Lucanum, **opsides** = obsides, **abdoucit** = abduxit.
[text] AL Ⅱ. 1. 7 = CIL Ⅰ. 30 = Dessau. ILS. 1 ; Gordon P. 80. f. なお Scipio 家の墓地から発掘された石棺と，これに刻まれたこの墓碑銘の写真：Gordon. Plates. 5

(2)　　　　　　　　**Claudia**（前 2 世紀）
　　　Hospes, quod deico paullum est, asta ac pellege.
　　　heic est sepulcrum hau pulcrum pulcrai feminae.
　　　nomen parentes nominarunt Claudiam.
　　　suom mareitum corde deilexit souo :
　　　gnatos duos creauit : horunc alterum　(5)
　　　in terra linquit, alium sub terra locat.
　　　sermone lepido, tum autem incessu commodo.
　　　domum seruauit. lanam fecit. dixi. abei.

[註]
(1) **deico** = dico, **pellege** = perlege, (2) **heic** = hic, **pulcrum pulcrai** = pulchrum pulchrae, (3) **nominarunt** = nominaverunt（MK 213）, (4) **suom mareitum** = suum maritum, **deilexit** = dilexit, **souo** = suo, (5) **horunc** = horum, (7) **sermone lepido, incessu commodo** 共に abl. modi,（MK 320）
(8) **abei** = abi, abeo の命，dixi（MK 219）
[text] AL Ⅱ. 1. 52 = CIL. Ⅰ. 1007 = Geist. 28, = Gordon. p.34

(3)　　　　　　　　**Heluia Prima**（前 1 世紀）
　　　Tu qui secura spatiaris mente uiator

— 45 —

et nostri uoltus derigis inferieis,
　si quaeris quae sim, cinis en et tosta fauilla,
　　　ante obitus tristeis Heluia Prima fui.
　coniuge sum Cadmo fructa Scrateio, (5)
　　　concordesque pari uiximus ingenio.
　nunc data sum Diti longum mansura per aeuum
　　　deducta et fatali igne et aqua Stygia.

[註]

(1) **secura mente** (abl.modi) やすらかな気持で **spatiaris et** (2) **dirigis**,
(2) **nostri** (gen. objectivus MK 179), **inferieis** = inferiis (dat. pl.), (3) **quae sim** 私（女）が誰か（間接疑問文）, (4) **obitus tristeis** (= tristis) m. pl. acc., (7) **longum mansura**（未分）**per aevum** 未来永劫に住まんとして (MK 437), **data sum et** (8) **deducta**（主語が女）, (8) **igni et aqua**（場所の abl.) 火をくぐり, 川をわたって. cf. p.132. 註 37

1. tu qui | secu | ra spati | aris | mente ui | ator
　－ － | －－ | － ‿‿ | －－ | － ‿‿ | －‿ ∧
4. ante ‿ obi | tus triste | is ‖ Heluia | Prima fu | i
　－　 ‿‿ | － ‿‿ | － ‖ － ‿‿ | － ‿ ‿ | －

[text] AL Ⅱ. 2. 960 = CIL. Ⅸ. 1837 = Geist. 426
[韻律] elegiac couplet

(4)　　　　　　　　　Naevius
　Immortales mortales si foret fas flere,
　flerent diuae Camenae Naeuium poetam.
　itaque, postquam est Orchi traditus thesauro,
　obliti sunt Romai loquier lingua Latina.

[註] **Gnaeus Naevius** (c. 270-190B. C.) 劇作家, 叙事詩人. この墓碑銘は Naevius の作ではない. (1) **immortales** (acc. pl.), **mortales** (acc. pl.), **flere**

— 46 —

不滅の神々が人間の死に涙を流すということ（不句）**si foret**（= esset），(2) **flerent** MK 755, (4) **loquier**（古）= loqui, **Romai** = Romae (loc. MK 112)
［text］Courtney p.47. Morel p.28

(5)　　　　　　　　　　　**Plautus**
　　　Postquam est mortem aptus Plautus, Comoedia luget,
　　　　scaena est deserta, dein Risus Ludus Iocusque,
　　　et Numeri innumeri simul omnes conlacrumarunt.

［註］Plautus（c.250-184B. C）ローマの最高の喜劇作家（1）**est aptus**, apiscor の完. MK 382. (2) **Risus**... 擬人化, (3) **numeri innumeri**（語呂合わせ）無数の旋律，**conlacrumarunt** = -maverunt（MK 213）
［韻律］hexameter
Postqua(m)‿est ｜ morte(m)‿ap ｜ tus Plau ｜ tus, Co ｜ moedia ｜ luget
－　　　－　｜ －　　　－　｜ －　－ ｜ －　－ ｜ －　⌣⌣ ｜ －⌣∧
［text］Courtney p. 47

(6)　　　　　　　　　　　**Ennius**
　　　　　　　　　De Scipone Africano
　　　　Hic est ille situs cui nemo ciuis neque hostis
　　　　　quivit pro factis reddere opis pretium.

(7)　　　　　　　　　Poetae Epitaphium
　　　Aspicite, o ciues, senis Enni imaginis formam.
　　　　hic vestrum panxit maxima facta patrum.
　　　nemo me lacrimis decoret nec funera fletu
　　　　faxit. cur ? uolito uiuos per ora uirum.

［註］(6) Ennius（c. 239-169B. C）がパトロンの Scipio に捧げた碑銘．Ennius は「ラテン詩の父」と言われる古代最高の詩人．この Scipio は Carthago

の将軍 Hannibal を破ってローマを救った英雄.
reddere opis pretium 直訳は「力の値段を返す」. この解釈について Courtney が参考になる. もっとも私訳はこれと少し異なる.
[text] Courtney p.39 (43)
[韻律] elegiac couplet

hic est　|　ille　si　| tus cui[※] | nemo　| cīvis ne | que ‿(h)ostis
－　－　　|　－ ⌣ ⌣ | －　　－　| －　－　| －⌣⌣ |　　－　　　－
quivit　| pro fac | tis ‖ reddere ‿ o | pis preti | um
－　－　|　－　－　| －‖－　⌣　⌣　|　－　⌣⌣ | ⌣∧　　　　　※p.2 §3.2

(7) **decoret**（接）MK 532. fletu（abl.）MK 320, **vivos**（古）= vivus, **virum** = virorum MK 80（註）この銘は Ennius 自身のもの.
[text] Courtney p.42f. (45. 46)
[韻律] elegiac couplet.

(8)　　　　　　　　　　**M. Pacuvius**
　　　Adulescens tametsi properas, hoc te saxulum
　　rogat ut se aspicias, deinde, quod scriptum est, legas.
　　　hic sunt poetae Pacuui Marci sita
　　ossa. hoc uolebam, nescius ne esses. uale.

[註] Pacuvius（220-c. 130B. C）ローマの悲劇詩人, Ennius の甥
(2) **rogat ut se aspicias, deinde legas** この se は rogat の主語に再帰する.
　　MK 660
(4) **hoc** は **ne nescius esses** 否定の目的文
[text] Courtney p.47

(9)　　　　　　　　　　**P. Vergilius Maro**
　　Mantua me genuit, Calabri rapuere, tenet nunc
　　　Parthenope : cecini pascua, rura, duces.

詩　選　集

[註] Vita Donati (36) 以来伝統的に，Vergilius の自筆の銘とされてきた．cf. Duff. I. 320 Schanz-Hosius II 33. しかしこれは後世の詩人が，Vergilius の Napoli (Parthenope) の墓に捧げたものという説がある．Courtney p. 258
[韻律] elegiac couplet.

Mantua　| me genu　| it, Cala　| bri rapu　| ere, te　| net nunc
− ⏑⏑ |− ⏑⏑ |−⏑⏑ | −⏑⏑ |−⏑⏑ | − −
Partheno　| pe ceci　| ni ‖ pascua ‖ rura ‖ du | ces.
− ⏑⏑ |− ⏑⏑ |− ‖ − ⏑⏑| −⏑ ⏑ |−

[text] Courtney p.257

(10)　　　　　　　　**Epitaphium Senecae**
Cura, labor, meritum, sumpti pro munere honores,
　　ite, alias posthac sollicitate animas !
me procul a uobis deus euocat. ilicet actis
　　rebus terrenis, hospita terra, uale.
corpus, auara, tamen sollempnibus accipe saxis : (5)
　　namque animam caelo reddimus, ossa tibi.

[註] この銘は Seneca 自身が書いたものか，Schanz-Hosius II. 423, M. Rozelaar : Seneca 478f. Seneca (c. 4BC-AD65) は Nero 時代の哲学者，悲劇作家．後述，p.57 III (5) 参照　(1) **sumpti pro munere honores** 国家の任務を果たして受けとった名誉 (2) **alias animas** 他人の精神を，(3) **actis rebus terrenis** 地上で(現世で)なされたもろもろの事柄，(5) **avara** (terra) 強欲な大地，**sollem(p)nibus saxis** (abl. instrumentalis) MK 319
[韻律] elegiac couplet.

cura la　| bor meri　| tum sum　| pti pro　| munere ⌣(h)o | nores
−⏑⏑ |− ⏑⏑|− − | − −|−　⏑ ⏑|− −
ite ⌣ ali | as post | hac ‖ sollici | tate ⌣ ani | mas
−⏑ ⏑|− − | − ‖ − ⏑⏑| − ⏑ ⏑ | −

[text] AL I. 2.667

—49—

(11) **Epitaphium Lucani**
Corduba me genuit, rapuit Nero, praelia dixi.
　　quae gessere pares hinc socer, inde gener :
continuo numquam direxi carmina ductu,
　　quae tractim serpant : plus mihi comma placet.
fulminis in morem, quae sint miranda, citentur :
　　haec uere sapiet dictio, quae feriet !

［註］Lucanus（AD. 39-65），ヒスパニアに生まれた．哲学者 Seneca の甥．叙事詩 *Pharsalia : Bellum Civilc* を書いた．Nero から詩の才能を嫉妬され自殺を命じられた．

(1) **praelia** = proelia **dixi**（= cecini）（市民戦争を歌った．これは Caesar と Pompeius との戦い（49-48BC）である．後篇「叙事詩」Lucanus 参照）
(2) **gessere** = gesserunt, **socer**（義父）は Caesar., **gener** は Pompeius. P. は C. の娘と結婚していた．
(4) **comma** おそらく第一行の詩句であろう．特に rapuit Nero が気に入ったのか．
(5) **sint, citentur** の接の意味は可能性か（MK 532）
［text］AL I . 2. 668
［韻律］elegiac couplet.

III. Epigramma

　epigramma は碑文，墓碑銘を意味すると共に，短い詩で人の急所を突く寸鉄詩をも意味していた．今日のラテン文学史上の定義（CLL. 201）はこうである．「最後に，人の心を打つ，ある一つの思考や表現で完結した，機知に富む短い詩」．最近もっと詳しい定義が提出された．「ある一つの対象がある特定の状況に関して，好んで elegiac distich で書かれた，緊密に構成された短い詩，この詩の解釈は，強い支配力を持つ知性によって明確に決定される」と．

　ローマの上流階級の政治家や元老院議員は閑暇を利用して，このような短詩をたしなみ，且つ社交の手段ともしていた．ローマの皇帝たちも，たとえば Augustus も Nero も書いているが，残念ながら断片しか残っていない．（Morel 91. 103 ; Courtney 282, 357）．ここでは Caesar と Hadrianus 帝の epigramma を紹介しておく．貴族の中から Seneca と Petronius の詩を多く択んだ理由は，いずれ読者にも納得していただけると思う．

　今，典型的な epigramma として，詩人 Catullus の 2 歌を択び，scan してみよう．
(1) **Odi et amo. quare id faciam, fortasse requiris.**
　　nescio, sed fieri sentio et excrucior.　　　　　　　※(85)

　この elegiae couplet の第一行は hexameter.
ō-di ⌣ et ⌣ a | -mō （－⌣⌣ | －）‖ （cf. 10. 2）
オーディ エ タ　モー
qua ｜ re ⌣ id fa-ci- | am ‖ （－ | －⌣⌣ | － ‖ ）
クゥァ リード ファキ アム
for ｜ -tas-se　re | -qui-ris （－ | －⌣⌣ | －⌣）
フォル タッセ レ クゥイーリス

—51—

```
   1     2     3     4     5     6
― ⌣⌣ | ― ‖ ― | ― ⌣⌣ | ― ‖ ― | ― ⌣⌣ | ― ⌣ ∧
```
　　第二行は elegiac pentameter.
ne-sci-ō（―⌣⌣）(ŏ cf. p.11 §5.11)
sed fi-e | ri ‖（―⌣⌣―）
sen-ti-o ⌣ et |（―⌣⌣）
ex-cru-ci | -or（―⌣⌣―）

nescio, ‖ sed fie | ri ‖ sentio ⌣ et ‖ excruci　　| or.
ネスキオ‖セド フィエリー‖センティエト‖エクスクルキ オル
― ⌣⌣ ‖ ― ⌣⌣ | ― ‖ ― ⌣⌣ ‖ ― ⌣⌣ | ⌣ ∧

［註］quid id（= odi et amo）faciam（接）間接疑問文（MK 690）
(id) fieri（受）は id faciam（能）と対照．この不句は sentio の目的語（MK 508）

(2) **Nil nimium studeo, Caear, tibi velle placere,**
　　　nec scire utrum sis albus an ater homo.　　　　　　　※(93)

　　第一行は hexameter である．
Nil ni-mi-um（―⌣⌣ | ―）
stu-de-ō ‖（⌣⌣ | ― ‖）
Cae-sar ‖ ti-bi（― | ― ‖ ⌣⌣）
vel-le pla|※-cē-re（―⌣⌣ | ―⌣）※(p.9 §5.5)
Nil nimi | um stude　　| o ‖ Cae | ar ‖ tibi | velle pla |cere
　― ⌣⌣ | ―　⌣⌣　　| ― ‖　― | ― ‖ ⌣⌣ | ― ⌣　⌣　| ―⌣∧
ニル ニミ　ウム ストゥデ　オ　カエサル　ティビ ウェッレ プラ ケーレ
　　第二行は elegiac pentameter.
nec scī | -re ⌣ ut-rum | sīs ‖（―― | ―― | ― ‖）
āl-bus ⌣ a | n ⌣ ater ⌣(h)o | mō（―⌣⌣ | ―⌣⌣ | ―）

― 52 ―

nec scīre utrum sīs ‖ ālbus an ater homō
― ― | ― ― | ― ‖ ― ⌣ ⌣ | ― ⌣ ⌣ | ―
ネックスキー | ルトルム | シース ‖ アルブ サ | ナーテロ | モー

[註] **studeo** は **velle**（不）をとり **velle** は **placere**（不）をとり **placere** は **tibi** をとる.
nil...studeo...velle（不）**...nec...scire**（不）
sis albus an ater 間接疑問文のため **sis** 接（MK 690），**scire** の目的文.
「そなたが白か黒か，私にとってはどうでもいいこと」

※ Catullus の詩集（Thomson）の番号 cf. p.76

（大意）
1. 憎いし，恋しい．それはどうしてかと問われても，自分でもわからない．ただそのような気持を抱いて悩んでいる．
2. カエサルよ，私はそなたの機嫌を取ろうなど毛頭考えていない，だからそなたの本性が白か黒かも，強いて知りたいとも思わない．
[註] Catullus は上流階級の人たちと交際していた詩人．「後篇」Catullus 参照

(1) C. Julius Caesar

Caesar（100-44BC.）ローマで最も有名な政治家，将軍．文才も Cicero と肩を並べた．「ガリア戦記」などの史書のほかに，演説集，文法論も発表した．詩も書いたが，残っているのは下記の一篇だけである．

De Terentio
Tu quoque, tu in summis, o dimidiate Menander,
poneris, et merito, puri sermonis amator.
lenibus atque utinam scriptis adiuncta foret uis
comica, ut aequato uirtus polleret honore

cum Graecis, neue hac despecte ex parte iaceres. (5)
unum hoc maceror ac doleo tibi desse, Terenti.

[註]
2. **puri sermonis amator** 非のうち所がなく，言葉遣いを大切にする人
3. **lenibus scriptis**（dat.）典雅な作品に
3. **utinam...foret**（MK 566）
4. ut その結果（MK 676）
5. **hac ex parte**（abl.）この点において，あるいは，このために
[text] Courtney 153 ; Morel. 91
[韻律] hexameter
1. Tu quoque | tu ⏑ in sum | mis ‖ o ‖ dimidi | ate Me | nader
　　－　⏑⏑ | －　　　－ | －‖－‖　－⏑⏑| －⏑⏑ | －－
5. cum Grae | cis neue | hac des | pecte ⏑ ex | parte ia | ceres
　　－　　－ | －　⏑⏑ | －　－ | －　　　－| －⏑⏑ | －－

(2) C. Cilnius Maecenas

C. Maecenas（74?-8BC）は Augustus 皇帝から信頼された相談相手であり，詩人たちのパトロンとしても有名．贅沢な趣味をもった粋人でもあった．

(a) Lucentes, mea uita, nec smaragdos,
　　beryllos neque, Flacce mi, nitentes
　　nec percandida margarita quaero
　　nec quos Thynica lima perpoliuit
　　anellos neque iaspios lapillos. (5)

(b) debilem facito manu, debilem pede coxo,
　　tuber adstrue gibberum, lubricos quate dentes ;

uita dum superest, benest. hanc mihi, uel acuta
si sedeam cruce, sustine.

[註]
(a) **smaragdus** 翡翠(ひすい), **beryllus** 緑玉石(エメラルド), **Thynica lima** ビーチューニアのやすり, **iaspios lapillos** 碧玉(ジャスパー)の小石(細工)
(b) **facito** = fac. me を補って考える
acuta cruce 釘などの打たれた拷問道具か. この詩について Seneca (Ep. 101, 10) は 'Maecenatis turpissimum votum' と言っている.
[text] Courtney p.276 ff. Morel. 101. f. cf. Schanz-Hosius. Ⅱ. §212-214

(3) P. Aelius Hadrianus Imperator

　Hadrianus (AD. 76-138. 即位 117) は平和主義の政策をとり, 歴代のローマ皇帝のうちで最も学識の深い教養人であった, また詩人, 文学者のパトロンでもあった.

(a) **Ego nolo Florus esse,**
ambulare per tabernas,
latitare per popinas,
culices pati rotundos.

(b) **Animula vagula blandula,**
hospes comesque corporis,
quae nunc abibis in loca,
pallidula, rigida, nudula,
nec ut soles dabis iocos?

[註]
(a) これは友人の詩人 Annius Florus (Schanz-Hosius III 539) の次の詩 (a′) に対する返歌である．
  (a′) **ego nolo Caesar esse,**
     ambulare per < ⌣ − − > <Sabaeos>
     latitare per Britannos,
     Scythicas pati <p>ruinas
(b) **quae**（疑問形容詞）**in loca**？
   pallidula rigida nudula は animula にかかる f. sg. か，あるいは loca にかかる n. pl. か？
[text] Courtney p.375, 382 ; Morel, 136,137, Schanz-Hosius III §505, 539 ; B. W. Henderson, The Life and Pyincipate of the Emperor Hadrian. 233ff.

(4) Plinius Caecilius Secundus

Plinius（61-113）は Trajanus 帝（在位 98-117）の顧問であり，文人のパトロンであった．彼の『書翰集』の中に，2つの詩（7, 4, 3 ; 7, 9, 10. cf. Morel. 135）が紹介されている．

huc mihi uos, largo spumantia pocula uino,
  ut calefactus Amor peruigilare uelit.
ardenti Baccho succenditur ignis Amoris,
  nam sunt unanimi Bacchus Amorque dei.

[註] **spumantia pocula** 今日の食後の uino spumante（発泡性白ブドウ酒）のような酒のことを言っているのか．
[text] Countney p.369 ; AL I 710 cf. Schanz-Hosius II §446
[韻律] elegiac couplet.
huc mihi | uos ‖ lar | go spu | mantia | pocula | uino
− ⌣⌣ | − ‖ − | − − | − ⌣⌣ | − ⌣⌣ | − −

— 56 —

ut cale | factus ‿ A | mor ‖ peruigi | lare ue | lit.
— ⏑⏑ | — ⏑ ⏑ | — ‖ — ⏑⏑ | —⏑⏑ | ⏑ ∧
arden | ti Bac | cho suc | cenditu | r ‿ ignis ‿ A |moris,
— — | — — | — — | — ⏑⏑ | ⏑ ⏑ | —⏑

nam sun | t ‿ unani | mi ‖ Bacchus ‿ A | morque de | i.
— — | — ⏑⏑| — ‖ — ⏑ ⏑ | — ⏑⏑ | —

(5) L. Annaeus Seneca

　Seneca（4 BC.- 65 AD.）は哲学書や悲劇作品の他に，Epigramma も書いた．72 歌（AL I . 232, 236, 237, 396-463, II . 667, 804.）残っているが，すべて Seneca の眞筆かどうかについては問題があるらしい※．これらの詩は追放されていた 41 年から 49 年の間に Corsica 島で書かれたものと考えられている．（Schanz-Hosius II § 379, CCLL 630) ここにはそのうち 8 篇を択んだ．

※ C. Prato, Gli epigrammi attribuiti a L. Anneo Seneca. Roma. 1964. を見ることができなかったのは残念である．

(1) 　　　　　　　　**De Corsica**
　　Barbara praeruptis inclusa est Corsica saxis,
　　　horrida, desertis undique uasta locis,
　　non poma autumnus, segetes non educat aestas
　　　canaque Palladio munere bruma caret.
　　imbriferum nullo uer est laetabile fetu (5)
　　　nullaque in infausto nascitur herba solo.
　　non panis, non haustus aquae, non ultimus ignis :
　　　hic sola haec duo sunt, exsul et exsilium.

[註] 2. **desertis locis** 性質の abl. MK 322

3. non po| ma ⌣ autum | nus sege | tes no | n ⌣ educa |ta ⌣ estas
    — — | —   — | — ⌣ ⌣ | — — | — ⌣ ⌣ | —   —
4. **Palladio munere** アテーネ女神の贈り物，オリーブ
5. **nullo fetu** 原因の abl. MK 398
7. **ultimus ignis** 究極の火，火葬のための火
[text] AL Ⅰ. 237. この詩については M. Rozelaar, Seneca 220. グリマル『セネカ』クセジュ文庫（鈴木訳）36.
〔韻律〕elegiac couplet.

(2)   **De qualitate temporis**
  Omnia tempus edax depascitur, omnia carpit,
    omnia sede movet, nil sinit esse diu.
  flumina deficiunt, profugum mare litora siccant,
    subsidunt montes et iuga celsa ruunt.
  quid tam parva loquor ? moles pulcherrima caeli (5)
    ardebit flammis tota repente suis.
  ommia mors poscit. lex est, non poena, perire :
    hic aliquo mundus tempore nullus erit.

〔註〕
2. **nil sinit esse diu** 時はいかなるものにも長い存在を許さない
5. **moles pulcherrima caeli…tota** 天空の最も美しい広大な全体
[text] AL Ⅰ. 232
〔韻律〕elegiac couplet.

(3)   **De amico mortuo**
  Ablatus mihi Crispus est, amici,
    pro quo si pretium dari liceret,
  nostros dividerem libenter annos.
    nunc pars optima me mei reliquit,

　　　　　　　詩　選　集

　　　　Crispus, praesidium meum, voluptas, （5）
　　　　　pectus, deliciae : nihil sine illo
　　　　laetum mens mea iam putabit esse.
　　　　　consumptus male debilisque vivam :
　　　　plus quam dimidium mei recessit.

［註］
2. **si…liceret…dividerem** MK 754
8. **vivam** 可能の接 MK532
［text］AL I. 445. cf. Rozelaar. 85. 209，［韻律］hendecasyllabic（p.77）

(4)　　　　　　　Memoriam litteris permanere
　　　　Haec urbem circa stulti monumenta laboris
　　　　　quasque vides moles, Appia, marmoreas,
　　　　pyramidasque ausas vicinum attingere caelum,
　　　　　pyramidas, medio quas fugit umbra die,
　　　　et Mausoleum, miserae solacia mortis, （5）
　　　　　intulit externum quo Cleopatra virum,
　　　　concutiet sternetque dies, quoque altius extat
　　　　　quodque opus, hoc illud carpet edetque magis.
　　　　carmina sola carent fato mortemque repellunt ;
　　　　　carminibus vives semper, Homere, tuis. （10）

［註］
1. **haec monumenta et**（= que）**moles marmoreas et**（= que）**pyramidas et mausoleum** は 7. **concutiet sternetque**（dies）の目的語
3. **ausas**（> audeo MK 385）**attingere**（不）**vicinum caelum** 天空近くまで
4. **quas fugit umbra die medio** 正午には影がなくなる（影がピラミッドを逃げる）
6. **quo Cleopatra externum virum**（= ローマ人の夫 Antonius）**intulit** そこに C. が外国人の夫を埋葬した所の

7. **quoque** = et quo, **quo altius...hoc magis** 高くなればなるほど，それだけいっそう烈しく
[text] AL I. 417
[韻律] elegiac couplet.

(5) De Graeciae ruina

Graecia bellorum longa succisa ruina
　　concidit, inmodice viribus usa suis.
fama manet, fortuna perit : cinis ipse iacentis
　　visitur, et tumulo est nunc quoque sacra suo.
exigua ingentis retinet vestigia famae　(5)
　　et magnum infelix nil nisi nomen habet.

[註] 1, 2 の 2 行を scan する．(elegiac couplet)
1. Graecia | bello | rum lon | ga suc | cisa ru | ina
　－ ⏑⏑ |－－|－　　－|－－ |－⏑⏑|－－
　concidit | inmodi | ce ‖ viribus | usa su | is.
　－ ⏑ ⏑|－⏑ ⏑|－ ‖ －⏑ ⏑|－⏑ ⏑ |－
　scan の結果，**succisa** は succǐdo ではなく，succīdo の完了分詞であること．そして **concidit** が concīdo ではなく concǐdo であることがわかる．
3. **cinis ipse jacentis** 横たわっている死灰それ自体
4. **tumulo...suo** 手段の abl.
　ギリシア贔屓の皇帝 Hadrianus は，アテーナエを見るに見かねて，いろいろな建築物を寄附して見舞ったといわれている．(Henderson, op. cit., 118ff.)
[text] AL I. 447, Rozelaar. 228

(6) De vita humiliori

Vive et amicitias omnes fuge : verius hoc est,
　　quam regum solas effuge amicitias.
est mea sors testis : maior me afflixit amicus

deseruitque minor. turba cavenda simul.
  nam quicumque pares fuerant, fugere fragorem (5)
    necdum conlapsam deseruere domum.
  [i] nunc et reges tantum fuge ! vivere doctus
    Vni vive tibi ; nam moriere tibi.

［註］

1. **fuge**, fugio の命 MK 119
1. **verius …quam** …よりいっそう真実だ
3. **est mea sors testis**「その証拠は私の運命」　Seneca は Claudius 帝一家との親密な交友が追放の原因となったといわれている．
5. **fugēre** = fugio の完了，fugerunt の別形
7. [i] **nunc et reges tantum fuge !** この 1 行は写本に混乱があるらしく，前後のつながりがはっきりしない．今は **i nunc et** を **nunc et non**（Scaliger）と読んでおく．韻はどちらも ――｜―.
7. **vivere doctus** MK 502（イ）
8. **moriere**, morior の未. 2. sg. **(uni) tibi**, 判断者の dat.（MK 207）か？
[text] AL I. 408. cf. Rozelaar 86f.
［韻律］elegiac couplet.

5. nam qui ｜ cumque pa ｜ res fue ｜ rant, fu ｜ gere fra ｜ gorem
   ― ― ｜ ―　◡ ◡ ｜ ― ◡ ◡ ｜ ―　― ｜ ― ◡ ｜ ― ◡ ∧

(7)　　　　　　De bono vitae humilioris
  Est mihi rus parvum, fenus sine crimine parvum ;
    sed facit haec nobis utraque magna quies.
  pacem animus nulla trepidus formidine servat
    nec timet ignavae crimina desidiae.
  castra alios operosa vocent sellaeque curules (5)
    et quicquid vana gaudia mente movet.
  pars ego sim plebis, nullo conspectus honore,

dum vivam, dominus temporis ipse mei.

［註］
5. **vocent**（接）MK 532
6. **vāna mente** 虚栄心から（MK 398）
6. et quic | quid va | nā ‖ gaudia | mente mo | vet
　　− − | − − | ‖ − ⌣⌣ | − ⌣⌣ | ⌣∧
7. pars ⌣ ego | sim ple | bis nul | lo con | spectus ⌣ (h)o | nore
　　− ⌣ | − − | − − | − − | − ⌣　⌣ | −∧
8. **dominus**（sim）**temporis mei, sim** は MK 531 **dum,** MK 780
8. Dum vi | vam ‖ domi | nus ‖ tempori | s ⌣ ipse me | i
　　− − | − ‖ ⌣⌣ | − ‖ − ⌣⌣ | − 　⌣⌣ | −
[text] AL I. 433 cf. Rozelaar 228
［韻律］elegiac couplet.

(8)　　　　　　　**De bono quietae vitae**
　　Ante rates Siculo discurrent aequore siccae
　　　　et deerit Libycis putris harena vadis,
　　ante nives calidos demittent fontibus amnes
　　　　et Rhodanus nullas in mare ducet aquas,
　　ante mari gemino semper pulsata Corinthos　(5)
　　　　confundet fluctus pervia facta duos,
　　ante feri cervis submittent colla leones
　　　　saevaque dediscet proelia torvus aper,
　　Medus pila geret, pharetras Romana iuventus,
　　　　fulgebit rutilis India nigra comis,　　　(10)
　　quam mihi displiceat vitae fortuna quietae
　　　　aut credat dubiis se mea puppis aquis.

［註］1. 3. 5. 7. の各行の先頭の **ante** はすべて 11 行の **quam** と対応する。「…す

るくらいなら，その前に…するだろう」

quam 文では動詞が接（MK 782）．ante の文中では未来である．
2. et dee｜rit Liby｜cis ‖ putris ⌣(h)a｜rena va｜dis
   — —｜— ⌣⌣｜— ‖ — ⌣　⌣｜—⌣⌣｜—

2. **Libycis vadis** (dat.) **harena** が主語．desum「…が…に（与）欠ける，なくなる」

6. confun｜det fluc｜tus ‖ pervia｜facta du｜os
   — —｜— —｜— ‖ —⌣⌣｜— ⌣⌣｜—

   perviă factă は Corinthos (f.) と同格．これはむしろギリシア風の絶対主格と考えられないだろうか，cf. Hofmann. 143 (e)；Kühner. Ⅱ 792

10. **rutilis comis**, abl. causae MK 398, あるいは随伴の abl.（MK 319）？

[text] AL Ⅰ. 440 cf. Rozelaar 228
[韻律] elegiac couplet.

(6) Petronius Arbiter

古典古代で最もユニークな小説 *Satyricon*（又は *Satyrica*）を書いた Petronius は，ネロの帝室において 'arbiter elegantiae' と呼ばれていたが，66 年ネロから自殺を命じられた．彼の小説の中には大小さまざまの叙事詩や抒情詩が，あちこちにちりばめられているが，以下で紹介する短詩は，あるいは散逸した小説の中のどこかに，はめこまれていたものかも知れない (5.8.10)，あるいは別に編纂された短詩集の中の断片かも知れない．いずれにせよ，生涯を amoral な Epicurean の如く装い，自己を韜晦していた，この urbanus Petronius の現実の思想や人生観，あるいは文学趣味や審美眼の片鱗がこれらの詩からうかがえるのではないか．

[Petronius の Text とその省略記号]
AL = Antologia Latina Ⅰ. 1 1973[2]
B = Bücheler, F. Petronii Saturae. 1963[8]
C = Courtney. E., The Poems of Petronius 1991

E = Ernout, A., Pétrone. Le Satiricon 1950

(1)

inveniat, quod quisque velit. non omnibus unum est,
　Quod placet. hic spinas colligit, ille rosas.

［註］
1. **inveniat...velit** AL. E. B.
　inveniet...volet C.
[text] AL 464 = E 40 = B 35 = C 48[＊]　※ C の番号は頁数
［韻律］elegiac couplet.

　inveni | at, quod | quisque ve | lit. non | omnibus | unu(m) ⌣ est,
　－⌣⌣ | － ‖ －　 | －　 ⌣⌣ | － ‖ － | － 　⌣⌣ | －　　－

　quod placet. hic spi | nas colligit, | ille ro | sas
　－　⌣⌣ ‖ －　－ | － ‖ －⌣⌣ | －⌣⌣ | －

(2)

iam nunc ardentes autumnus fregerat umbras
atque hiemem tepidis spectabat Phoebus habenis,
iam platanus jactare comas, iam coeperat uvas
adnumerare suas defecto palmite vitis.
ante oculos stabat, quidquid promiserat annus.　　　(5)

［註］
1. *umbras* AL. E. B. *horas* C　写本は **umbras** 影. たしかに **horas**「時・季節」の校訂はわかり易いが，理屈ぽい，音色もよくないのでは．これ(2)は Petronius の中で一番好きな歌である．
2. **tepidis...habenis.** MK 320.
3. **coeperat.** MK 265. jactare も adnumerare も coeperat の補足不定法（MK 150）
4. **defecto palmite.** abl. abs.

詩　選　集

[text] AL 465 = E 41 = B 38 = C 49
[韻律] hexameter
2. atque ⌣(h)ie | mem tepi | dis spec | tabat | Phoebus ⌣(h)a | benis
　　－　⌣　　⌣｜－　⌣⌣｜－　－｜－－｜－　⌣　　⌣｜－　－
　　　アトキエ　　　　　　　　　　ポエブサベーニース

(3)

nolo ego semper idem capiti suffundere costum
　　nec noto stomachum conciliare mero.
taurus amat gramen mutata carpere valle
　　et fera mutatis sustinet ora cibis.
ipsa dies ideo nos grato perluit haustu,　　　　　　　(5)
　　quod permutatis hora recurrit equis.

[註]
2. **noto** AL. E. C. **toto** B
6. **umbra** C. **hora** AL. B. E
1. nolo ⌣ ego | semper i | dem capi | ti suf | fundere | costum
　　－　⌣⌣｜－　⌣⌣｜－　⌣⌣｜－－｜－　⌣⌣｜－　⌣　∧
costum. n. 頭髪用の香油
2. **nec** 冗語（pleonasm），cf. Hofmann 523. nolo (1) があるので．
3. **mutata valle**. abl. abs.
　　taurus a | mat gra | men mu | tata | carpere | valle
　　－　⌣⌣｜－　－｜－　－｜－－｜－　⌣⌣｜－　⌣　∧
4. **mutatis cibis** 手段の abl.
5. 6の文意は正確に訳せない．おそらく毎日変わって新しい日が帰ってくるように，好みも変えようということだろう．
6. **permutatis equis**（abl. abs. か）
　　時（hora）が日輪の馬車と月の馬車をとりかえて，戻ってくる．日が昼と夜を交替させるという意味か．写本の hora を umbra（夜陰）に校訂する必要

— 65 —

はないのでは.
[text] AL 467 = E 42 = B 33 = C 51
[韻律] elegiac couplet.

(4)
uxor legitimus debet quasi census amari.
  nec censum vellem semper amare meum.

[text] AL 468 = E 43 = B 34 = C 52
[韻律] elegiac couplet.
  uxor | legiti | mus de | bet quasi | census a | mari.
  — — | — ⌣ ⌣ | — — | — ⌣ ⌣ | — ⌣ ⌣ | — —
  nec cen | sum vel | lem ‖ semper a | mare me | um
  — — | — — | — ‖ — ⌣ ⌣ | — ⌣ ⌣ | ⌣ ∧

(5)
linque tuas sedes alienaque litora quaere,
＜o＞ iuvenis : maior rerum tibi nascitur ordo.
ne succumbe malis : te noverit ultimus Hister,
te Boreas gelidus securaque regna Canopi,
quique renascentem Phoebum cernuntque cadentem : (5)
maior in externas Ithacus descendat harenas.

[註] **juvenis**（2）はあとの（6）**maior Ithacus** と同一人物で，これは小説の主人公 Encolpius（Odysseus のパロディ）らしい．するとこの詩は小説の最初の部分に挿入されていたものか？（C. 53）
3. **ultimus Hister,** Danuvius（ドナウ川）の下流地域
4. **Boreas gelidus** 凍った北国
   Canopus はナイル河口の町
5. **qui**（que）**renascentem...** 登る太陽と沈む太陽を見る人たち＝東方と西方

詩　選　集

の人
[text] AL 469 = E 44 = B 37 = C 52
[韻律] hexameter

(6)
nam nihil est, quod non mortalibus afferat usum.
　　rebus in adversis, quae iacuere, iuvant.
sic rate demersa fulvum deponderat aurum,
　　remorum levitas naufraga membra vehit.
cum sonuere tubae, iugulo stat divite ferrum ;　　　(5)
　　barbara contemptu proelia pannus habet.

[註]
2. **quae jacuere**（= jacuerunt）それまで黙殺されていたもの，捨てられて，役にたっていなかったもの
3. **deponderat**「重さで沈める」目的語は次行 (4) の **naufraga membra**
5. **sonuere** = sonuerunt
5. **jugulo stat divite**「金持ちの喉の前に立つ」
6. **contemptu proelia habet**「戦いを軽蔑のために持つ」→ 戦いをあざ笑う，この目的の dat. については Hofmann § 68 (a), cf. MK 558

[text] AL 470 = E 45 = B 36 = C 53
[韻律] elegiac couplet.
1. nam nihil | est quod | non mor | talibus | afferat | usum.
　　－　　⌣⌣|－　　－　|－　　－　|－⌣⌣|－⌣⌣|－⌣
2. rebus in | adversis ‖ quae iacu | ere, iu | vant.
　　－⌣　⌣|－　－|－ ‖　－　⌣⌣|－⌣⌣|－

(7)
parvula securo tegitur mihi culmine sedes
uvaque plena mero fecunda pendet ab ulmo.

— 67 —

ラテン詩への誘い

dant rami cerasos, dant mala rubentia silvae
Palladiumque nemus pingui se vertice frangit.
iam qua deductos potat brevis area fontes,　　　　　(5)
Corycium mihi surgit olus malvaeque supinae
et non sollicitos missura papavera somnos.
praeterea sive alitibus contexere fraudem
seu magis imbelles libuit circumdare cervos,
aut tereti lino pavidum subducere piscem,　　　　　(10)
hos tantum novere dolos mea sordida rura.
i nunc et vitae fugientis tempora vende
divitibus cenis ! me si manet exitus idem,
hic precor inveniat consumptaque tempora poscat.

［註］

1. **mihi** 共感の dat. MK 556, 6. **mihi** も同じ.
2. **uva plena merō** (abl.) 果汁が一杯あるブドウ.
2. uvaque | plena me | rō fe | cundā | pendet a | b ulmo
　　－∪ ∪ ｜ －∪ ∪ ｜ － － ｜ － ∪ ｜ 　∪∪｜ － －
3. **Palladium nemus** オリーブの木の植林
5. **quā**（関係副詞）, **brevis area** 小さな中庭の花壇（主語）
　5 の scan
　　iam qua | deduc | tos po | tat brevis | area | fontes
　　－　　－ ｜ － －　｜ － －　｜ －　　∪∪　｜ －∪∪｜ － －
　　この行は C. に従う. cett. は **diductos**……**levis** area.
6. **Corycium olus**, Corycus の野草（サフラン）
10. C. は tereti (写本) を tenui「細い」と校訂. すると魚釣りのことを述べていることになる. その描写に subducere がふさわしいか？もっとも tereti lino（手段の奪格）の意味も曖昧であるが. cf. OLD. linum 2. d.
13.14. 正確な文意不明. B の校訂は me si manet exitus, **idem** / hic, precor, **inveniar** consumptaque tempora **poscar**「もし最期が私を待っているなら,

詩　選　集

同じ私はこの宴会場で見つけられたい，死ぬまでにすぎて行く時間が私から請求されんことを」？

　この詩に関する私の空想を許されたい．Petronius は自殺するとき，これがネロから命じられた屈辱的な刑罰と悟られないように，仲のよかった友や女を田舎の別荘に招いた最後の宴会の席で，愛人の胸に抱かれながら医者から手首の血管を切ってもらい，血を流しつつ誰にもそれと気づかれず息をひきとった．この臨終の席で Seneca の如く，哲学談義ではなく，Petronius はたわむれの詩を朗唱したといわれる．あるいはそのときの詩の一つではなかったろうか，この詩は．

[text] AL 471 = E 46 = B 50 = C 54
[韻律] hexameter

(8)

haec ait et tremulo deduxit vertice canos
consecuitque genas ; oculis nec defuit imber,
sed qualis rapitur per vallis improbus amnis,
cum gelidae periere nives et languidus Auster
non patitur glaciem resoluta vivere terra,　　　　　　(5)
gurgite sic pleno facies manavit et alto
insonuit gemitu turbato murmure pectus.

[註]
1. **haec ait**「彼女はこう言って，」どうやらこの詩は小説の中のどこかに（たとえば 137.3 に）挿入されていたものか．
   deduxit の主語は老婆（Oenothea）か．彼女をからかったような大袈裟な表現から考えて（C.59）．**deduxit**「ひきさいた」
2. **imber** 涙の雨
3. **qualis** は **sic** (6) と対応する
4. **periēre** = pereo の完．3. pl.
5. **patitur** ＋不（= vivere），**resolutā terrā** (abl. abs.) 大地を無力にして

― 69 ―

5. non pati | tur glaci | em reso | lutā | vivere | terrā
   　 ‒ ⏑⏑ | ‒ ⏑⏑ | ‒ ⏑⏑ | ‒ ‒ | ‒ ⏑⏑ | ‒ ‒

7. **alto gemitu**（手段の abl.）**turbato murmure**（abl. modi？MK 320）正しい意味不明．alto gemitu turbatum pectus insonuit murmure「深い嘆息で混乱した胸は大きなつぶやきの音をたてた」？

[text] AL 475 = E 51 = B 40 = C 59

[韻律] hexameter

(9)

non est forma satis, nec, quae vult bella videri,
　　debet vulgari more placere sibi.
dicta, sales, lusus, sermonis gratia, risus
　　vincunt naturae candidioris opus.
condit enim formam, quicquid † consumitur † artis ;　(5)
　　et nisi velle subest, gratia nuda perit.

[註]

2. **placere sibi** うぬぼれる
4. **naturae candidioris**（= simplicioris）**opus** 単純な，飾らない生来の魅力
5. **condit** は condio の 3. sg.　condo ではない
   quicquid consumitur artis 学問技芸によって身につけられたものはなんでも．
   写本の consumitur の正確な意味が不明なので，C. は sibi sumitur「あなたの身につけられた」と校訂する．sibi は dat. commodi（MK 206）か．
6. **velle** の意味不明．おそらく技を身につけようという意志？ C. は **velle subest** を **sal superest** と校訂して「塩（技）が一杯である」と解する．

[text] AL 479 = E 53 = B 31 = C 62

[韻律] elegiac couplet.

1. non est | forma sa | tis, ‖ nec, ‖ quae vult | bella vi | deri,
   　 ‒ ‒ | ‒ ⏑⏑ | ‒ ‖ ‒ ‖ ‒ ‒ | ‒ ⏑⏑ | ‒ ‒

— 70 —

2. debet | vulga | ri ‖ more pla | cere si | bi.
　− − | − − | − ‖ − ⏑ ⏑ | − ⏑ ⏑ | −

(10)

somnia, quae mentes ludunt volitantibus umbris,
non delubra deum nec ab aethere numina mittunt
sed sibi quisque facit. nam cum prostrata sopore
urguet membra quies et mens sine pondere ludit,
quicquid luce fuit, tenebris agit. oppida bello　　　　　(5)
qui quatit et flammis miserandas eruit urbes
tela videt versasque acies et funera regum
atque exundantes profuso sanguine campos.
qui causas orare solent, legesque forumque
et pavidi cernunt inclusum chorte tribunal.　　　　　(10)
condit avarus opes defossumque invenit aurum.
venator saltus canibus quatit. eripit undis
aut premit eversam periturus navita puppem.
scribit amatori meretrix, dat adultera munus.
et canis in somnis leporis vestigia latrat.　　　　　(15)
in noctis spatium miserorum vulnera durant.

［註］この詩は小説の中で (104. 3), Eumolpus が Lichas と Tryphaena を説得する場面にはめこまれていたものか (C. 64).

　Stoa 派は夢を「神が送る予言的なもの」と考えていたが, Epicurean は 'sibi quisque facit' (3) と信じていた.

cf. *Disticha Catonis*. 2. 31" somnia ne cures, nam mens humana quod optat dum vigilat. sperat, per somnus cernit id ipsum"「夢を気に病むな. 人間の精神が, 日中に願い, 希望するもの, そのものを眠りの中で認めるのだから」
4. **sine pondere** 肉体の束縛なしに, かるがると？

15. この一行を E. は削除，犬のことを言っているという理由から．しかし比喩と解したらいいのでは．
[text] AL 651 = E 30 = B 30 = C 63
[韻律] hexameter

(11)

sic contra rerum naturae munera nota
　corvus maturis frugibus ova refert.
sic format lingua fetum cum protulit ursa
　et piscis nullo iunctus amore parit.
sic Phoebea chelys † victo † resoluta parentis　　　　(5)
　Lucinae tepidis naribus ova fovet.
sic sine concubitu textis apis excita ceris
　fervet et audaci milite castra replet.
non uno contenta valet natura tenore
　sed permutatas gaudet habere vices.　　　　(10)

[註]
1. **rerum naturae munera** 万物の本性の任務，あり方．一語で訳しがたい munus.
5. この一行の写本が乱れている．victo の所を † vinclo †（AL. B. E.）に従うなら「絆，束縛」．今は nixu「陣痛から」をとる．(cf. C. の註)
Phoebea chelys は，竪琴（cithara）の胴に大海ガメの甲を使ったことに由来する名．
6. **parentis Lucinae** も珍しい表現で，訳しがたい．「出産の女神（ルーキーナ）である母親の，出産する母親の」
7. **textis excita ceris**「組み立てられた蜜蠟の巣から発生した？」
9. **tenore** も (10) **vices** も訳しがたい．
[text] AL 690 = E 26 = B 26 = C 66
[韻律] elegiac couplet.

詩　選　集

［詩選集「前篇」で使用した Text と参考書とその省略記号］

AL. = Bücheler-Riese : Anthologia Latina I. 1, 1973^2, I. 2, 1972^2 ; II. 1, 1972^2 ; II. 2, 1972^2

Albrecht = Albrecht. M.. von ; A History of Roman Literature（Geschichte der römischen Literatur, 1994 の英訳）2 Vols. 1997

CCLL = The Cambrige History of Classical Literature II. Latin Literature 1982

CLL = A Companion to Latin Literature, edited by S. Harrison 2004

Conte = Conte, G. B., Latin Literature.（Letteratura latina, 1978 の英訳）1994

Courtney = Courtney. E., The Fragmentary Latin Poets. 1993

Duff = Duff. J. W., A Literary History of Rome. I. From the Origins to the Close of Golden Age 1960^2 II. In the Silver Age 1960^2

Hofmann = Hofmann-Szantyr, Lateinische Syntax und Stilistik 1965

Kühner - Holzweissig, Ausführliche Grammatik der Lateinischen Sprache. Teil Ⅰ. Elementar-, Formen - unt Wortlehre 1912 = 1994

Kühner = Kühner - Stegmann. Ausführliche Grammatik der lateinischen Sprache Teil II　Satzlehre 2 Bde 1976^5

Leumann. M., Lateinische Laut - und Formen - Lehre 1963^2

MK.= 松平千秋，國原吉之助共著『新ラテン文法』1977 南江堂 1992 以後 東洋出版

Morel, W., Fragmenta Poetarum Latinorum 1927 = 1963

OLD = Oxford Latin Dictionary by Glare, 1982

Schanz - Hosius - Krüger. Geschichte der römischen Literatur I. 1959^2, II. 1959^2, III. 1959^2

詩 選 集

後 篇

I. 抒 情 詩
II. 敍 事 詩

I. 抒 情 詩

Catullus, Gaius Valerius
(c.84-c.54 BC.)

　Catullus は北イタリアの Verona の裕福な家庭に生まれた．父は Caesar とも昵懇の間柄であった．若くしてローマに出ると，新派（neoterici）の文学サークルに属し，古風な叙事詩や悲劇を拒否し，新しい韻律，文体や，俗語を用い，ギリシアの古詩のみならず，Alexandria 時代の詩を学び，友情，恋愛，政治，諷刺を主題として，簡潔，明快，瀟洒，才気煥発な詩を書いて，後世に範をたれた．'Lesbia' と称されている恋人は，貴族 Clodius Pulcher の姉妹で，Metellus Celer の妻，Clodia と想定されている．そして Metellus が亡くなった 59 年から Cat. が死ぬまでの 5 年間に，25 歌で Lesbia との恋を歌った．本書では 8 歌（3, 5, 8, 13, 70, 72, 76, 85）紹介しておく．

[Text と註釈書]
Fordyce, C. T.　Catullus. A Commentary 1961 = 1990
Kroll, W.　Catull. 1968^2
Lafaye, G.　Catulle 1949
Merrill, E. T.　Catullus 1893 = 1951
Quinn, K.　Catullus The Poems 1976^2
Simpson, F. P.　Selected Poems of Catullus 1879 = 1965
Thomson, D. F. S.　Catullus 2003^2

序

　Catullus は 11 種の韻律を用いて，116 歌（そのうち第 18 歌-21 歌は Cat. の眞筆とみなされていない）約 2135 行の詩を後世に残した．このう

詩　選　集

ち hexameter の詩は第 62 と 64 歌で合計 474 行.

elegiac couplet は第 65-116 歌で 662 行. hendecasyllabic（11 音節詩）は 40 歌で 542 行. のこりの 477 行は 8 種の meter で書かれている. 本書では elegiac couplet の詩を 5 歌, hendecasyllabic の詩を 5 歌, そして scazon を 2 歌紹介し, 訳, 註をつけることにした.

そこでこれまで解説していなかった hendecasyllabic と scazon の韻律について, 第 53 歌と第 8 歌を例として scan しておく.

I. Hendecasyllabic

```
´ −
´ ⌣     ´ ⌣⌣ │ ´ ⌣ │ ´ ⌣ │ ´ ⌣
⌣ −
```

Risi | nescio | quem mo | do ⌣ e co | rona
´ − | − ⌣⌣ | −　⌣ | −　⌣ | − −　（´ ictus 記号, 省略する）
qui, cum | mirifi | cē Va | tīni | āna
− − | − ⌣⌣ | − ⌣ | − ⌣ | − ⌣
meus | crimina | Calvus | expli | casset,
− ⌣ | − ⌣⌣ | − ⌣ | − ⌣ | − ⌣
admī | rans ⌣ ait | haec ma | nusque | tollens
− − | − ⌣ ⌣ | − − | − ⌣ | − −
'dī mag | nī, sala | pūti | um di | sertum!'
− − | − ⌣⌣ | − ⌣ | − ⌣ | − ⌣

(53)

II. Scazon※ (limping iambic)

```
⌣ ´     ⌣ ´     ⌣ ´   ⌣ ´     ⌣ ´   ´ −
− ´  │  − ´  │  − ´ │ − ´  │  − ´ │ ´ ⌣
```

— 77 —

```
miser | Catul | le de | si nas | inep | tīre
  ⏑ −  |  ⏑ −  |  ⏑ −  |  ⏑ −  |  ⏑− |  −⏑
et quod | vides | peris | se per | ditum | ducas
  − −  |  ⏑ −  |  ⏑ −  |  ⏑ −  |  ⏑ −  |  − −
ful se | re quon | dam can | didi | tibi | soles
  − −  |  ⏑ −  |  ⏑  −  |  ⏑ − |  ⏑ − |  − −
cum ven | tita | bas quo | puel | la du | cebat
  − −  |  ⏑ − |  −  −  |  ⏑ − |  ⏑ − |  − −
```
(8)

※ scazon（σκάζων）は「びっこの iambic verse」の意. Catullus は hexameter, elegiac couplet, hedecasyllabic について多く用いている, scazon は 8 歌で用いられている.

I. Hendecasyllabic

1

Lugete, o Veneres Cupidinesque,
et quantum est hominum uenustiorum.
passer mortuus est meae puellae,
passer, deliciae meae puellae,
5 quem plus illa oculis suis amabat :
nam mellitus erat suamque norat
ipsam tam bene quam puella matrem.
nec sese a gremio illius mouebat,
sed circumsiliens modo huc modo illuc
10 ad solam dominam usque pipiabat.
qui nunc it per iter tenebricosum
illuc, unde negant redire quenquam.
at uobis male sit, malae tenebrae

詩　選　集

>   Orci, quae omnia bella deuoratis :
> 15　tam bellum mihi passerem abstulistis.
>   o factum male! o miselle passer,
>   tua nunc opera meae puellae
>   flendo turgiduli rubent ocelli.

(3)※

※ Catullus の詩集の番号

[註]
1. **Veneres**（pl.）については，次の Cupidines に attract されたものとか,「Venus とその従者たち」（Kroll）とか, gratia の擬人化が Gratiae（pl.）の如く，Venustas が擬人化された Veneres（pl.）だ（Thomson）とか，Aphrodite Pandemos と Uranios の2人の Veneres だ（Quinn）とか，いろいろの解釈がある．
2. **quantum est hominum venustiorum**「いっそう洗練された感性をもった人は皆」hominum, この gen. は部分（MK 376）か，所有（MK 555. 註 1）か？ cf. Hofmann. 56（δ）
3. **passer** スズメではなく，アオツグミ（OLD, Fordyce 86）とのこと．cf. J. André, Les noms d' oiseaux en latin. 120. monticola solitarius
4. **plus oculis suis** = plus quam oculos suos
6. **norat** = noverat
7. **suam ipsam**「自分の女主人を」
8. **movebat**（MK 145）
8. の scan
   nec sē | se ⏑ a gremi | o ⏑ illĭ | us mo | vebat
   − −| −　⏑⏑| − ⏑| − ⏑| −⏑
12. **illuc, unde negant redire quemquam**「そこからは何人も帰ってこれないと人々が言う所へ」
13. **at**「それにしても，だが，しかし，ああ」
    vobis male sit「お前らは呪われてあれ（お前らにうまくいかないように）」

14. **bella,** bellum の pl. n. acc.「良いこと」
16. **o factum male**「ああ，それは悪くなされた．何とかわいそうなこと」
miselle misellus の voc. miser の指小辞，同じく **turgidulus** = turgidus,
ocellus = oculus　　指小辞は愛情をこめた会話体．

16. の scan

　o　fac| tum male |※o mi　| selle　|passer
　－－ |－　⌣⌣|－　⌣　|－⌣|　－　⌣　※ hiatus

2

Vivamus, mea Lesbisa, atque amemus,
rumoresque senum seueriorum
omnes unius aestimemus assis.
soles occidere et redire possunt.
5　nobis cum semel occidit breuis lux,
nox est perpetua una dormienda.
da mi basia mille, deinde centum,
dein mille altera, dein secunda centum,
deinde usque altera mille, deinde centum ;
10　dein, cum milia multa fecerimus,
conturbabimus illa, ne sciamus,
aut ne quis malus inuidere possit,
cum tantum sciat esse basiorum.　　　　　　　　(5)

［註］この詩は Catullus の恋の物語の第一頁．
3. **unius assis** 価格の gen.（MK 419）
4. **soles**. pl. は「毎日の太陽」
5. **nobis** (dat.) は **est dormienda**（動形）と関係させるべきか．MK 592（ロ）
7. **mille, deinde centum** この数の数え方は，そろばん（abacus）によるものであろうか．私はそう考えて 11 **conturbabimus** を「御破算」と訳した．

詩　選　集

8. **mille altera**「第2の(もう一つの)千」
9. **usque**「つづけて，また」
10. **cum milia multa fecerimus**「多くの1000を合計したとき」fecerĭmus（未来完了）は詩の中でĭとscanされることがある．Kühner-Holzweissig, 116 (12)

10. の scan
   dein cum | milia　| multa | fece | rīmus
   －　　－　|－⏑⏑ |－　⏑ |－⏑ |－⏑

11. **ne sciamus**「我々が知らないように」自分の幸福を数えていると，Nemesisを招き寄せ不幸な目にあうという迷信があった．

3

  Cenabis bene, mi Fabulle, apud me
  paucis, si tibi di fauent, diebus,
  si tecum attuleris bonam atque magnam
  cenam, non sine candida puella
5 et uino et sale et omnibus cachinnis.
  haec si, inquam, attuleris, uenuste noster,
  cenabis bene ; nam tui Catulli
  plenus sacculus est aranearum.
  sed contra accipies meros amores
10 seu quid suauius elegantiusue est :
  nam unguentum dabo, quod meae puellae
  donarunt Veneres Cupidinesque,
  quod tu cum olfacies, deos rogabis,
  totum ut te faciant, Fabulle, nasum.　　　　(13)

[註]
1. **mi Fabulle**. mi は meus の呼格．MK 138

ラテン詩への誘い

2. **paucis diebus**「数日のうちに」abl. temporis MK 477. Catullus は属州から帰国してくる友人 Fabullus の歓迎会を催したいらしく，今，帰国中の友に対して戯れの案内状を書いていると考えられる．どうやら，その主たる目的は自分の恋人 Lesbia の紹介であるらしい．

3. **attuleris** 未来完了

4. **non sine** は cum より強い表現．candida puella は芸妓であろうが，11 の meae puellae は恋人 Lesbia であろう．

6. **venuste noster**（呼格）

7.-8. の scan

cena | bis bene | nam tu | i Ca | tulli
—— | — ⌣⌣ | — ⌣ | —⌣ | ——

plenus | sacculu | s ⌣ est ⌣ a | rane | arum.
— — | — ⌣⌣ | — ⌣ | —⌣ | —⌣

7. **cenabis bene**, 3 と 6 の **si...attuleris**, の条件（文）の結果（文）（MK 745）

9. **meros amores** (pl.)「本当に君が愛するもの」amores は「恋人」ではなく，ここでは「もの」つまり unguentum を意味しているようだ．香油はローマの饗宴において必要不可欠なものであった．そしてこの「香油」で，Cat. は才能・美貌ともふくいくたる Lesbia を暗示しているらしい．

10. **seu quid** = vel si quid「あるいは，もし何かあるとすれば，それでいいが」

11. na(m) ⌣ unguen | tum dabo | quod me | ae pu | ellae
— | — ⌣⌣ | — ⌣ | —⌣ | ——

14. **totum** は **te** と同格．**nasum** にかからないだろう

4

Iam uer egelidos refert tepores,
iam caeli furor aequinoctialis
iucundis Zephyri silescit aureis.
linquantur Phrygii, Catulle, campi
5 **Nicaeaeque ager uber aestuosae :**

詩 選 集

> ad claras Asiae uolemus urbes.
> iam mens praetrepidans auet uagari,
> iam laeti studio pedes uigescunt.
> o dulces comitum ualete coetus,
> 10　longe quos simul a domo profectos
> diuersae uariae uiae reportant.　　　　　　　(46)

[註] この詩は朗唱するといいのでは.

1. Iam uer | egeli | dos re | fert te | pores
  ヤム ウェレーゲリドース レフェルト テポーレース
  ー　ー | ー⌣⌣ | ー⌣ | ー　⌣ | ー ー

  iam cae | li furor | aequi | nocti | alis
  ヤム カエリーフロラ アエクゥイノクティアーリス
  ー　ー | ー⌣⌣ | ー　⌣ | ー⌣ | ー ー

1. **egelidos**「なまぬるい，もう冷えなくなった」tepores（pl.）「暖かい日々」
2. **caeli aequinoctialis**「昼夜平分時（ここでは春分）の季節」3月の下旬には嵐が吹き荒れていた.
3. **iucundis..aureis**（= auris）手段の abl.
4. **linquantur**（接）「後に残されるべきだ，MK 530（ロ）．おさらばだ」
4. **Phrygii campi** = Phrygia = Bithynia. Cat. は，Bithynia の総督として赴任する（57年）Memmius の随員として，ここに来ていた．そして56年にローマへ帰るときに書いた詩.
5. **Nicaea** は Bithynia の首都, **aestuosus**「暑ぐるしい（むし暑い）」所である由.
6. **claras Asiae urbes**「アシア」はローマ領の小アシア（今のトルコ）．Pergamum など名所・古蹟がアシアの西海岸に多かった．**volemus** は volare の接「急ぐことにしよう」
7. **avet vagari**（補足不定法 MK 150）「彷徨を切望する」
8. **laeti studeo..**「旅への激しい欲望によって，私の両足は喜び勇んで，強くなっている」
9. **comitum coetus**「随員たちの仲間」随員たちはローマから出発するときは，

皆一緒だったが，帰国のときはそれぞれ好きな道を通っていた．彼らは属州（見知らぬ土地）で総督の晩餐会や会議に出席していた，ローマでの友人たち．
10. **longe** は profectos にかけるか．「ローマの家から一緒に出発して長い旅をしてきた者たちを」

5

  Risi nescio quem modo e corona,
  qui, cum mirifice Vatiniana
  meus crimina Calvus explicasset,
  admirans ait haec manusque tollens,
5 'di magni, salaputium disertum!'   (53)

［註］
1. **nescio quem**（acc.）「誰かわからない人を」（私は笑った）．MK 693（ロ）
2. **Vatiniana crimina** = crimina Vatinii「Vatinius に対する弾劾」Vatinius は Catullus や彼の友人 Calvus との共通の政敵
5. **Di magni**（呼格）「偉大な神々よ」Calvus は非常に背丈の低い人であった由．

II. Scazon

1

  Miser Catulle, desinas ineptire,
  et quod uides perisse perditum ducas.
  fulsere quondam candidi tibi soles,
  cum uentitabas quo puella ducebat
5 amata nobis quantum amabitur nulla.
  ibi illa multa cum iocosa fiebant,
  quae tu uolebas nec puella nolebat.

詩 選 集

> fulsere uere candidi tibi soles.
> nunc iam illa non uolt : tu quoque impotens noli,
> 10 nec quae fugit sectare, nec miser uiue,
> sed obstinata mente perfer, obdura.
> uale, puella. iam Catullus obdurat,
> nec te requiret nec rogabit inuitam.
> at tu dolebis, cum rogaberis nulla.
> 15 scelesta, uae te, quae tibi manet uita !
> quis nunc te adibit ? cui uideberis bella ?
> quem nunc amabis ? cuius esse diceris ?
> quem basiabis ? cui labella mordebis ?
> at tu, Catulle, distinatus obdura.　　　　　　　(8)

[註]
1. **desinas** + 不「…であることをやめよ」**desinas** = desine
   ineptire「現実の判断を間違えること」
3. **candidi soles**「幸福な日々」
5. **nobis** = mihi 行為者の与格 (dat. auctoris) MK 592 註
6. **ibi..cum** を一緒にして「そのとき」と読む人もいる (cf.Quinn)
9. **impotens noli** 写本が乱れているらしい，impotens, を呼びかけととるか，あるいは noli の主語の形容詞ととって「お前もまた彼女を烈しく（自制を失って）拒絶せよ，（欲するな）」
9. の scan
   nunc ia(m) ⌣ il | la non | uolt tu | quoque ⌣ im | potens | noli
   ‒　　　‒　|⌣ ‒ | ‒ ‒ |⌣　‒　|⌣ ‒　| ‒ ‒
10. **sectare**. sector の命令法. 2. sg. ; quae の先行詞 eam を補う
    nec quae | fugit | sectā | re, nec | miser | uiue
    ‒　　‒　|⌣ ‒ | ‒ ‒ |⌣　‒ |⌣ ‒ | ‒ ⌣
11. **obstinatā mente** abl. modi MK 320
14. **rogaberis nulla** (= non)「全くお前は求愛されないだろう（私から）」

— 85 —

15. **vae te** = vae tibi「何と不幸なお前よ」という意味か？

17. **cuius esse diceris**「お前は誰のものであると言われているのか」cuius + est, 所有の gen. MK 555 註 1.3　　dīcēris 未・受. 2. sg.

2

  Paene insularum, Sirmio, insularumque
  ocelle, quascumque in liquentibus stagnis
  marique uasto fert uterque Neptunus ;
  quam te libenter quamque laetus inuiso,
5 uix mi ipse credens Thyniam atque Bithynos
  liquisse campos et uidere te in tuto.
  o quid solutis est beatius curis,
  cum mens onus reponit, ac peregrino
  labore fessi uenimus larem ad nostrum,
10 desideratoque acquiescimus lecto?
  hoc est quod unum est pro laboribus tantis,
  salue, o uenusta Sirmio, atque hero gaude ;
  gaudete uosque, lucidae lacus undae ;
  ridete quidquid est domi cachinnorum. (31)

[註]

1.-2. の scan

Paene ⌣ in | sula | rum Sir | mio ⌣ in | sular | umque
－　　－　　| ⌣ －| －　　－ | ⌣　－　| ⌣－| － ⌣
ocel | le, quas | cumque ⌣ in | liquen | tibus | stagnis
⌣－| ⌣　－| －　　　　－　| ⌣　－| ⌣－| －　－

1. **Sirmio** 現在の Lago di Gorda の南端の半島 Sermiane. ここに Cat. の別荘があったらしい.

 paene insula = paeninsula 半島

詩　選　集

2. **ocelle**（呼格）ひとみ，眞球
3. **uter Neptunus**「両方の Neptunus = 海と湖，川，海水と淡水の Neputunus」
5. **mi ipse credens.. ….（me）liquisse et videre**「私が後にのこしたこと，そして今見ていることが，ほとんど私自身にも信じられないのだから」**mi** = mihi は credere にかかる．つまり（me）を補う．
　Thynia は，Bithynia の北の部分．Cat. が Bithynia から帰国するときの詩，I. 4（p.83）の註 4 を参照あれ．
7. **solutis curis**「解放された心配」比較の abl.
7. = quid est beatius quam curas solvere ?
9. **peregrino labore**「外地（属州）での労苦」それとも「外地から帰国した旅の疲れ」いずれにせよ，原因の abl.
9.-10. の scan
　labo | re fes | si vē | nimus | lăre(m) ⌣ ad | nostrum,
　⌣− | ⌣ − | − − | ⌣ −| ⌣　　− | − −
　desi | dera | tōque ⌣ ac | quie | scimus | lectō?
　−⌣ | ⌣− | −　− | ⌣−| ⌣ − | − −
11. **hoc est quod unum est pro laboribus tantis**「これほど大きな苦労に（と釣り合う）唯一（ふさわしい）（価する）ものはこれだ」
12 の scan
　salve ⌣ o | venus | ta Sir | mio ⌣ at | que ⌣(h)erō | gaude
　−　　 ⌣ | ⌣ − | ⌣ − | ⌣ − | ⌣　　 − | − ⌣
　hero は利害の dat.（MK 206）「主人のために喜べ」
13. **gaudē | te vos | que lū | cidae | lacūs | undae**
　　　− − | ⌣ − | ⌣ − | ⌣ − | ⌣ − | − −
　「よろこべ，お前たちも，湖のきらめく波よ」
　ここは Thomson 以外すべて，**o Lydiae lacus undae**「おお，リュディア湖の波よ」と校訂する（写本が乱れているので）．なお **vosque** = vos quoque
14. **quidquid est domi cachinnorum**　domi = in one self（OLD. domus. 7. b.）「お前（湖）自身の持っている（の中にある）笑いという笑いは皆」「笑い」は岸に打ち寄せる波の音（ざわめき）の比喩．**quidquid** は **ridete** の内的対

格 (MK 279). もっとも呼格ととる説 (Merrill) もあるが.

勿論 **domi** は, 9.-10. を読むと「Cat. の家」と解することもできよう. しかし今は目の前の湖に呼びかけているのではないだろうか.

III. Elegiae Couplet

1

Nulli se dicit mulier mea nubere malle
 quam mihi, non si se Iuppiter ipse petat.
 dicit : sed mulier cupido quod dicit amanti,
  in uento et rapida scribere oportet aqua. (70)

［註］

1. **mulier mea** = mea puella (2.1) = Lesbia
   nulli..quam mihi 私以外の誰とも…でない
   se nubere（自）nulli (= nemini) 自分は誰とも結婚しない. se は, 不定法句の対格主語
2. **non si** = ne tum quidem si たとえ…であっても, …で(結婚し)ない
3. **cupido amanti** 自分に惚れた恋人に対し

3-4 の scan

3. dicit ｜ sed muli ｜ er cupi ｜ do quod ｜ dicit ⌣ a ｜ manti
    －　－｜－　⌣⌣｜－⌣⌣｜－　　－｜－⌣　⌣｜－　－
4. in uen ｜ to ⌣ et rapi ｜ dā ‖ scribere ⌣ o ｜ portet　a ｜ quā
    －　－｜－　⌣⌣｜－　‖　－⌣　⌣　｜－⌣⌣｜－

2

Dicebas quondam solum te nosse Catullum,
 Lesbia, nec prae me uelle tenere Iouem.

詩　選　集

  dilexi tum te non tantum ut uulgus amicam,
   sed pater ut natos diligit et generos.
5 nunc te cognoui : quare, etsi impensius uror,
   multo mi tamen es uilior et leuior.
  qui potis est? inquis. Quod amantem iniuria talis
   cogit amare magis, sed bene uelle minus. (72)

[註]

 1. 2行は次のように解釈されようか. Lesbia がかって言っていたことは,'solum ego Catullum nosse volo, nec prae Catulle tenere Iovem' であった. つまり1に2の **velle** を補うべきか.

 3-4 で Catullus の言いたいことは, Lesbia への愛は単に肉体的な愛（ut vulgus amicam）ではなく, 精神的な愛（父が子や婿を愛するような）であるということ.

 5-6 は (58) の有名な odi et amo (Ⅲ. Epigrama (1) p.51) の分析であろう.「お前への愛情は益々烈しくつのるのに, お前への人物評価はますます下落し, 軽蔑がつのってくる」

6. **mi** = mihi MK 207

7. **qui potis est** (fieri)「どうしてそのようなことが起こり得るのか」qui は quis の手段の abl.（古）. **iniuria talis**「かかる不正・不実 = Lesbia の日頃のつれない態度」

7. **quod** 以下も odi est amo の分析と見られよう.

8. **bene velle** 父親が息子に対して抱くような愛情, 好意, 善意, 敬愛の念. **magis..minus** は, 共に **cogit** にかかる.

7-8. の scan

 qui poti | s ‿ est in | quis quod a | mante(m) ‿ in | iuria | talis
 − ‿‿ | − ‖ − | − ‖ ‿ ‿ | − − | − ‿‿ | − ‿

 cogit ‿ a | mare ma | gis ‖ sed bene | uelle mi | nus
 − ‿ ‿ | − ‿ ‿ | − ‖ − ‿ ‿ | − ‿ ‿ | ‿ ∧

3

Siqua recordanti benefacta priora uoluptas
  est homini, cum se cogitat esse pium,
nec sanctam uiolasse fidem, nec foedere nullo
  diuum ad fallendos numine abusum homines,
5 multa parata manent in longa aetate, Catulle,
  ex hoc ingrato gaudia amore tibi.
nam quaecumque homines bene cuiquam aut dicere possunt
  aut facere, haec a te dictaque factaque sunt.
omnia quae ingratae perierunt credita menti.
10 quare cur tete iam amplius excrucies ?
quin tu animo offirmas atque istinc teque reducis
  et dis inuitis desinis esse miser ?
difficile est longum subito deponere amorem,
  difficile est, uerum hoc qua lubet efficias :
15 una salus haec est, hoc est tibi peruincendum,
  hoc facias, siue id non pote siue pote.
o di, si uestrum est misereri, aut si quibus umquam
  extremam iam ipsa in morte tulistis opem,
me miserum aspicite et, si uitam puriter egi,
20 eripite hanc pestem perniciemque mihi,
quae mihi subrepens imos ut torpor in artus
  expulit ex omni pectore laetitias.
non iam illud quaero, contra me ut diligat illa,
  aut, quod non potis est, esse pudica uelit :
25 ipse ualere opto et taetrum hunc deponere morbum.
  o di, reddite mi hoc pro pietate mea.   (76)

詩　選　集

[註]
　72, 85と同様，この76でも詩人の誠実な愛（pietas, fides）に答えないで，他の男を愛する不貞な（impia, ingrata）Lesbiaに対する，詩人の愛と憎しみの心理的葛藤が見られる．

1. **si..est homini**は大前提．2. **cum**以下**homines**までは小前提とみなされよう．すると終結文は5, 6である．
2. **cum se cogitat**の主語はhominiであろうが，Catullus自身のcogitatと考えた方がわかり易い．このcum + 直は条件文（MK 803註）の如く訳すか．
　se esse pium「自分は敬虔である．愛の契りを誠実に守っている」の理由が3, 4で説明されている．
4. **divium....numine**「神々の意志」**divum**（= divorum）はdivus（神）のpl. gen. MK 80 註1. **ad fallendos homines**「人間をだますために」**fallendos**は動形（MK 597）．
　numine（abl. MK 386）**(se) abusum**（esse）「神々の名による誓いを破って，自分は神々の意思を濫用したこと」なお（3）**nec....nullo**（否定語のpleonasm, Hofmann, 804（a））を**nec....in ullo**と改める校訂本（Thomson）がある．
5. 6. **multa**（gaudia）**parata manent**（tibi）**in longa aetate**「この先，長い生涯にわたって，お前のために多くの喜びが蓄えとして準備されている」
6. **ingrato amore**「報われなかった愛（から）」
9. **omnia quae**（関形）「以上（善行）のすべてが」**ingratae credita menti**「恩知らずの心への貸金となって」．関係文だけで終わるのをさけてLafayeは**omniaque**（写本）を採用している．
10. 写本の**cur tē iam**のdiaersisのhiatusをさけようとして，校訂本に異同が見られる．文意はいずれも同じであるが．ここではThomasonに従った．scanすると

quare | cur tē | te ⌣ iam ‖ amplius | excruci | es
－ － | － － | －　　　‖ － ⌣⌣ | － ⌣⌣ | －

「なぜ自分で自分を責めているのか」というCat.の自責の念は，肉体的な愛（amare）に，精神的な愛（bene velle）の伴わないことにあるようだ．cf. 72. 9
11. **animo**（場所のabl.）**offirmas**（接）「お前は心において強くなるべきだ」

animo（写本）を animum と改訂する版（Lafaye）もある．**istinc**「お前のいるそこから」

12. **dis invitis**（abl. abs.）「（お前が今の如く不幸なのは）神々の意思ではないのだから」cf. 17

14. **qua lubet**「どんなことをしてでも，是非とも」**hoc efficias**（接. MK 530）「これこそお前が確保すべきことだ」

15. **haec** は，**salus** に attract された hoc. cf. MK 197「これこそお前のためのたった一つの救い」**hoc est tibi**（行為者の dat. MK 592）**pervincendum**.
una sa ｜ lus haec ｜ est hoc ｜ est tibi ｜ peruin ｜ cendum
－⏑⏑｜ － － ｜－ － ｜－⏑⏑｜ － － ｜ － －
この行は spondaic hexameter．

16. **id non**（fieri）**pote**（est）**sive pote**（est）

17. **si vestrum est**（MK 555 註 3）「あなた方の本性(本務)ならば．」

19. **si vitam puriter egi** cf. 2 行以下 4 行．

20. **pestem perniciemque**（hendiadys, Hofmann 782）「致命的な病い」

20. **mihi** 分離の dat. MK 428

21. **quae mihi**（cett）: **hei mihi**（Merrill）
quae の先行詞は **pestem**, **mihi** は **artus** にかかる共感の dat（MK 556）. ut は quae に従うと「のように」（MK 814）: hei に従うと感嘆文の ut（MK 812）か（cf. Kroll）

22. **ex omni pectore laetitias**「私の心全体から（完全に）喜びを」

23. **non iam illud quaero**「もう今ではあのことは求め（願わ）ないぞ」**illud** は ut 文（MK 819）．
contra「返礼に，返しとして私を愛してくれるように」

25. **ipse** は **illa**（23）と対照される．
次の行（17, 18, 23, 24）を scan しておく．

17 o di ｜ si uestrum ｜ est mise ｜ reri ⏑ aut ｜ si quibus ｜ umquam
－ － ｜－ ⏑ ⏑ ｜－ ⏑⏑ ｜－ － ｜－ ⏑⏑ ｜－ ⏑

18 extre ｜ mam ia(m) ⏑ ip ｜ sa ⏑ in ‖ morte tu ｜ listis o ｜ pem,
－ － ｜－ － ｜－ ‖ －⏑⏑｜ －⏑⏑｜ ⏑

詩　選　集

23 non ia(m)‿il | lud quae | ro con | tra me ut | diligat | illa
　　 —　　　 —　 | —　 — | — 　— | —⌣⌣ |—⌣⌣ | —
24 aut quod | non potis | est ‖ esse pu | dica ue | lit :
　　— 　— |— 　⌣⌣ | — ‖ —⌣⌣ |—⌣⌣ | ⌣

4

　　Chommoda dicebat, si quando commoda uellet
　　　　dicere, et insidias Arrius hinsidias,
　　et tum mirifice sperabat se esse locutum,
　　　　cum quantum poterat dixerat hinsidias.
5　credo, sic mater, sic liber auunculus eius,
　　　　sic maternus auus dixerat atque auia.
　　hoc misso in Syriam requierant omnibus aures ;
　　　　audibant eadem haec leniter et leuiter,
　　nec sibi postilla metuebant talia uerba,
10　cum subito affertur nuntius horribilis
　　Ionios fluctus, postquam illuc Arrius isset,
　　　　iam non Ionios esse sed Hionios.　　　　　(84)

[註]
1. **si quando..vellet** 反復的事実の条件文において，前文が接・未完了となるのは帝政期に多いが，共和政期の古典前期には珍しい．cf. MK 751（ハ）
3. **mirifice sperabat se esse locutum**「自分は見事に発音したとうぬぼれていたのだ」
4. **quantum poterat**「できるだけ強くh音（帯気音）を発音して」
5. **mater** 母（女）は家庭にいたので，古い発音を守っていたためか．
5. **liber** 自由人（市民）．Arriusのおじは解放奴隷であった父親から，自由市民として生まれたという皮肉（あてこすり）か．つまりArrius（どうやら政敵らしい）は身分の低い，（h音を強調する）教養のない人物と言うことか．

Catullus の仄めかしたいのは.

7. **hoc misso**（abl. abs）「この者が（公務で）派遣されたあと」**omnibus aures**「皆の耳は」omnibus. 共感の dat. MK 556

8. **audībant** = audiēbant の古語. この行の scan
   audi | bant ea | de(m)⌣(h)aec ‖ leniter | et leui | ter
   ―― | ― ― | ― ‖ ― ⌣⌣ | ― ⌣⌣ | ―
   eadem haec = chommoda, hinsidias
   leniter なめらかに，耳ざわりなく，**leviter** 低く，やさしく

9. **postilla** = postea

10. **cum** 倒逆の cum MK 801

11. **postquam illuc Arrius isset**「Arrius がその海を渡ったあとは」isset（接. 過去完了）は nuntius の内容を伝えている主文（non Ionios esse）の従属文なので（MK 829），そして過去完了は adfertur が historical present（MK 655）なので.

5

Multas per gentes et multa per aequora uectus
　　aduenio has miseras, frater, ad inferias,
ut te postremo donarem munere mortis
　　et mutam nequiquam alloquerer cinerem.
5　quandoquidem fortuna mihi tete abstulit ipsum,
　　heu miser indigne frater adempte mihi,
nunc tamen interea haec, prisco quae more parentum
　　tradita sunt tristi munere ad inferias,
accipe fraterno multum manantia fletu,
10　atque in perpetuum, frater, aue atque uale.　　（101）

［註］
　この詩はおそらく Cat. が前 56 年 Bithynia からローマに帰国する途中，小ア

詩　選　集

シアの Troia 近くで，亡くなった兄弟の墓を訪ねた折りに作られた詩か．
1. **vectus**（veho の完分）「運ばれて」馬，かご，船にも用いられる．
2. **advenio** = adveni et adsum「やってきていまここにいる」完了時称と考えると，**donarem**（3）の時称と関連する（MK 651）ことになる．
   ad inferias「死者の霊魂への供物（酒，ミルク，蜂蜜，花など），を捧げて幸福（冥福）を祈る儀式のために」ad は目的．
   2 行の scan
   adueni ｜o ⌣(h)as mise ｜ras ‖ frater ad ｜ inferi ｜as
   －⌣⌣ ｜ －　　 ｜ ⌣⌣　｜－　 ‖ －⌣⌣　｜－⌣⌣　｜－
3. **ut te**（acc.）**donarem munere**（abl.）**mortis**「汝に私は死者への供物を捧げるために」**mortis**（gen.）は目的の属格（MK 179）か．
4. **alloquerer**（接．未完了．1. sg）**donarem** と同じく **advenio**（2）の時称と一致．
   5, 6, 7 行の scan
   quandōqui ｜dem for ｜tuna mi ｜hi te ｜te ⌣ abstulit ｜ipsum,
   　－　⌣⌣ ｜－　 －　｜－⌣⌣　｜－ －　｜－　　 ⌣⌣｜ －
   heu miser ｜indig ｜nē ‖ frater ⌣ a ｜dempte mi ｜hi,
   　－⌣⌣　｜－ －　｜－ ‖ －⌣　⌣ ｜－　⌣⌣　｜ －
   nunc tamen ｜intere ｜a ⌣(h)aec, pri ｜sco quae ｜more pa ｜rentum
   　－　 ⌣⌣　｜－⌣⌣ ｜－　　　　　 ｜－ 　－　｜ －⌣⌣　｜－ ⌣
5. **mihi tēte**（= te の強調形）**abstulit**（aufero の完）「不運が私からお前を連れ去った」mihi は分離の dat.（MK 428）
6. **miser frater adempte**（呼格）「おお，（私から）奪い取られたあわれな兄弟よ」（**ademptus** は adimo の完分．）
7. **interea**「ともかく，いずれにしても，いまのところ」**haec..accipe**（9）..**manantia**「これら涙にぬれたものを受け取ってくれ．」**prisco more parentum**「先祖からの古い習慣によって」（MK 321）
8. **tristi munere**「悲しい義務として」（abl. modi MK 320）
   tradita sunt「伝えられた」
9. **fraterno multum**（副）**manantia fletu**「兄弟の涙で大そうぬれて（しまっ

— 95 —

て）いるもの」
10. **avē atque valē**「御機嫌よろしく，さようなら」（冥福を祈って別れの挨拶をする）

10 の scan

    atque ⌣ in | perpetu | um ‖ frater ⌣ a | ue ⌣ atque ua | le
     —　　　— 　|— ⌣⌣ |— ‖ —⌣ ⌣ 　|　 — 　⌣⌣ |—

Horatius, Q. Flaccus (65-8 B.C.)

　Horatius は, 解放奴隷の息子として, 南イタリアの Apulia 地方の町 Venusia に生まれた. しかし父親は, 当時としては最高の教育を息子に与えた. ローマでは有名な文法学者 Orbilius に学び, ついてギリシアに留学した. 44 年 3 月暗殺された Caesar の弔い合戦に巻き込まれ, 軍団副官として Brutus 派に味方し, Philippi の戦いで敗北する (42 年). イタリアに帰って, 勝者から命は許されたが, 財産は没収された. 公の秘書の役を買い, かたわら詩を書き始める. 38 年頃 Vergilius から Maecenas に紹介され, 38 年頃, このパトロンから Sabini 地方に別荘を貰い, 恵まれた詩的生涯を送った. 最初に (30 年), *Epodi* (= *Epodon Liber*) と題された短い抒情詩と *Saturae* (= *Sermonum Liberi*)『諷刺詩集』2 巻を発表した. そしておそらく 23 年頃, *Carmina* (= *Odae*) 3 巻を, そして第 4 巻を 13 年に発表した. 晩年に *Epistulae* 3 巻を書いた. この第 3 巻は *Ars Poetica* として知られている. 諷刺詩や書簡詩は, Hor が, 洗練されたユーモラスな moralist であることを示し, 抒情詩集は, Petronius (*Satyricon*. 118.5) が言っているように 'curiosa felicitas'「彫心鏤骨の絶妙な詩的表現」を示している. 本書では *Carmina* 全巻 103[※]歌のうち 7 歌のみを取りあげて註釈した.

　※ *Carmen Saeculare* は *Carmina* の中に含めていない.

[Text と註釈書]
B = Shackleton Bailey.　Horatius Opera (TB) 1985
D = Döring, F.　Horatii Flacci Opera 1838
K = Kiessling-Heinze.　Horatius. Oden und Epoden 1968[13]
N = Nisbet-Hubbard.　Horace Odes Book Ⅰ 1975[2], Book Ⅱ 1978
O = Orellius, J. G.　Horatius 1850
P = Page, T. E.　Horatii Carminum Libri Ⅳ 1970[2]
Pl. = Plessis, F.　Oeuvres d'Horace, Odes 1966 = 1924
W = Wickham, E. C.　Horatii Opera Omnia vol. 1 1877

Carmina の韻律について

本書でとりあげた詩についてのみ，韻律の説明をしておく．詩節の名称は，Horatius が倣ねたギリシアの詩人の名が冠せられている．

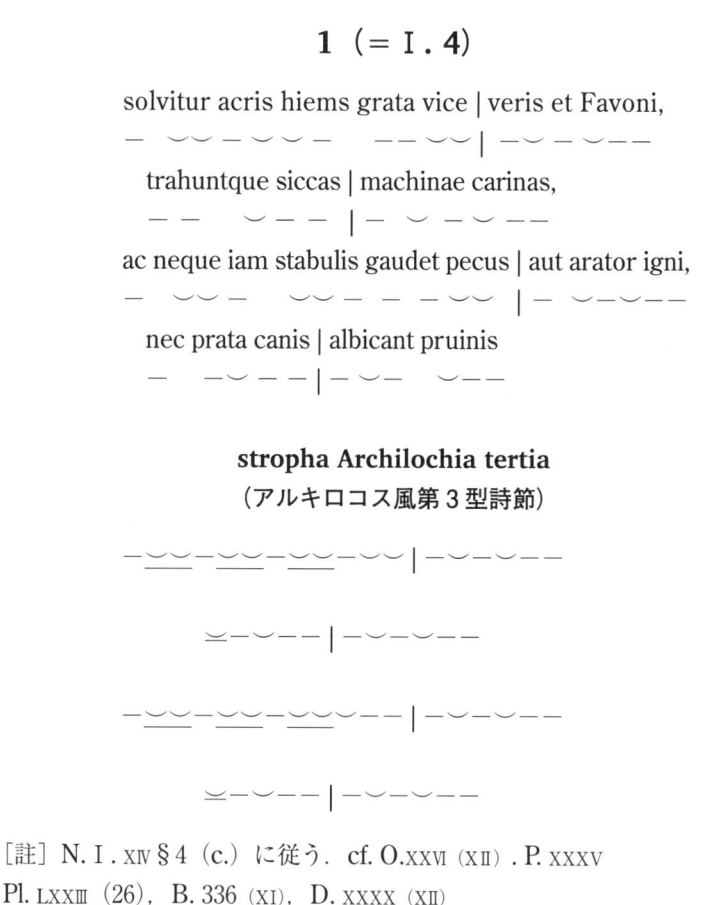

1 （= I. 4）

solvitur acris hiems grata vice | veris et Favoni,
‒ ⏑⏑ ‒ ⏑⏑ ‒　　‒ ‒ ⏑⏑ | ‒ ⏑ ‒ ⏑ ‒ ‒

trahuntque siccas | machinae carinas,
‒ ‒　⏑ ‒ ‒ | ‒　⏑ ‒ ⏑ ‒ ‒

ac neque iam stabulis gaudet pecus | aut arator igni,
‒　⏑⏑ ‒　⏑⏑ ‒ ‒ ‒ ⏑⏑ | ‒ ‒ ⏑ ‒ ‒ ‒

nec prata canis | albicant pruinis
‒　‒ ⏑ ‒ ‒ | ‒ ⏑ ‒　⏑ ‒ ‒

stropha Archilochia tertia
（アルキロコス風第 3 型詩節）

‒ ⏑⏑ ‒ ⏑⏑ ‒ ⏑⏑ ‒ ⏑⏑ | ‒ ⏑ ‒ ⏑ ‒ ‒

⏒ ‒ ⏑ ‒ ‒ | ‒ ⏑ ‒ ⏑ ‒ ‒

‒ ⏑⏑ ‒ ⏑⏑ ‒ ⏑⏑ ‒ ‒ | ‒ ⏑ ‒ ⏑ ‒ ‒

⏒ ‒ ⏑ ‒ ‒ | ‒ ⏑ ‒ ⏑ ‒ ‒

［註］N. I. XIV §4 (c.) に従う．cf. O.XXVI (XII)．P. XXXV Pl. LXXIII (26)，B. 336 (XI)，D. XXXX (XII)

詩　選　集

2 (= I . 5)

Quis multa gracilis | te puer in rosa
— — — ⌣⌣— | — ⌣⌣ — ⌣—
perfusus liquidis | urget odoribus
— — — ⌣⌣ — | — ⌣⌣—⌣
　　grato, Pyrrha, sub antro ?
　　— — — ⌣ ⌣ — —
　　cui flavam religas comam,
　　— — — ⌣ ⌣— ⌣⌣

storopha Asclepiadea tertia
(アスクレーピアデース風第3型詩節)

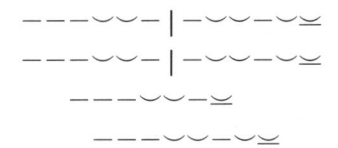

— — — ⌣⌣ — | — ⌣⌣ — ⌣◡
— — — ⌣⌣ — | — ⌣⌣ — ⌣◡
　　— — — ⌣⌣ — ◡
　　　— — — ⌣⌣ — ⌣◡

［註］これについても異説（たとえば tertia ではなく, quarta という D.P.）があるが, ここでも N に拠る. 以下同様. 註は省略

3 (= I .9)

Vides ut alta | stet nive candidum
⌣ — ⌣ — — | — ⌣⌣ — ⌣⌣
Soracte, nec iam | sustineant onus
⌣— ⌣ — — | — ⌣⌣ — ⌣⌣

silvae laborantes, geluque
— — ‿ — — — ‿ ‿

flumina constiterint acuto ?
— ‿ ‿ — ‿ ‿ — ‿ — —

stropha Alcaia
（アルカイオス風詩節）

≍ — ‿ — — | — ‿ ‿ — ‿ ≍
≍ — ‿ — — | — ‿ ‿ — ‿ ≍
≍ — ‿ — — — ‿ — ≍
— ‿ ‿ — ‿ ‿ — ‿ — ≍

4 （= Ⅰ.22）

Integer vitae | scelerisque purus
— ‿ — — — | ‿ ‿ — ‿ — ‿

non eget Mauris | iaculis neque ‿ arcu
— ‿ — — — | ‿ ‿ — ‿ — —

nec venēnatis | gravida sagittis,
— ‿ — — — | ‿ ‿ — ‿ — —

Fusce, pharētra,
— ‿ ‿ — —

stropha Sapphica
（サッポー風詩節）

— ‿ — — | ‿ ‿ — ‿ — ≍
— ‿ — — | ‿ ‿ — ‿ — ≍
— ‿ — — | ‿ ‿ — ‿ — ≍
— ‿ ‿ — ≍

詩 選 集

5 （= Ⅱ. 10）

Rectius vives,| Licini, neque ⌣ altum
－ ⌣ － － －　|　⌣ ⌣ －　⌣ －　⌣

semper urgendo | neque, dum procellas
－　⌣ －　－ －　|　⌣ ⌣ －　　⌣ － －

cautus horrescis, | nimium premendo
－　⌣ －　－ －　|⌣ ⌣ －　⌣ － －

　　litus ⌣ iniquum.
　　－ ⌣⌣ － ⌣

stropha Sapphica
（サッポー風詩節）

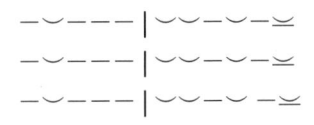

－⌣－－－|⌣⌣－⌣－⌣
－⌣－－－|⌣⌣－⌣－⌣
－⌣－－－|⌣⌣－⌣ －⌣
　　－⌣⌣－⌣

6 （= Ⅲ. 13）

o fons Bandusiae, | splendidior vitro,
－ －　－ ⌣⌣－　|　－⌣⌣－ ⌣－

dulci digne mero, | non sine floribus,
－ － － ⌣ ⌣ －　|　－　⌣⌣ － ⌣⌣

　cras donaberis haedo,
　－ －－⌣ ⌣ － －

　　cui fons turgida cornibus
　　－ －　－⌣⌣－ ⌣⌣

— 101 —

stropha Asclepiadea tertia
（アスクレーピアデース風第3型詩節）

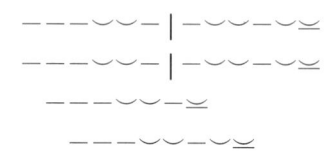

$$- - - \smile\smile - | - \smile\smile - \smile\smile$$
$$- - - \smile\smile - | - \smile\smile - \smile\smile$$
$$- - - \smile\smile - \smile\smile$$
$$- - - \smile\smile - \smile\smile$$

7 (= Ⅳ. 7)

Diffugere nives, redeunt iam gramina campis
$$- \ -- \smile\smile \ - \ \smile\smile \ - \ - \quad - \smile\smile \ - \quad -$$

arboribusque comae ;
$$- \smile\smile - \quad \smile\smile \ -$$

mutat terra vices et decrescentia ripas
$$- \ - \ - \smile\smile - \ - \ - \ - \smile\smile -$$

flumina praetereunt
$$- \smile\smile \quad - \smile\smile$$

stropha Archilochia secunda
（アルキロコス風第2型詩節）

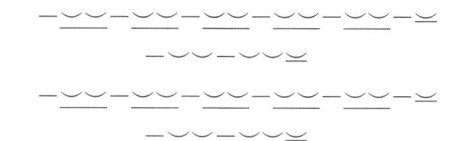

$$- \smile\smile - \smile\smile - \smile\smile - \smile\smile - \smile\smile - \smile\smile$$
$$- \smile\smile - \smile\smile$$
$$- \smile\smile - \smile\smile - \smile\smile - \smile\smile - \smile\smile - \smile\smile$$
$$- \smile\smile - \smile\smile$$

詩　選　集

Horatius Carmina

1

Solvitur acris hiems grata vice veris et Favoni,
　　trahuntque siccas machinae carinas,
ac neque iam stabulis gaudet pecus aut arator igni,
　　nec prata canis albicant pruinis.

5　iam Cytherea choros ducit Venus imminente luna,
　　iunctaeque Nymphis Gratiae decentes
alterno terram quatiunt pede, dum gravis Cyclopum
　　Vulcanus ardens visit officinas.

nunc decet aut viridi nitidum caput impedire myrto
10　aut flore terrae quem ferunt solutae ;
nunc et in umbrosis Fauno decet immolare lucis,
　　seu poscat agna sive malit haedo.

pallida Mors aequo pulsat pede pauperum tabernas
　　regumque turris. o beate Sesti,
15　vitae summa brevis spem nos vetat inchoare longam ;
　　iam te premet nox fabulaque Manes

et domus exilis Plutonia ; quo simul mearis,
　　nec regna vini sortiere talis
nec tenerum Lycidan mirabere, quo calet iuventus
20　　nunc omnis et mox virgines tepebunt.　　　　(Ⅰ.4)

［註］

1. **solvitur hiems gratā vice**（手段の abl.）「冬が嬉しい交替によって解かれる」冬が雪や氷の束縛から解放される．大地もやわらかくなり，寒さでかじかんでいた心も体もくつろいでくる．
   Favonius = Zephyrus
2. **māchina**「下に車をとりつけた，あるいはころでころがす，そりのような形の船の運搬具」
3. **stabulis aut igni** 共に原因の abl. MK 399
4. **canis pruinis**「白い霜によって」手段の abl.
5. **Cytherea**, Cythēra の形，これは Venus に捧げられたエーゲ海の島．Horatius は Cythĕrea と scan している．poetic license p.15 §6 (ii)
   iam Cythĕ | rea cho | ros dū | cit Venus | imminente | Luna
   ‒ ⏑ ⏑ | ‒ ⏑ ⏑ | ‒ ‒ | ‒ ⏑ ⏑ | ‒ ⏑ ⏑ | ‒ ‒
5. **imminente Luna**（abl. abs）「月が頭上に現れる時」**Nymphe**「森や川の精（ニンフ）」は，夜中を好んで現れる由．**Gratiae** と **Nymphe** たちとの舞踏は Botticelli の 'Primavera' に描かれている．
7. **gravis** = laboriosus (O), laborieux (Pl.)
8. **Vulcanus ardens visit** (Pl, N. K) **officinas**「(火の神) Vulcanus は赤く燃えて，鍛冶場を訪れる」しかし B は **visit** を **versat** と，P. O, W. D. は **urit** と校訂する．
9. **nitidum caput**「香油で髪のつやつやしている頭」
10. **terrae solutae**「ゆるんだ（霜解けの）大地」(1) **solvitur** がここでくりかえされる．
12. **seu poscat agna sive malit haedo**「生贄として Faunus が，子ヒツジを要求するにせよ，あるいは子ヤギを，いっそう好むにせよ．」**agna, haedo** は手段の abl. **immolare** は acc. をとるのが普通．abl. は古風なひびきをもつ．
    = sive poscat (immolari) agna sive malit (immolari) haedo
13. **pulsat pede**「足で叩く」は開門を要請ではなく強制しているため．
15. **vitae summa brevis**「短い生涯（短い人生）（命）の合計」**brevis** は **summa** にかかる．**inchoare** = incohare「完成されないものをやり始める」

詩　選　集

16. **premet** は nox, Manes, domus を主語とする修辞学上の zeugma (Hofmann 831)
16. **fabulae Manes** おそらく fabulae は Manes と同格 (nom. pl.) だが，形の如く訳すのか．「世に言わ（噂さ）れる亡霊，名だけの霊魂」
17. **domus exilis Plutonia**「Pluto（冥府の神）の貧相な家」
17. **mearis** = meaveris（完．接）「いったん，そこへ (quo) 行ってしまったら」 **meo** (1) は古語
18. **regna vini**「饗宴の司会者」はくじで択ばれる．**sortiēre** = sortiēris, sortior の未．2. sg.「さいころによって (talis, 手段の abl.) 手に入れる」

nec　regna　vini　sortiere talis
－　－　◡　－－｜－　◡－◡　－－

19. **tenerum Lycidan**「かわいい Lycidas を」Lycidas（男の子）の変化は MK 620. Aeneas を参照．
mīrābere = miraberis, miror 未．2. sg.

nec tene | rum Lyci | dam mī | rabere | quo ca | let iu | ventus
－　◡◡｜－　◡◡｜－　－｜－◡◡｜　－◡｜－◡｜－　－

2

Quis multa gracilis te puer in rosa
perfusus liquidis urget odoribus
　　grato, Pyrrha, sub antro ?
　　　　cui flavam religas comam,

5　simplex munditiis? heu, quotiens fidem
mutatosque deos flebit ! et aspera
　　nigris aequora ventis
　　　　emirabitur insolens,

qui nunc te fruitur credulus aurea,

  10 qui semper vacuam, semper amabilem
     sperat, nescius aurae
       fallacis! miseri, quibus

    intemptata nites! me tabula sacer
    votiva paries indicat uvida
  15 suspendisse potenti
      vestimenta maris deo.   （Ⅰ.5）

[註]

1. **multā in rosā**「沢山のばらの花びらの床の上に」**rosa** は collective singular, Hofmann 13（cf. MK 405）
2. **urget te**「お前に強く迫っている，口説いている」
2. **perfusus liquidis odoribus**「液体の香料（香油）を頭髪にふりかけて」
3. **sub antro**「洞窟のふもと，入口で」
4. **cui flavam religas comam**「お前は誰のために，金髪を後ろで束ねているのか」
5. **simplex munditiis**（MK 397. 限定の abl.）「優美な点で飾らぬ，清楚な（人）」
fidem（mutatam）「裏切られた信頼（誓い）を」
6. **flebit** の目的語は **fidem** と **deos**.「をなげき悲しむだろう」主語は **puer** (1).
mutatos deos「神の名を度々変えて苦情を訴えることだろう」
8. **insolens**「なれていないので」（gen. と MK 347）
9. **qui** = puer (1), te aurea「言葉も心も黄金であるお前を」．**fruitur** は abl. 支配（MK 386）
 qui nunc tē fruitur | credulus aureā
 — — —∪∪ — | —∪∪ —∪ —
10. **vacuam**「束縛されない，他の男に執着しない」sperat te vacuam (esse)
 qui semper vacuam | semper amabilem
 — — — ∪∪ — | — ∪∪ — ∪∪
11. **nescius aurae fallacis**「人を欺く微風を知らない彼は」**nescius** は属格を

12-13. **quibus intemptata nites**「その人たちには，試されたことのないお前は美しいのだ，お前の愛を試したことのない人にはお前は美しく輝いて見える」

13-14

intemptata nites! me tabulā sacer
⏤ ⏤ ⏤◡◡⏤ ‖ ⏤ ◡◡⏤ ◡ ◡

votivā paries | indicat uvida
⏤⏤⏤ ◡◡⏤ | ⏤◡◡ ⏤◡◡

sacer paries（主語），**tabula votiva**「絵馬」は手段の abl., **me suspendisse uvida vestimenta**「私がぬれた着物をぶらさげたこと，奉納したこと」は indicat の目的の不定法句．海難から救われた水夫は，予め誓っていた着物（またはその絵を描いた額）を奉納していた．

15-16 **potenti maris deo**「海を支配する神に対し」potens は maris (gen.) をとる（MK 347）．**deo** を **deae** と校訂するのは N のみ．しかし N の 2 頁にわたる (pp79-80) 論拠に，私は納得しかねる．N は海神 Neptunus の代わりに，海から生まれた恋の女神 Venus を想定している．Horatius が難破した（恋に破れた）比喩は deo で生きるのであって，dea にしたら死ぬ．少なくとも効果が薄れるのではないか．Pyrrha の恋が aequora に喩えられているのは 7 行から始まっている．

3

Vides ut alta stet niue candidum
Soracte nec iam sustineant onus
    siluae laborantes geluque
        flumina constiterint acuto.

5   dissolue frigus ligna super foco
    large reponens atque benignius
        deprome quadrimum Sabina,

ラテン詩への誘い

o Thaliarche, merum diota.

premitte diuis cetera, qui simul
10 strauere uentos aequore feruido
deproeliantis, nec cupressi
nec ueteres agitantur orni.

quid sit futurum cras, fuge quaerere, et
quem Fors dierum cumque dabit lucro
15 adpone, nec dulcis amores
sperne puer neque tu choreas,

donec uirenti canities abest
morosa. nunc et Campus et areae
lenesque sub noctem susurri
20 conposita repetantur hora,

nunc et latentis proditor intimo
gratus puellae risus ab angulo
pignusque dereptum lacertis
aut digito male pertinaci. (Ⅰ.9)

[註]

この詩は Soracte 山（ローマの北 20 マイルの所にある，高さ約 750 メートルの山）に近い，そして近くに雑木林（11. cupressi, 12. orni）や，川（4. flumina）のある，詩人の別荘で，友人 Thaliarchus（偽名）という，ある貴族の若者の失意(失恋)を慰めるために書かれたものか（D）.

1. **vides....acuto** 第 1 stanza の最後に？をつけて nonne vides ut..?「いかに…であるかがお前に見えないか」と読むのは B のみ．ut + 接は間接疑問文＝感嘆文 MK 690（ハ）である．

— 108 —

詩　選　集

ut alta stet（接）**nive**「どんなに深い雪をかぶって立っていることか」**alta nive** は abl. modi. MK 320, なお ut について MK 812

2-3. **nec iam sustineant**（接）**..laborantes**「そしていまや林の木々が，雪の重荷に耐えかねて，いかにがまんしていることか，力を絞り出していることか」

3-4. **-que flumina constiterint acuto....**「川の流れがいかに，はだを刺し通す氷にとざされてじっと動かないでいることか」　constiterint は consisto の完. 接

5. **dissolue frigus**「寒さをなくせ，寒い体を暖めよ」

6. **reponens**「何度も積み重ねて」**benignius**「もっと気前よく，たっぷりと」

7. **deprome....merum diotā**（abl.）「両把手の酒壺から生酒をそそげ」**quadrimum**（merum）「4年物の生酒，一番おいしい時期の酒」

9. **qui simul**（= simulac）. **qui** の先行詞は **divis**. **cetera** 今別荘の中でしていること以外のこと一切.

10. **stravere** = straverunt. sterno「鎮める」の完. 3. pl.

11. **deproeliantis aequore fervido**（abl.）「沸き立っている（荒れ狂っている）大海原と烈しく戦っている（ventos）」

13. **quid sit**（接）**futurum cras**「明日に何が起ころうとしているか」（間接疑問文）. sit futurum. MK 446. **fuge**, fugio の命. 2. sg.「さけよ，やめよ」補足不定法をとる（MK 151）

14. **quem Fors dierum cumque dabit**「運命が与えてくれる日はどんな日でも，みな」（儲けと見なせ）

16. **puer**「君が若いうちは」**neque tu**「また君よ，どうかダンスをも軽蔑しないでくれ」

17 **donec virenti**（abl.）**canities abest**「緑の黒髪(青春)から白髪(老齢)が遠く離れている間は」

18. **Campus et areae**「ローマのマルスの野や神殿の中庭（町の空地？）」あるいは C は小文字の campus「広場，野原」か.

20. **composita hora**「示し合わせた時刻に（あいびきの時刻に）」（時の abl.）

composita repe|tantur horā
 — ⏑⏑—⏑⏑|—⏑——

21. **latentis proditor puellae risus**「ひそんでいる娘を密告する（ばらす）笑い声」proditor と risus は同格，repetantur の主語
23. **pignus dereptum**(= deripio の完分)「奪いとられた愛のしるし（腕輪など）」これも **repetantur** の主語
23. **lacertis aut digito**（分離の abl.）**male pertinaci**（2つの名詞にかかる形容詞は，近い名詞の性，数に合わす）「下手に（恋人をじらすかのように）（本気ではなく）ねばる（抵抗する）腕や指から」

4

Integer vitae scelerisque purus
non eget Mauris iaculis neque arcu
nec venenatis gravida sagittis,
    Fusce, pharetra,

5 sive per Syrtis iter aestuosas
sive facturus per inhospitalem
Caucasum vel quae loca fabulosus
    lambit Hydaspes.

namque me silva lupus in Sabina,
10 dum meam canto Lalagen et ultra
terminum curis vagor expeditis,
    fugit inermem;

quale portentum neque militaris
Daunias latis alit aesculetis
15 nec Iubae tellus generat, leonum

詩　選　集

　　arida nutrix.

　　pone me pigris ubi nulla campis
　　arbor aestiva recreatur aura,
　　quod latus mundi nebulae malusque
20　　Iuppiter urget ;

　　pone sub curru nimium propinqui
　　solis in terra domibus negata :
　　dulce ridentem Lalagen amabo,
　　　　dulce loquentem.　　　　　　　　　　　　（Ⅰ.22）

［註］
1. **integer vitae**（gen.）**sceleris**（gen.）**-que purus** この 2 つの gen. はギリシア風の限定（観点）の gen.（ラテン語では abl.）MK 397 註 2. cf. Hofmann § 58, Kühner § 87.
2. **Mauris jaculis**「マウリー族の槍」Maurus は Mauri（pl.）の形．Maurus は arcu をも，3. sagittis をも形容する．Mauri はアフリカの Mauretania の住民．eget は abl. 支配，この主語は 1. **Integer**（et）**purus**
6. **facturus iter**（5）「旅をしようとするとき」分詞構文（MK 448）. facturus は 1. integer にかかる．
5. **Syrtes aestuosas**「暑苦しいシュルティス」（pl. acc.）ここでは, Syrtis, maior と minor の二つの砂州のみならず，陸地の（沿岸の）アフリカの北部地方をも意味しているらしい．
6. **inhospitalem Caucasum**「人をもてなさない，（敵視する）カウカスス（黒海とカスピ海の間の地方）」
7. **fabulosus Hydaspēs**「伝説（物語）の多いヒュダスペース川」（インドの大きな川）
　　quae loca =（per）loca quae　MK 249（ハ）
8. **namque**「というのも」前の 2 つの stanza で述べたことが正しいことは，以

—111—

ラテン詩への誘い

下に述べる私の体験から証明できると言うこと
  namque me silvā | lupus in Sabīnā
   ‒ ⏑ ‒ ‒ | ⏑⏑ ‒ ⏑ ‒ ‒

  Sabini（この形．Sabīnus），Hor. はサビーニー地方に別荘を持っていた．その地方の森には狼がいたという．

10. **Lalagen**, Lalagē のギリシア語風の acc.（MK 620, Circē）．Lalagē は λαλαγέω「おしゃべりをする」をもじった女の名．canto lalagen はここでは「恋の詩をつくる（うたう）」の意味だろう．

10. **ultra terminum**「別荘のある土地の境界を超えて」
11. **curis expeditis** abl.abs.「私の心配を追い払って」

9-12 ┌─────────────┐
      me lupus fugit inarmem   10, 11 は，9, 12 の主文に対する従属文
      └─────────────┘   （dum....canto....vagor）

13. **quale portentum**「このような怪物」この関係形の先行詞は lupus.
    militaris| Daunĭas
     ‒ ⏑ ‒ ⏑ | ‒ ⏑ ‒

  「兵士（を供給する）の国ダウニアース（= Apūlia 地方のギリシア語形）」cf. MK 620. Aeneās

  13, 14 行では，'mock-heroic tone'（N）があると

15. **Iubae tellus**「ユバ王の土地＝ヌミディア」**leonum arida nutrix**「ライオンの乾いた乳母＝ライオンを育てる乾燥した土地」．tellus と同格

17-18 の scan
  pone me pigris | ubi nulla campis
   ‒ ⏑   ‒ ‒   ‒ | ⏑⏑ ‒ ⏑ ‒ ‒
  arbor aestivā | recreatur aurā,
   ‒ ⏑ ‒ ‒ ‒ | ⏑ ‒ ⏑⏑ ‒ ‒

17. **pigris campis**（場所の abl.）「不毛の草原に」
    aestiva aura（手段の abl.）「夏に吹く風によって」
19. **quod latus mundi** = latus mundi quod（MK 249），pigres campi と同格
20. **malus Iuppiter**「悪い天候（空）」

詩 選 集

22. **terra domibus negata**「家々にとって拒否された土地」domibus 利害の dat. MK 206.

5

Rectius vives, Licini, neque altum
semper urgendo neque, dum procellas
cautus horrescis, nimium premendo
    litus iniquum.

5 auream quisquis mediocritatem
diligit, tutus caret obsoleti
sordibus tecti, caret invidenda
    sobrius aula.

saepius ventis agitatur ingens
10 pinus et celsae graviore casu
decidunt turres feriuntque summos
    fulgura montis.

sperat infestis, metuit secundis
alteram sortem bene praeparatum
15 pectus. informis hiemes reducit
    Iuppiter, idem

summovet. non, si male nunc, et olim
sic erit. quondam cithara tacentem
suscitat Musam neque semper arcum
20   tendit Apollo.

ラテン詩への誘い

**rebus angustis animosus atque
fortis appare ; sapienter idem
contrahes vento nimium secundo
　　turgida vela.**　　　　　　　　　　　　　　　（Ⅱ．10）

［註］

1. **rectius vives**「あなたはいっそう正しく生きるであろう.」もし（次のように）しなかったならば.
   altum「沖へ」人生行路の比喩
2. **urgendo**....3. **premendo** この動名は手段の abl. cf. MK 581. 條件文の如く訳すとよい.
3. **nimium**（副）は **premendo** にかかる.「あまり近くまで迫って航行することによって」（座礁しないようにしたら）→もし航行しないならば（neque）
5. **aurea mediocritas**「黄金の中庸」
6. **caret**「さける」abl. 支配, sordibus, aulā をとる.
11. **graviore casu**「いっそうすさまじい瓦壊（の音）と共に」abl. modi　MK 320.
12. **summos montis**「山々の天辺（頂上）」cf. MK 409
14. **infestis, secundis** これらを dat. ととるのは P. Pl. N., abl. abs. ととるのは O. D. W. K である. dat. ととると「哲学によって, 予め立派に心の準備のできた人は, 逆境に対し反対の運命を希望し, 順境に反対の運命を恐れる」
    abl. abs. ととると, in rebus infestis, in rebus secundis と解し「逆境にあって反対の運命を希望し, 順境にあって反対の運命を恐れる」と訳せよう.
17. **si male nunc**（est）, **ōlim**「いつかは」
18 の scan
   sic erit quondam | citharā tacentem
   －⌣ － － ｜ ⌣⌣ －⌣ ⌣

   quondam「ときどき」**citharā** 手段の abl. **tacentem Musam**「だまっている（ねむっている）楽の音を呼びおこす」Apollon は音楽の神であると同時に, 弓術の神（弓矢を放って死や疫病を課す）

— 114 —

21. **animosus atque fortis appare**「毅然とした勇気のある態度を示せ」

6

O fons Bandusiae, splendidior vitro,
dulci digne mero non sine floribus,
  cras donaberis haedo,
    cui frons turgida cornibus

5 primis et Venerem et proelia destinat,
frustra : nam gelidos inficiet tibi
  rubro sanguine rivos
    lascivi suboles gregis.

te flagrantis atrox hora Caniculae
10 nescit tangere, tu frigus amabile
  fessis vomere tauris
    praebes et pecori vago.

fies nobilium tu quoque fontium,
me dicente cavis impositam ilicem
15 saxis, unde loquaces
    lymphae desiliunt tuae.   (Ⅲ. 13)

[註]

1. **fons Bandŭsĭae**（gen. MK 178）Hor. の別荘の近くにあった泉. cf. G. Highet, Poets in a Landscape, pp146-147. p.147 には, Highet の撮った泉の写真がある.

1. **splendidior vitro**「ガラスよりもいっそう透明な, 清澄な.」K は「ガラスの透明度よりも, 表面から反射する光が比較されている」と註解している.

—115—

したがってたとえば 'gleaming brighter than glass' (S. Commager, The Odes of Horace 322) の如く訳されよう．しかし前一世紀には，最も高価なガラスは「限りなく水晶に似て色彩がなく透明であった」と Plinius. HN. 36. 198

2. **dulci digne**（呼格）**mero non sine floribus**「甘美な酒と花環を捧げるにふさわしい泉よ」**non sine** = cum
3. **cras**「明日は」つまり，10月13日の Fontanalia（玉泉祭）の前夜祭に，Bandusia の泉への讃歌を詩人は書いているらしい．**donaberis haedo**（手段の abl.）．Fontanalia には人々は，泉（泉のニンフ）へ，酒，花，子ヤギ，を捧げた．
5. **Venerem et proelia destinat**「彼に（子ヤギに）愛欲と戦い（雌をめぐっての牡同志の戦い）を約束している」
6. **frustra**「その約束も空しいこと」この子ヤギは明日，生贄となって殺されるのだから．

   tibi は「お前の名誉のために」MK 206（D）ではなく，「お前の（共感の dat. MK 556）冷たい流れを」であろうか．

   inficiet の主語は（8）**suboles** = （3）**haedo**
9. **flagrantis atrox hora Caniculae**「燃える天狼星の過酷な季節」
10. **frigus amabile**「快い冷たさ（冷たい水）」
11. **fessis vomere tauris**「鋤で疲れた牛たちに」
13. **fies nobilium tu quoque fontium**（部分の gen. MK 376）「お前も有名な泉の一つとなるだろう」有名な泉とは Arethusa, Dirce, Hippocrene など
14. **me dicente**「私が歌うとき」

    cavis....saxis（abl. loci, in の省略）「洞窟の上に」
15. **loquaces lymphae....tuae**「お前の水がさらさらと音をたてて流れ落ちている」

    loquaces 副詞の如く訳す．MK 357

13-16 の scan

　　Fies nobilium | tu quoque　fontium
　　－－　－∪∪－ | －　∪　∪　　－∪∪

me dicente cavis | imposita(m) ⌣ ilicem
— — —‿‿ — | — ‿‿ — ‿‿

    saxis unde loquaces
    — — —‿‿ — —

    lymphae desiliunt tuae
    — — —‿‿ — ‿‿

7

Diffugere nives, redeunt iam gramina campis
    arboribusque comae ;
mutat terra vices et decrescentia ripas
    flumina praetereunt.

5 Gratia cum Nymphis geminisque sororibus audet
    ducere nuda choros.
immortalia ne speres, monet annus et almum
    quae rapit hora diem.

frigora mitescunt Zephyris, ver proterit aestas
10   interitura, simul
pomifer autumnus fruges effuderit ; et mox
    bruma recurrit iners.

damna tamen celeres reparant caelestia lunae :
    nos ubi decidimus
15 quo pius Aeneas, quo Tullus dives et Ancus,
    pulvis et umbra sumus.

quis scit an adiciant hodiernae crastina summae

tempora di superi ?
cuncta manus avidas fugient heredis, amico
20 quae dederis animo.

cum semel occideris et de te splendida Minos
   fecerit arbitria,
non, Torquate, genus, non te facundia, non te
   restituet pietas.

25 infernis neque enim tenebris Diana pudicum
   liberat Hippolytum,
nec Lethaea valet Theseus abrumpere caro
   vincula Pirithoo.   (Ⅳ.7)

［註］
1. **diffugēre**（－－－⌣）= diffugērunt「消え失せた」
3. **mutat terra vices**「大地は交替を代える」四季の（冬と春の）交替を許す（甘受する）
   decrescentia（現分. pl. acc. n.）早春の雪融けで増水していた川が、晩春から初夏にかけて、岸をこえないように減っていくという意味.
5. **Gratia cum geminis sororibus**「3人姉妹の優美の女神」Aglaia, Euphrosyne, Thalia.
5-6. **audet ducere nuda**「彼女は大胆にも着物を脱いで指揮をとる」
7. **immortalia**（n. pl. acc.）**ne speres**（MK 647）「不滅の生命をお前は希望しないように」「お前」は（23）Torquatus である
   monet annus et hora quae rapit almum diem 複数の主語が一つの述語動詞をとるさい、その動詞は最も近いか、最も大切な主語と性数において一致する場合がある. cf. Kühner. §13.1「年月とそして人の命を養う日（日光）を強引にさらっていく時が忠告する（希望するなと）」
10-11 **interitura**（未来分）**simul..effuderit**（未来完）「果実をもたらす秋が

詩 選 集

実をまきちらすようになったら，忽ち滅びるであろう（夏）」**simul** = simulac
11-12 scan
   pomifer autum | nus fru | ges ef | fuderit et mox
   — ∪∪ | — — | — — | — — | —∪∪ | — —
   bruma recurrit i | ners
   — ∪ ∪ | — ∪∪ | —

12. **bruma iners**「自然の生命力の，心身の動きの鈍い，不活発な冬」
13. **damna caelestia**「天体の喪失」月は欠けても，歳月は失っても取り戻すが，人間は命を失ったら取り戻せない．
   lunae（pl.）**celeres**「すばやく」と副詞のように訳すべきか．MK 357.「毎月の月」（天体）は欠けた部分をすばやく取り返す．
13. **damna tamen**「喪失しても，しかし」tamen を damna にかける（O）のか，それとも nos 以下の文を先取りしたもの（Kühner.§166）か．「我々は死ぬと命を取り戻せない（tamen）しかし天体は」と訳すべきか．
15. **quo pius Aeneas**（deciderunt）「敬虔なアエネーアースが死んでいる所へ」
   pater Aeneas（O.W.）の読みがある
16. **pulvis et umbra sumus**「我々は塵芥と影である」
17. **quis scit an** = quis scit **utrum** hodie iam nobis moriendum sit **an** adiciant（O）.「我々が今日死ぬのか，それとも天命がもう一日を加えるか，誰が知っているか」
   hodiernae summae（dat.）「今日の合計，今日までの全生涯に」
19-20. **cuncta..quae dederis amico animo**「お前がお前の親しい魂に与えるであろうものはすべて」
19-21 の scan
   cuncta ma | nus avi | das fugi | ent he | redis a | mico
   — ∪∪ | — ∪∪ | — ∪∪ | — — | — ∪∪ | — —
   Quae dede | ris* ani | mo
    — ∪∪ | — ∪∪ | —
   cum semel occide | ris* et | de te | splendida Minos
   — ∪∪ | —∪∪ | — — | — — | — ∪∪ | — —

※ ris（ー）P. LXXⅥ（39）, Kühner-Holzweissig. 754.

19. **manus avidas heredis**「遺産相続者の貪欲な手」当時ローマ社会で増え続けていた独身者や未亡人の遺産をねらう者を意味している

21. **splendida arbitria**「威厳のある判決を」
    Mīnōs は冥府の判官

23. **genus, facundia, pietas** それぞれ Torquatus の貴族の血統，雄弁の才能，家，国，神への敬虔な態度を表している．

25 の scan

   infer　| nis neque ⌣ e | nim tene | bris Di※ | ana pu | dicum
   －－　|－　⌣⌣　　|－　⌣⌣ |－－　|－⌣｜－⌣

   ※ Diāna P. LXXⅧ（45）cf. p.15, §6（ii）poetic licence.

25-28 Hor. はこれまで述べてきた自説を，神話の例で証明している．
貞節の女神 Diana は，自分の敬虔な信者 Hippolytus を，**infernis tenebris**（abl.）から救えなかったし，Theseus の友情も，親友 Pirithōus を，縛っている **Lethaea vincula** を打ち砕いて解放できなかったのである

27. **abrumpere caro**（分離の abl. MK 427）**vincula**（acc.）「親友から鎖を砕いて解き放つ」

Tibullus, Albius
(c.55-19.BC.)

　Tibullusは，ラティウム地方の騎士階級の家に生まれ，30代の半ばで夭折した．Caesarの暗殺（44）からActionの戦い（31）までの内乱を見て育つと，戦争と兵士の生涯を憎悪し，平和と田園生活を夢見る詩を書くに至った．彼は政治家，将軍として，人物識見共にMaecenasに拮抗するMessallaを，パトロンとする詩人グループに属していたが，HoratiusやPropertius, Ovidiusとも交友を持った．彼のelegeia調の詩集2巻（1238行）の詩の中で，彼が描くimageやtoposは，夢の中の幻影の如く転調する（cf. I. 10. 51註）．このmelancholicな夢想詩人は，Quintilianus（*Inst.* 10. 1. 93）によって'mihi tersus atque elegans maxime videtur'と言われている．

[Textと註釈書]
Harington, K. D.　The Roman Elegiac Poets. 1968
Hiller, E.　Tibulli Elegiae. 1965
Ponchont, M.　Tibulle, Élegies.（Budé）1955
Postgate, I. P.　Tibulli Aliorumque Carmina Libri Tres.（OCT）1980[2]
Putnam, M. C. J.　Tibullus, A Commentary 1973

1

Divitias alius fuluo sibi congerat auro
　　et teneat culti iugera multa soli,
quem labor adsiduus uicino terreat hoste,
　　Martia cui somnos classica pulsa fugent :
5　**me mea paupertas uita traducat inerti,**

    dum meus adsiduo luceat igne focus.
ipse seram teneras maturo tempore uites
    rusticus et facili grandia poma manu :
nec Spes destituat sed frugum semper aceruos
10   praebeat et pleno pinguia musta lacu.
nam ueneror, seu stipes habet desertus in agris
    seu uetus in triuio florida serta lapis :
et quodcumque mihi pomum nouus educat annus,
    libatum agricolae ponitur ante deo.
15 flaua Ceres, tibi sit nostro de rure corona
    spicea, quae templi pendeat ante fores ;
pomosisque ruber custos ponatur in hortis
    terreat ut saeua falce Priapus auis.
uos quoque, felicis quondam, nunc pauperis agri
20   custodes, fertis munera uestra, Lares.
tunc uitula innumeros lustrabat caesa iuuencos :
    nunc agna exigui est hostia parua soli.
agna cadet uobis, quam circum rustica pubes
    clamet ʻio messes et bona uina date.'
25 iam mihi, iam possim contentus uiuere paruo
    nec semper longae deditus esse uiae,
sed Canis aestiuos ortus uitare sub umbra
    arboris ad riuos praetereuntis aquae.
nec tamen interdum pudeat tenuisse bidentem
30   aut stimulo tardos increpuisse boues ;
non agnamue sinu pigeat fetumue capellae
    desertum oblita matre referre domum.
at uos exiguo pecori, furesque lupique,
    parcite : de magno praeda petenda grege.
35 hic ego pastoremque meum lustrare quot annis

et placidam soleo spargere lacte Palem.
　　adsitis, diui, neu uos e paupere mensa
　　　　dona nec e puris spernite fictilibus. —
　　fictilia antiquus primum sibi fecit agrestis
40　　　pocula, de facili composuitque luto. —
　　non ego diuitias patrum fructusque requiro,
　　　　quos tulit antiquo condita messis auo :
　　parua seges satis est ; satis est requiescere lecto
　　　　si licet et solito membra leuare toro.
45　quam iuuat immites uentos audire cubantem
　　　　et dominam tenero continuisse sinu :
　　aut, gelidas hibernus aquas cum fuderit Auster,
　　　　securum somnos igne iuuante sequi.
　　hoc mihi contingat : sit diues iure, furorem
50　　　qui maris et tristis ferre potest pluuias.
　　o quantum est auri pereat potiusque smaragdi,
　　　　quam fleat ob nostras ulla puella uias.
　　te bellare decet terra, Messalla, marique,
　　　　ut domus hostilis praeferat exuuias :
55　me retinent uinctum formosae uincla puellae,
　　　　et sedeo duras ianitor ante fores.
　　non ego laudari curo, mea Delia : tecum
　　　　dum modo sim, quaeso segnis inersque uocer :
　　te spectem, suprema mihi cum uenerit hora,
60　　　te teneam moriens deficiente manu.
　　flebis et arsuro positum me, Delia, lecto,
　　　　tristibus et lacrimis oscula mixta dabis.
　　flebis : non tua sunt duro praecordia ferro
　　　　uincta, nec in tenero stat tibi corde silex.
65　illo non iuuenis poterit de funere quisquam

ラテン詩への誘い

    lumina, non uirgo sicca referre domum.
       tu manis ne laede meos, sed parce solutis
          crinibus et teneris, Delia, parce genis.
       interea, dum fata sinunt, iungamus amores :
70   iam ueniet tenebris Mors adoperta caput ;
       iam subrepet iners aetas, nec amare decebit
          dicere nec cano blanditias capite.
       nunc leuis est tractanda uenus, dum frangere postis
          non pudet et rixas inseruisse iuuat.
75 hic ego dux milesque bonus : uos, signa tubaeque,
          ite procul, cupidis uulnera ferte uiris,
       ferte et opes : ego composito securus aceruo
          dites despiciam despiciamque famem.

                                                  (Elegeia Ⅰ.1)

1-2 の scan
  Diviti | as ali | us ful | uo sibi | congerat | auro
  －∪∪｜－∪∪｜－ －｜－∪∪ ｜－ ∪ ∪ ｜－ －
  et tene | at cul | ti ‖ iugera | multa so | li
  － ∪∪｜－ －｜－ ‖ －∪∪｜－∪ ∪｜－

5-6 の scan
  me mea | pauper | tas ui | tā tra | dūcăt in | erti,
  － ∪∪｜－ －｜－ －｜－ －｜－∪ ∪｜－ －
  dum meus| adsidu| o ‖luceat | igne fo | cus.
  － ∪∪｜－ ∪ ｜－‖－∪∪ ｜－∪∪ ｜∪

29-30 の scan
  nec tamen| inter | dum pude| at tenu | isse bi | dentem
  － ∪∪ ｜－ －｜－ ∪∪｜－∪∪｜－∪∪｜－ ∪
  aut stimu| lo tar| dos ‖increpu| isse bo | ues ;
  － ∪∪ ｜－－ ｜－ ‖－ ∪∪ ｜－∪ ∪｜－

詩　選　集

[註]
1. **fulvo auro**（手段の abl.）「赤黄色の金貨によって」
   congerat「蓄積するがいい」MK 530（ロ）命令の接
2. **teneat**, 5. **traducat**, 7. **seram** 皆同じ接.
3. **quem..**, 4. **cui..**, 2つの関係文は，傾向結果の接を伴う．MK 790
   （その結果）「彼を隣人の敵のため絶えざる労苦が身震いさせることだろう」
   vicino hoste 理由の abl.（MK 398）
4. （その結果）彼から（cui は分離の dat. MK 428）「吹き鳴らされる（pulsa ＜ pello）進軍ラッパが眠りを吹き飛ばすだろうに」
5. **vitā traducat inertī**「怠惰な人生行路を（場所の abl. Kühner. 350（e））導いてくれるように」
6. **dum**「ただ家の守護神のかまどの火だけは消えないように努めてさえおれば」
   この dum は si の如く訳す．luceat が接なので，MK 758（4）．**adsiduo igne** 随伴の abl.（MK 319）
7. **maturo tempore**（abl. abs.）機(時期)が熟したときに
8. **rusticus** は ipse と同格．**grandia poma**「大きな果実をもたらす果樹」
   facili manu「手際よく，器用な手で」
9. **Spes** ここでは神殿が Forum Holitorium「野菜市場」の中にあった「希望の女神＝種苗植人や庭師を守護する女神」のことであろうか．
11. **nam**「なぜなら，私は信仰心があついのだから，神も私の希望を叶えてくれる筈」
11. **stipes desertus**「見捨てられた(目立たない)古い切り株」は畠の境界神として崇められていた．四つ辻の石(標)も，ローマ人は古来，Lares Compitales の祭壇として，この石に花環を捧げていた．
15. **sit, pendeat, ponatur** 命令の接．MK 530（ロ）
17. **ruber custos**「赤い見張り人．顔に赤く色をぬった Priapus の人形（かかし）」
    Priapus は，生殖・豊饒の神．このかかしは畠や庭園や果樹園におかれていた．
21. **tunc** ＝ 19. felicis quondam
23. **quam circum** 前置詞の後置．

— 125 —

25. **iam mihi, iam**「もう今からは，もう私には」(Postgate) に従う．その他の Text は iam **modo** iam「もう今からは」**contentus parvo** MK 347

26. **esse**, (27) **uitare**, 共に **possim** (25) の補足不定法．

27 の scan

　　sed Canis ｜ aesti ｜ uos or ｜ tus uī ｜ tāre sub ｜ umbra
　　－ ⌣ ⌣ ｜－ －｜－ － ｜－ － ｜－⌣⌣ ｜ － －

　　「犬座の夏の出現＝犬座の毎日の焼けるような出現を木陰でさけること」
　　ortūs pl. acc.

29. **tenuisse** = tenere, **increpuisse** = increpare 完了の inf. は韻律のため．
　　pudeat + inf. MK 538. 註

31. **pigeat** + inf. も同上

31, 32 の scan

　　non ag ｜ namue si ｜ nu pige ｜ at fē ｜ tumue ca ｜ pellae
　　－ － ｜ ⌣ ⌣ ｜ ⌣ ⌣ ｜ － － ｜ － ⌣ ⌣ ｜ － －

　　deser ｜ tu(m) ⌣ oblī ｜ tā ‖ matre re ｜ ferre do ｜ mum
　　－ － ｜ － － ｜ － ‖ － ⌣ ⌣ ｜ － ⌣ ⌣ ｜ ⌣

　　oblita matre abl. abs.「母親が忘れて（いるとき）」
　　referre「持って帰ること」この現・不は完・不「持って帰ったこと」で代用できない．

35. **hic**「私の小さな農耕地（牧場）で」

　　quot annis 毎年

　　pastorem－que....et Palem（36）「…も…も」

36. **placidam Palem** この placidam を prolepsis (Hofmann 471) と解することもできるが，今は「静かな Pales」と読む．この牧人の神への厄除けの儀式では牛乳をそそぐことになっていた．

37. **adsītis** adsum の接．2. pl.「出席ください」

　　scan すると

　　adsi ｜ tis di ｜ ui neu ｜ uos e ｜ paupere ｜ mensa
　　－ － ｜ － － ｜ － － ｜ － － ｜ － ⌣ ⌣ ｜ － －

　　neu....spernite（38）「そして軽蔑しないでください」，neu = nēve

38. **e puris fictilibus**「穢れなき土器(の中)からの贈り物を」
40. **de facili luto**「柔軟な粘土から，粘土で」
42. **condita messis**「穀物倉に積まれた収穫」
44. **solito toro**「慣れた褥(しとね)に」場所の abl. Kühner. 352（g）．
lectus（43）寝台の全体
45. **immites ventos audire cubantem** cubantem は不定法句の対格主語．「寝ていながら，ひどい風の音を聞くことは」
46. **dominam..**「女主人(恋人)を自分の胸にやさしく抱いてしまっていることは」この不定法句も iuvat の主語
48. **securum somnos igne iuvante sequi**「暖房に助けられて，安心して眠りを続けること」**igne**（写本）の読みをとるのは Ponchont, Putnam., **imbre** に変えるのは cett.
51. **quantum est auri**「この世(にある限りの)のすべての金」auri は部分の gen. MK 376（Kühner. 429（b））
51. **potiusque** の que は **auri** と **smaragdi** を結ぶ．**potius** は，**pereat quam fleat** と関係する．-que の位置は韻律のため

o quan | tu(m) ‿ est au | ri pere | at poti | usque sm*a | ragdi
‒ ‒ | ‒ ‒ | ‒ ‿‿ | ‒ ‿‿ | ‒ ‿ ‿ | ‒ ‒

※ sm は1子音とみなされる．p.3, §3.5 (iii), Kühner-Holzweissig.250.
52. **fleat ob....**「私が(金や宝石を欲しくて)長い航海に出る別離を悲しんで女の子が泣くぐらいなら，金など不要だ」
55-56 パトロンの Messalla への自己弁明であると共に，ローマの Elegeia(挽歌)の一つのテーマ．女主人の奴隷となって，つれない扉の前で足を縛られた門番の如く恋人の家門の開くのを待っている．
57. **laudari** 手柄をあげた兵士として「褒められる」
61. **arsuro**（ardeo の未来分）**lecto**「火葬堆の上で燃えていく筈の棺架」
61-62. **flebis**（他動詞，目的語 me）**....et....dabis**
64. **stat** = est, tibi MK 557
66. **lumina sicca referre domum**「乾いた目(涙のない目)を持って家へ帰ること」

67. **ne laede** MK 614
69. **iungamus amores**「我々2人は愛し合おうではないか」MK 530（イ）
70. **tenebris**（abl. pl. 手段）**Mors adoperta caput**（観点の・限定の acc. MK 397 註 1)「暗闇で頭を包みかくした死」
72. **cano capite**（abl. abs）
73. **levis est tractanda venus**「はしゃいだ恋のわざも用いるべきだ」
75. **hic** 恋の戦場で
76. **cupidis vulnera ferte viris**, cupidus の目的語は次行の opes

2

Quis fuit, horrendos primus qui protulit enses?
　quam ferus et vere ferreus ille fuit!
tum caedes hominum generi, tum proelia nata,
　tum brevior dirae mortis aperta via est.
5　an nihil ille miser meruit, nos ad mala nostra
　vertimus, in saevas quod dedit ille feras?
divitis hoc vitium est auri, nec bella fuerunt,
　faginus adstabat cum scyphus ante dapes,
non arces, non vallus erat, somnumque petebat
10　securus varias dux gregis inter oves.
tunc mihi vita foret vulgi nec tristia nossem
　arma nec audissem corde micante tubam :
nunc ad bella trahor, et iam quis forsitan hostis
　haesura in nostro tela gerit latere.
15　sed patrii servate Lares! aluistis et idem,
　cursarem vestros cum tener ante pedes.
neu pudeat prisco vos esse e stipite factos :
　sic veteris sedes incoluistis avi.
tum melius tenuere fidem, cum paupere cultu

20   stabat in exigua ligneus aede deus.
     hic placatus erat, seu quis libaverat uvam,
        seu dederat sanctae spicea serta comae,
     atque aliquis voti compos liba ipse ferebat
        postque comes purum filia parva favum.
25   at nobis aerata, Lares, depellite tela,
        . . . .
     hostiaque e plena rustica porcus hara.
     hanc pura cum veste sequar myrtoque canistra
        vincta geram, myrto vinctus et ipse caput.
     sic placeam vobis : alius sit fortis in armis,
30   sternat et adversos Marte favente duces,
     ut mihi potanti possit sua dicere facta
        miles et in mensa pingere castra mero.
     quis furor est atram bellis accersere mortem?
        imminet et tacito clam venit illa pede.
35   non seges est infra, non vinea culta, sed audax
        Cerberus et Stygiae navita turpis aquae :
     illic percussisque genis ustoque capillo
        errat ad obscuros pallida turba lacus.
     quin potius laudandus hic est, quem prole parata
40   occupat in parva pigra senecta casa!
     ipse suas sectatur oves, at filius agnos,
        et calidam fesso comparat uxor aquam.
     sic ego sim, liceatque caput candescere canis,
        temporis et prisci facta referre senem.
45   interea pax arva colat. pax candida primum
        duxit araturos sub iuga curva boves,
     pax aluit vites et sucos condidit uvae,
        funderet ut nato testa paterna merum,

pace bidens vomerque nitent, at tristia duri
50 　militis in tenebris occupat arma situs.
rusticus e lucoque vehit, male sobrius ipse,
　uxorem plaustro progeniemque domum,
sed Veneris tum bella calent, scissosque capillos
　femina perfractas conqueriturque fores.
55 flet teneras subtusa genas, sed victor et ipse
　flet sibi dementes tam valuisse manus.
at lascivus Amor rixae mala verba ministrat,
　inter et iratum lentus utrumque sedet.
a, lapis est ferrumque, suam quicumque puellam
60 　verberat! e caelo deripit ille deos.
sit satis e membris tenuem rescindere vestem,
　sit satis ornatus dissoluisse comae,
sit lacrimas movisse satis : quater ille beatus,
　quo tenera irato flere puella potest!
65 sed manibus qui saevus erit, scutumque sudemque
　is gerat et miti sit procul a Venere.
at nobis, Pax alma, veni spicamque teneto,
　perfluat et pomis candidus ante sinus. 　　（Ⅰ.10）

[註]

1. **quis fuit ..qui..**,「作った者はいかなる人物であったのか」
5. **an nihil ille miser meruit**「それとも（武器を発明した）その男は不幸なことに、そのような非難・罪をきせられたのか、その責めは全くないのに」
7. **divitis hoc vitium est auri**「この悪、あやまち（＝我々の不幸 5. mala nostra）は、高額の金に責任がある」**divitis auri**（gen.）は所有の gen. MK 555 (1). **est** の現在形は「今も昔も」の意味。そして「昔は戦争ではなかった」(fuerunt) と対比されている。
8. **faginus....**「晩餐の食卓に、ぶなの木製の酒盃（金銀製のではなく）が立っ

ていた頃（素朴な昔）は」
10. **varias oves**「さまざまな毛色の羊たち」**dux gregis**「羊飼い」
11. **tunnc mihi vita foret vulgi nec tristia nossem.** この vulgi は vita にかけても，arma にかけても，しっくりしない．だから Ponchant は Valgi と改訂し「Valgius よ」と読む．vita にかけて「庶民の生活が私にあったら」とすると，vulgi と tristia と，形容詞のつり合いがとれるかも．しかし今は vulgi を arma にかける．なお foret (= esset) ではなく，fuisset の方が過去の非事実として正確であろうか．cf. novissem, audivissem と過去完了の sub. なのだから．-vi- の省略 MK 213.

13 を scan する

 nunc ad | bella tra | hor※ et | iam quis | forsitan | hostis
 －　－　｜－　⌣　⌣　｜－　　－｜－　　－　｜－　⌣　⌣　｜－　－

 ※ trahōr cf. p.12. §5. 13 (ii); Kühner-Holzweissig. 117 (16)

 quis = aliquis　なお-tŭn(h)ostis に注意．h は子音として scan されない．無視される．cf. p.8. §5.2.b
14. **haesura in nostro** (= meo) **tela latere**「私の脇腹に突きささるであろう槍を」
15. **servate**「戦争から救い給え」
16. **cursarem....cum** (MK 804)「幼き頃あちこち走り回っていたとき，私をやしなってくれたのは同じくあなただった」
17. **prisco vos esse e stipite** (MK 430) **factos**「あなたがたが古い切り株から作られたこと」**pudet** は不定法句をとる．MK 538 註
18. **sic veteris sedes** (acc.) **incoluistis**（他）**avi**「あなたがそのような古風な木像として，私の古い先祖の家に住んで名誉を与え給うた」
19. **tenuere** (MK 212. 註) の主語は **avi** (18) であろう．それとも一般の人々か．
20. **exigua....aede** この aede は Lares の祭壇か神棚か．「社」と大きいものではなくて．
21. **uvam** (cett), **uvā** (Ponchant. 手段の abl.)
22. **sanctae....comae** (dat.)
23. **voti compos** (gen. 支配．MK 347)「願いを叶えて貰った人は」

ラテン詩への誘い

24. **postque comes**「そのあとをお供として」post は副. comes は filia と同格
25. と 26. の間に 2 行脱落しているらしい.
25. **nobis** 分離の abl. MK 427.
26. **rustica porcus**（erit）特別な感謝祭に限って豚の生贄が捧げられる. 普通はささやかなお菓子など.
27. **hanc** は porcus（hostia）であろう.
    pura cum veste「純白の儀礼服で」
    myrto（abl.）**canistra vincta**「ギンバイカで飾られたよしあみ細工のかご」
    このかごの中に祭具や供物が入っていたろう
29. **sic**「このような姿で祭り事を行って」
30. **Marte favente** abl. abs.「軍神マルスの贔屓（加護）を得て」
33. **bellis**（手段の abl.）**arcessere**「戦いに出て招きよせること」これが主語で, furor が述語.
35. **infra**「地下に, 下界には」この行の scan
    non sege | s ⌣ est ⌣ in | fra non | vinea | culta se | d ⌣ audax
    — ⌣⌣ | — — | — — |—⌣⌣ | — ⌣⌣ | — —
    又は　seges | est in | 　　　　　　　　　　　　sed | audax
37. **percussis genis, usto capillo** 共に abl. abs.「両頬をひどく傷つけ（爪でかき）, 髪を焦がして」下界には, 火葬堆で焼かれたときの姿で行くと想像されていたものか.

37. の scan
    illic | percus | sisque ge | nis us | tōque ca | pillo
    — — | — — | — ⌣ ⌣ | — — | — ⌣ ⌣ | — —

38. **lacus** 下界の川（三途の川）はどんよりとよどんで, 湖のように見えるので, lacus とも表現される.

39. の scan
    quin poti | us lau | dandus(h)i | c est quem | prole pa | ratā
    — ⌣⌣ | — — | — ⌣ ⌣ | — — | — ⌣⌣ | — —
    　　　　　ラウ | ダンドゥシ | ケスト クウェム
    hĭc は quem の先行詞

詩　選　集

quin の代わりに，**quam** potius (Hiller, Smith, Harrington) と読むも，意味は変わらない．
prole parata abl. abs.「子孫をもうけて」

40. scan すると
occupat ｜in par ｜va ‖ pigra se ｜necta ca ｜sa
－⌣⌣　｜－－　｜－‖－⌣⌣　｜－⌣⌣　｜－

pigra senecta....「動作を鈍くさせる老齢が支配する彼こそ，（英雄の如く）誉められるべきだ」

43. **sic ego sim**「私もそうありたい」（戦争をさけ平和に生きたい）
canis (capillis) 随伴の abl. MK 319

44. **temporis prisci facta**「昔話」**et** は **candescere et referre**

45. **interea**「その間，老齢に達する迄は」
pax arva colat（接）「平和が耕地を肥沃とするように」**pax candida**「純白の衣服をまとった平和」（擬人化 cf. 67. 68）

46. **araturos** (MK 437. 未来分詞) **boves**「耕作を始める牛たち」

48. **ut funderet**（接）「父親が手ずから瓶をもって息子に生酒をそそぐために」（直訳）父の瓶が生酒を息子にそそぐために．

49.-50. **pace** (abl. 理由？)「平和のために」（手段？）「平和によって」
situs（主）**occupat** (cf. 40) **arma in tenebris**「錆が物置小屋の暗い隅で武器をがんじがらみにする」

51. この前に **lacuna** を想定する text (Ponchont, Smith) もある．それほどにここの転調は目立つ．しかし Tibullus の詩の魅力，あるいは特色は，（夢幻の如く）次々と変わる場面やモチーフの転調である．
lucus「聖林，社のある境内の森」祭の行事のあとのスケッチであろう
male sobrius ipse rusticus「百姓本人は（妻子と異なって）ほろ酔い加減で」
male sobrius に，'very drunk' (Smith) の解釈もある

54. の scan
femina｜perfrac｜tas ‖conqueri｜turque fo｜res
－⌣⌣｜－－　｜－‖－⌣⌣｜－⌣⌣｜－

que の位置は perfractasque である筈．韻律のために後へつけられた．

55. **teneras genas** この限定の acc. について p.128．Ⅰ．70 註．cf. Hofmann．§44
subtusa → subtendo は 'bruise from below'（OLD）と解されるか，あるいは 'somewhat bruised（Putnam）' か．
et ipse 勝った男も又
56. **flet sibi dementes tam valuisse manus**　flet は不定法句をとる．MK 509．
sibi は **manus** にかかる共感の dat.（MK 556）か．それとも **valuisse** にかかる利害の dat.（MK 206）？
57. **lascivus Amor**「はしゃぐことの好きな恋の神は，恋人同志のけんかをけしかける，悪口雑言を示唆して」
58. **inter iratum utrumque**「いきり立っている二人の間で」**lentus** 副詞の如く訳す MK 357．
59.-60. 自分の恋人に暴力をふるう男は，その心は石や剣であり，Titan 族が Olympos から神々を追放しようとした如く，不敬きわまる行為である．
64. **quo....irato** abl. abs.「その男が怒ったために」
65. **manibus** 手段の abl. **qui** の先行詞は 66. is である．
66. **gerat** も **sit** も接．命．MK 530．
67. **teneto** = tene 韻律のため
Pax は Ceres = Demeter = Terra Mater と同じように考えられていた
68. **profluat**（Postgate），**perfluat**（cett），**pomis** 随伴の abl. **sinus** が純白の衣服の「ひだ」なのか，poma を抱いている「ふところ」なのか，よくわからない．**profluat** を「前面をきれいに下まで流し給え」（接．命．MK 530）と解釈すると sinus は「ひだ」であろうか．

Propertius, Sextus
(c. 50-16 BC.)

　Propertius は Asisium（今の Assisi）の裕福な家（騎士階級か）に生まれた．幼いとき父を失い，さらに内乱のとばっちりを食って，Octavianus（後の Augustus）によって土地を没収された．この原体験から彼は終生 Augustus の新体制になじめず，一定の距離を，いや不遜な態度すらとって，他の詩人の如く皇帝に対する迎合の言葉を詩の中に残さなかった．公的な生涯を希望した母の期待に反し，詩人の道を択び，29年頃，第1巻を公表すると忽ち有名となり，Maecenas のサークルに入ったようである．しかしパトロンからすすめられても，終生ローマをたたえる叙事詩の執筆は固辞した．第2巻は26年，第3巻は23年頃，そして最後の第4巻を16年頃に出版した後，間もなく夭折したと考えられる．

　彼の詩集では，恋人 Cynthia（「女性の Apollon」という意味）を歌った詩が，多く且つ美しいが，巻を追う毎に故事来歴など，その他の主題も多くなっている．しかし第4巻でも90行に及ぶ第7, 8の2歌は Cyntia を歌って圧巻である．彼の詩は難解，晦渋である※．しかしかって Schiller から 'der deutsche Propertius' と呼ばれた Goethe や，'Homage to Sextus Propertius' を書いた Ezra Pound がいたように，今日でも我々を魅了してやまないのである．

※ そのため Quot editores, tot Propertii と言われているほどである

[Text と註釈書]
Butler-Barber, The Elegies of Propertius 1933=1964
Camps, W. A. Propertius : Elegies Book I 1961. Book III 1966^2
Enk, P. J. Propertii Elegiarum Liber I （2vols） 1946
Fedeli, P. Propertius. (Teubner) 1984

Goold, G. P.　Propertius : Elegies（Loeb）1990 = 2006²
Hanslik, R.　Propertii Elegiarum Libri IV（Teubner）1979
Paganelli, D.　Properce : Elégies（Budé）1929 = 1961²
Postgate, J. P.　Selected Elegies of Propertius 1884 = 1950²
Richardson, L.　Propertius : Elegies I-IV, 1977
Rothstein, M.　Propertius : Elegien 1920 = 1966

1

Cynthia prima suis miserum me cepit ocellis
　contactum nullis ante cupidinibus.
tum mihi constantis deiecit lumina fastus
　et caput impositis pressit Amor pedibus,
5　donec me docuit castas odisse puellas
　improbus et nullo vivere consilio.
et mihi iam toto furor hic non deficit anno,
　cum tamen adversos cogor habere deos.
Milanion nullos fugiendo, Tulle, labores
10　saevitiam durae contudit Iasidos.
nam modo Partheniis amens errabat in antris,
　ibat et hirsutas ille videre feras ;
ille etiam Hylaei percussus vulnere rami
　saucius Arcadiis rupibus ingemuit.
15　ergo velocem potuit domuisse puellam :
　tantum in amore preces et benefacta valent.
in me tardus Amor non ullas cogitat artes,
　nec meminit notas, ut prius, ire vias.
at vos, deductae quibus est fallacia lunae
20　et labor in magicis sacra piare focis,
en agedum dominae mentem convertite nostrae

詩　選　集

  et facite illa meo palleat ore magis
   tunc ego crediderim vobis et sidera et amnes
    posse Cytinaeis ducere carminibus.
25 et vos, qui sero lapsum revocatis, amici,
   quaerite non sani pectoris auxilia.
  fortiter et ferrum saevos patiemur et ignes,
   sit modo libertas, quae velit ira, loqui.
  ferte per extremas gentes et ferte per undas.
30 qua non ulla meum femina norit iter :
  vos remanete, quibus facili deus annuit aure,
   sitis et in tuto semper amore pares!
  in me nostra Venus noctes exercet amaras
   et nullo vacuus tempore defit Amor.
35 hoc, moneo, vitate malum : sua quemque moretur
   cura, neque assueto mutet amore locum.
  quod si quis monitis tardas adverterit aures,
   heu referet quanto verba dolore mea!   (I . 1)

9.-15. の scan
9. Mīlani | ōn nul | los fugi | endo, | Tulle, la | bores
  −⌣⌣ | − − | − ⌣⌣ | − − | − ⌣ ⌣ | − −
10. saeviti | am du | rae ‖ contudit | Iasi | dos.
  −⌣⌣ | − − | − ‖ −⌣⌣ | −⌣⌣ | −

11. nam modo | Partheni | is a | mens er | rabat in | antris,
  − ⌣⌣ | − ⌣⌣ | − − | − − | − ⌣⌣ | − −
12. ibat et | hirsu | tas ‖ ille vi | dere fe | ras ;
  −⌣⌣ | − − | − ‖ −⌣⌣ | −⌣ ⌣ | −
13. ill(e) ⌣eti | a(m) ⌣ (H)yla | ei per | cussus | vulnere | rami
  − ⌣⌣ | − − | − − | − − | − ⌣⌣ | − −

14. saucius| Arcadi | is ‖ rupibus| ingemu| it.
　　 －⏑⏑|－⏑⏑|－‖－⏑⏑|－⏑⏑|⏑
15. ergo | velo | cem potu| it domu| isse　pu| ellam
　　－ －|－ －|－　⏑⏑|－⏑⏑|－⏑　⏑|－ ⏑

［註］
　この歌は，第一巻 'Cynthia Monobiblos'「Cynthia のみを歌った詩集」の序詞である
2. **contactum**（me）**nullis ante cupidinibus**「それまで，いかなる欲望（女をわがものとしたいという）にも触れられた(汚染された)ことのなかった私を」
contactum は contingo の完分．
3. **mihi constantis lumina fastus**「確固不動(頑固)な誇りを持っていた私の目を」mihi は共感の dat. (MK 556). constantis fastus は gen. qualitatis (MK 181).
4. **inpositis pedibus**「(頭の上に)のせられた足で」
5. **me ducuit castas odisse puellas**「彼＝inprobus Amor は私に犯し難い(慎み深い)女どもを憎む(さける)ことを教えた」doceo は二重対格をとる，ここでは me ＋ 不定法句（MK 122）．次の不定法句（me vivere）も同じく docuit の目的語
7. **et mihi** Goold のみ **ei mihi** と Lobe の新版で改訂する．彼のこのような多くの改訂（たとえば 16. **fides**, preces の代わり，19. **pellaeia**, fallacia の代わり，など）を，私は納得できないので，取りあげなかった．
7. **toto anno**「全一年間，一年間ずっと」abl. temporis. MK 476. 広がりの対格 (MK 472) の代わりに用いられたらしい．
8. **cum tamen adversos cogor habere deos**「しかし私は神々の反対（渋面）を体験することを強制されているのであるが」cum は譲歩．直説法と共にも用いられる．Kühner. Ⅱ. 349 (6)
9. **fugiendo** fugio の動名詞の abl. MK 581.
　Tullus は，Propertius がこの詩集を献呈した当の友人，Tullus の叔父は，前

33 年の執政官 L.Volcacius Tullus.
10. **saevitiam durae....Iasidos**「無慈悲な Atalanta の残酷(な仕打ち)を」Iasidos は Iasis の gen. cf. MK 622（ロ）Paris. Iasis は Iasus の娘 Atalanta. 彼女を恋していたのが Milanion
11. **Partheniis antris**「Parthenius 山の谷あいに」Parthenius（= Arcadia の山）は，名. と形. は同形.
12. **ibat videre**「見に行った，行って対決した」この不定法は MK 501.
13. **Hylaei percussus vulnere rami**「Hylaeus の棍棒で打たれ傷を負った」Hylaeus も名. 形. は同形. ここでは形か？
Hylaeus は Arcadia の centaurus
14. **Arcadiis rupibus**「Arcadia の岩山で」Arcaidius は Arcaidia の形，rupibus は場所の abl. MK 318., Kühner. 354.
15. **dōmŭīssĕ** = dŏmāre 韻律のため cf. MK 499. 註. velocem puellam = Atalantam
17. **in me**「私の場合」**tardus Amor**「分かりの鈍い」「来るのが遅れた」のどちらか？
19. **at vos**「ところでお前たち（魔女よ）」このような突然の転調は Propertius の特色.
deductae....fallacia lunae「月を天空から引きずり降ろす，いんちきな芸当」duductae lunae の gen. は，説明の gen. MK 178.
20. **labor**（est）**piare**「なだめるのが仕事である」**in magicis sacra piare focis**「魔法使いの炉の上で儀式を行って下界の神々をなだめる」= deos（inferos）piando sacra facere（Enk）
21. **en agendum**「さあ，やってこい，きてくれ，とりかかれ」
22. **facite**（ut）**illa palleat**（接）MK 648. 註 1.
23. **tunc** = si id feceritis
crediderim（完. 接）**vobis**（dat.）**vos....posse**「お前たちの言葉を信じるであろう，お前たちが…できるということを」
24. **Cytinaeis carminibus**「Cytina = Thessalia の魔法の呪文で」Cytinaeus（形）= Cytina（名）の，Cytina は Thessalia（魔法で有名な地）の町. Cytaeinēs

をとる版によると，Cytainē (= Medea) の gen. cf. MK 620. Circē の格変化. この一行の scan

posse Cytīnaeis ducere carminibus
－ ⏑ ⏑|－－|－ ‖ －⏑⏑|－⏑⏑|－
　　　Cytaeīnēs
　　　⏑|－－|－ ‖

28. **sit modo libertas, quae velit ira, loqui**「もし怒りが欲することを述べる自由がありさえすれば」この modo について MK 758 (4). libertas loqui の構造は稀である Hofmann. 351 (b). cf. MK 502（ロ）.

30. **qua..norit** (= noverit 接)「どんな女も知らないような所へ」MK 676.

31. **vos remanete**「君たちはローマにとどまれ」vos = amici (25)

32. **sitis semper pares**「君たちはいつまでも女と仲むつまじくあれ」MK 530（ロ）

33. **in me nostra Venus noctes exercet amaras**「私に対しては，我々の Venus は苦しい毎晩を通して（毎晩の責め苦によって）困憊させている」この一行は難しい. in me は 17. の in me と同じか？私は me は対格ととり，exercet の目的の如く解する. 従って noctes amaras は exercet の目的語ではなく，時間の持続の acc. (MK 472) と解する. 目的語とすると「毎晩を責め苛め，悲惨な夜としている」か？

34. **nulluo vacuus tempore defit Amor**「恋の神は一刻も怠けずに私の側に居続ける」

35. **sua quemque moretur**（接）**cura**「自分の恋(人)が各人をしばっておくように」

    moneo (ut) **moretur neque mutet**（接）MK 648

36. **neque assueto mutet amore locum**「そして慣れ親しんだ愛から場所を変えるな」

    assueto amore の解釈は 3 つある. 1. abl. abs.「愛が慣れてしまっているのだから」2. locum にかけて abl. qualitatis (MK 322)「慣れてしまった愛の居場所を」3. abl. separativus (MK 318)「慣れた恋から」

2

Quid iuvat ornato procedere, vita, capillo,
    et tenues Coa veste movere sinus,
aut quid Orontea crines perfundere murra,
    teque peregrinis vendere muneribus,
naturaeque decus mercato perdere cultu,
    nec sinere in propriis membra nitere bonis?
crede mihi, non ulla tuae est medicina figurae :
    nudus Amor formae non amat artificem.
aspice, quos summittat humus formosa colores,
    ut veniant hederae sponte sua melius,
surgat et in solis formosius arbutus antris,
    et sciat indocilis currere lympha vias.
litora nativis persuadent picta lapillis,
    et volucres nulla dulcius arte canunt.
non sic Leucippis succendit Castora Phoebe,
    Pollucem cultu non Hilaira soror,
non, Idae et cupido quondam discordia Phoebo,
    Eueni patriis filia litoribus,
nec Phrygium falso traxit candore maritum
    avecta externis Hippodamia rotis :
sed facies aderat nullis obnoxia gemmis,
    qualis Apelleis est color in tabulis.
non illis studium vulgo conquirere amantes :
    illis ampla satis forma pudicitia.
non ego nunc vereor, ne sim tibi vilior istis :
    uni si qua placet, culta puella sat est ;
cum tibi praesertim Phoebus sua carmina donet
    Aoniamque libens Calliopea lyram,

ラテン詩への誘い

    unica nec desit iocundis gratia verbis,
30   omnia quaeque Venus quaeque Minerva probat.
    his tu semper eris nostrae gratissima vitae,
      taedia dum miserae sint tibi luxuriae.   （Ⅰ.2）

7-10 の scan

  crede mi| hi, non| ulla tu | ae ⌣ est medi | cīna fi | gūrae :
  －⌣⌣ | －　－ | －⌣⌣ |　－　　⌣⌣ | －⌣⌣ | －－

  nudus A | mor for | mae ‖ non amat | artifi | cem.
  －⌣⌣ | －　－ | －　‖ －⌣⌣ | －⌣⌣ | －

9. aspice | quos sum | mittat(h)u | mus for | mosa co | lores,
  －⌣⌣ | －　－ | －⌣　⌣ | －　－ | －⌣⌣ | －－

  ut veni | ant hede | rae ‖ sponte su | ā meli | us,
  －⌣⌣ | －⌣⌣ | －　‖ －⌣⌣ | －⌣⌣ | ⌣

13-17

13. litora | nati | vis per | suadent | picta la | pillis,
  －⌣⌣ | －－ | －　－ | －　－ | －⌣⌣ | －－

  et volu | cres nul | lā ‖ dulcius | arte ca | nunt.
  －⌣⌣ | －　－ | －‖ －⌣⌣ | －⌣⌣ | －

15. non sic | Leucip | pis suc | cendit | Castora | Phoebe,
  －　－ | －　－ | －　－ | －　－ | －⌣⌣ | －－

  Pollucem | cultu | non ‖ Hīlā | īra so | ror,
  －⌣⌣　| －－ | －　‖ －－ | －⌣⌣ | －

17. non, I | dae ⌣ et cupi | do quon | dam dis | cordia | Phoebo,
  －　－ | －　　⌣⌣ | －－　| －　－ | －⌣⌣ | －－

19-20

  nec Phrygi | um fal | so tra | xit can | dore ma | rītum
  －　⌣⌣ | －－ | －　－ | －－　| －⌣⌣ | －⌣

  avec | ta ⌣ exter | nis ‖ Hippoda | mīa ro | tis :
  －－ | －　　－ | －‖ －⌣⌣ | －⌣⌣ | －

— 142 —

詩　選　集

25-26
　　non ego | nunc vere| or, ne| sim tibi| vilior| istis :
　　－　⏑⏑|－　⏑⏑　|－－　|－　⏑⏑|－⏑⏑|－－
　　　　uni | si qua pla| cet,‖ culta pu| ella sat | est ;
　　　　－－|－　⏑　⏑|－　‖－　⏑　⏑ |－⏑⏑ |－

[註]
1. **quid juvat**「それが何の役に立つのか．それがどうして楽しいのか（MK 280）」「それ」は（不定法）procedere「外を出歩くこと」と movere.
   ornato capillo「髪を入念に結って」abl. modi. MK 320.
   vita = mea vita「私にとって命ほどに大切なお前」
2. **Coa veste**（= Coae vestis）abl. materiae.（MK 430）「Cōs 島の，絹衣の」Cōa は Cōs の形．Cōus の abl. f. sg.
   tenuis sinus（pl. acc.）「透き通る（うすい）衣のひだを」
   movere「動かす，なびかす，ひるがえす」
   主語が 2 つ（procedere, movere）あるのに，述語動詞が単（juvat）であるのは，et で結ばれた 2 つ以上の主語に共通する述語動詞の性・数は一番近い主語と一致する（Kühner. 46）こともあるから．
3. **Quid**（juvat）**perfundere -que te vendere**（不句）**-que perdere nec sinere**
   Orontēā murrā「オロンテース川（= シュリア）の没薬，香料で」（手段の abl.）Orontēus（形），Orontēs は Syria の川．
   aut quid ⏑ O | rontē | ā cri| nes per| fundere| murrā
   　－　⏑　⏑　|－－|－－|－　－　|－⏑⏑|－　－
4. **te peregrinis vendere muneribus**「外国から輸入された装身具によって（身を飾って）お前自身を高く売りつけること」vendere も munus の意味もいろいろと解釈されているが，ここではそれらの紹介は省略．
7. **non ulla tuae est medicina figurae**「お前の容姿を治療する（より美しくする）方法は全くない」
8. **nudus Amor**「アモルは裸なので」「裸のアモルは」と訳すよりも．

form<u>ae</u> artificem（cett）これを Goold のみが，**form<u>am</u> artificem**（形）「わざに巧みな美貌を，工夫して得られた美を」と改める．

9. **quos colores**「なんと色とりどりの花を」

humus formosa「美しい大地は」<u>**formosa**</u>（写本）を改める text は，**non culta**（Hanslik）「耕作されていない大地」**non fossa**（Goold）「まだ掘られていない大地」

10. **ut veniant**「いかに生長しているか」MK 812. veniant（接），surgat（接），sciat（接）は ut の間接疑問文（感嘆文）のため．MK 690.

12. **indocilis vias**（pl. acc. f.）「教えられていない道を」

13. **litora nativis persuadent picta lapillis**「天然のモザイクで描かれた海岸が納得させるのだ（自然美が人工美に勝ることを）」写本の persuadent の解釈はさまざま．praegaudent（Goold）の改訂まであるが，原文の音の美しさ（l, t, s, p のくりかえし）は改訂でこわされるのではないか．

14 行は，13 行 persuadent の言外の目的文（自然美が人工美に勝ること）を，dulcius arte で表現しているのではないか．「いかなる技も心得ていないのに，それよりも甘く小鳥は歌うのだ」 nulla arte（abl. abs.）を理由にとる人（Goold.Postgate, Enk, Paganelli）もいる．「いかなる技も心得ていないので，（いっそう甘く）」

15-16 Messenia の王 Leucippus の二人の娘 Phoebe と Hilaira は，Castor と Pollux にさらわれた．

non sic....cultu（abl. causae. MK 398）「こうして飾りから…ではない」

17. **non**, i. e. non（sic succendit）discordia

18. Aetolia の川 Evenus の娘 Marpessa は，その美しさのため，Idas と Apollon が奪い合ったと．

Idae（dat.）**et discordia**（acc. succendit の目的語）**Phoebo**（dat.）「Idas と Phoebus に対し不和をたきつけた」Idae が Idās の dat. であることは MK 620. Aeneās の変化参照

19.「プリュギアの夫（Pelops）を魅了したのも，人工の（にせの）輝かしい白色からではなかった」

Phrygius は Phrygia の形．

20.「異国人（Pelops）の競走戦車で連れ去られた Hippodamia = Elis の王 Oenomaus の娘」

21. **facies aderat nullis obnoxiă gemmis**「（彼女たちの）美しい顔はいかなる宝石にも恩恵を受けないものとして（男の目の）前にあった」

22. **Apelleis** は，Apelles の形，Apelleus の pl. f. abl. Apelles は有名なギリシアの画家．彼の主題は女の裸像であった．color はその女性の肌の色合い．

qualis.... の行 = et talis color qualis est in tabulis Apelleis であろう

23. **non illis studium**（erat）**conquirere**「彼女たちには探し求める熱意はなかった」

conquirere の用法 MK 502（ロ）cf. Hofmann. 351. p.140, 28.

vulgo（副）「いたる所から，無差別に」この vulgo（写本）を fuco「化粧で，上べの飾りで」と改訂する text（Goold, Hanslik）もある

24.「彼女らには貞節が充分に輝かしい美貌であった」Propertius はここで外形の美から貞節(精神)の美へ話題を移している．

25. **ne sim tibi vilior istis**「私がお前の者たち（お前があちこちとさがしている恋人，お前を讃美する者たち）よりも劣っているとお前の目に映るのを」

tibi は判断者の dat. MK 207. istis は比較の abl. MK 375. vereor ne の構文 MK 657. この **sim**（写本）を sis と改訂するのは Goold, Hanslik. そうすると istis は女であるが，どんな女を意味しているのか？（神話の女たち？）それを私(詩人)が恐れない，「確信する」と解釈するのか．

27. **cum tibi praesertim** = et praesertim tu cum tibi「お前に与えているとすれば，なおさらお前は…」cum + donet（接）MK 805.

28. **libens** は Phoebus にも Calliopē = Calliopēa にもかかる，どちらも詩神（Musae）．

Aoniam lyram「アオニアの竪琴」Aonia の（形）Aonius の f. acc. Aonia は Helicon 山のある Boetia を意味する．そしてここでは詩神の住む Helicon 山の竪琴を意味する．

30. **omnia**（adsint）と補う，29. の desit から．そして adsint も desit も donet（27）と同様 cum + 接の構文となる．

31. **his**「このようなお前の特質(長所)によって」

nostrae vitae「私の生涯(命)にとって」
32. **taedia dum miserae sint tibi luxuriae**「もしこの哀れむべき（不幸をもたらす）贅沢がお前にとって退屈となるならば」
dum＋接＝もし…ならば MK 758（4）

3

Qualis Thesea iacuit cedente carina
　　languida desertis Gnosia litoribus,
qualis et accubuit primo Cepheia somno
　　libera iam duris cotibus Andromede,
5　nec minus assiduis Edonis fessa choreis
　　qualis in herboso concidit Apidano :
talis visa mihi mollem spirare quietem
　　Cynthia non certis nixa caput manibus,
ebria cum multo traherem vestigia Baccho
10　et quaterent sera nocte facem pueri.
hanc ego, nondum etiam sensus deperditus omnes,
　　molliter inpresso conor adire toro.
et quamvis duplici correptum ardore iuberent
　　hac Amor hac Liber, durus uterque deus,
15　subiecto leviter positam temptare lacerto,
　　osculaque admota sumere et arma manu,
non tamen ausus eram dominae turbare quietem
　　expertae metuens iurgia saevitiae ;
sed sic intentis haerebam fixus ocellis,
20　Argus ut ignotis cornibus Inachidos.
et modo solvebam nostra de fronte corollas
　　ponebamque tuis, Cynthia, temporibus,
et modo gaudebam lapsos formare capillos,

　　　　nunc furtiva cavis poma dabam manibus,
25　omniaque ingrato largibar munera somno,
　　　　munera de prono saepe voluta sinu.
　　et quotiens raro duxti suspiria motu,
　　　　obstupui vano credulus auspicio,
　　ne qua tibi insolitos portarent visa timores,
30　　neve quis invitam cogerat esse suam :
　　donec   diversas praecurrens luna fenestras,
　　　　luna moraturis sedula luminibus,
　　compositos levibus radiis patefecit ocellos.
　　　　sic ait in molli fixa toro cubitum :
35　'tandem te nostro referens iniuria lecto
　　　　alterius clausis expulit e foribus?
　　namque ubi longa meae consumpsti tempora noctis
　　　　languidus exactis, ei mihi, sideribus?
　　o utinam tales perducas, improbe, noctes,
40　　me miseram quales semper habere iubes!
　　nam modo purpureo fallebam stamine somnum,
　　　　rusus et Orpheae carmine, fessa, lyrae,
　　interdum leviter mecum deserta querebar
　　　　externo longas saepe in amore moras,
45　dum me iucundis lapsam Sopor inpulit alis.
　　　　illa fuit lacrimis ultima cura meis.'　　　　　（Ⅰ.3）

（Ⅰ）1-8 の scan

1. Qualis | Thēsē | ā iacu | it ce | dente ca | rina
　　－－|　－－|－◡◡ |－－|－ ◡◡ |－－
　　languida | deser | tis ‖ Gnosia | litori | bus,
　　－ ◡ ◡|－ －|－ ‖ － ◡◡|－◡◡|◡

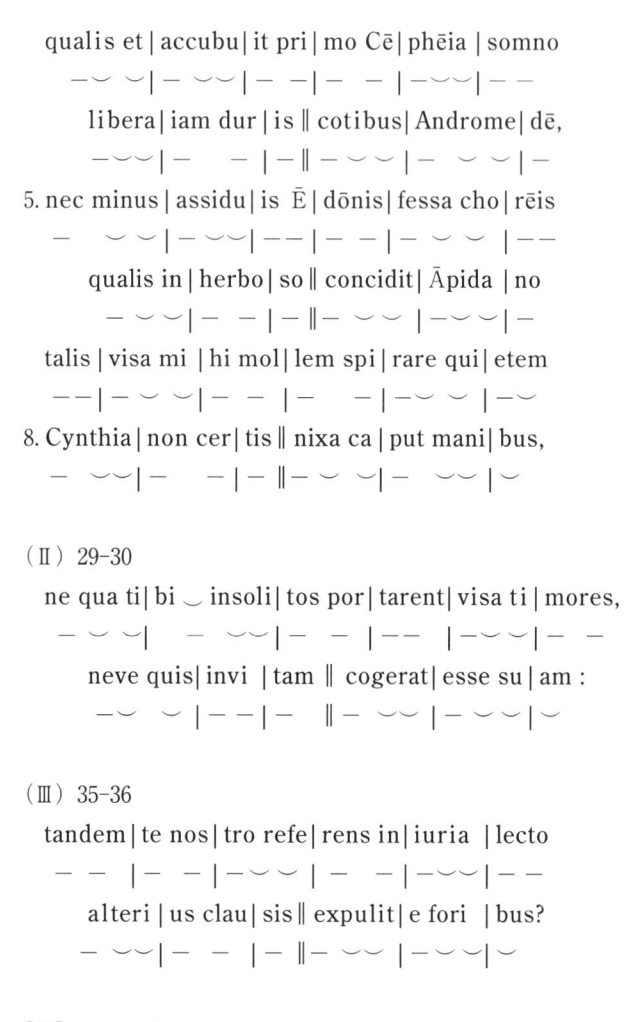

ラテン詩への誘い

```
qualis et | accubu | it pri | mo Cē | phēia | somno
 — ⌣  ⌣⌣ | —  ⌣⌣ | — — | —  — | — ⌣⌣ | — —
      libera | iam dur | is ‖ cotibus | Androme | dē,
       — ⌣⌣ | —   — | ‖ — ⌣⌣ |   ⌣ ⌣ | —
5. nec minus | assidu | is Ē | dōnis | fessa cho | rēis
   —  ⌣ ⌣ | — ⌣⌣ | — — | — — | — ⌣ ⌣ | — —
       qualis in | herbo | so ‖ concidit | Āpida | no
        — ⌣ ⌣ | — — | ‖ — ⌣ ⌣ | — ⌣⌣ | —
talis | visa mi | hi mol | lem spi | rare qui | etem
— — | — ⌣ ⌣ | — — | —   — | — ⌣ ⌣ | — ⌣
8. Cynthia | non cer | tis ‖ nixa ca | put mani | bus,
   —  ⌣⌣ | —   — | — ‖ — ⌣ ⌣ | —  ⌣⌣ | ⌣
```

（Ⅱ）29–30

```
ne qua ti | bi ⌣ insoli | tos por | tarent | visa ti | mores,
 — ⌣ ⌣ |  —  ⌣⌣ | — — | — — |  — ⌣⌣ | — —
     neve quis | invi | tam ‖ cogerat | esse su | am :
      — ⌣  ⌣ | — — | —  ‖ — ⌣ ⌣ | — ⌣ ⌣ | ⌣
```

（Ⅲ）35–36

```
tandem | te nos | tro refe | rens in | iuria | lecto
 — — | — — | — ⌣ ⌣ | —   — | — ⌣⌣ | — —
   alteri | us clau | sis ‖ expulit | e fori | bus?
    — ⌣⌣ | — — | —  ‖ — ⌣ ⌣ | — ⌣⌣ | ⌣
```

［註］

1. **qualis..qualis**(3)**..qualis**(6)**..talis**(7)「…のように，そのように」MK 703 (イ)

 Thesea cedente carina（abl. abs.）「テーセウスの（乗った）船が去っていくとき」Thēsēus は Thēseus「テーセウス」の形．これ（Ⅰ．3）は Prop-

— 148 —

詩　選　集

ertius の中で私の好きな歌の一つ.

2. **languida Cnosia**「ぐったりとしたアリアドネー」**Cnosia**, Creta 島の町 Cnossus の女，つまり Cnossus の labyrinthus から，Theseus を助け出した女 Ariadne（Creta 島の王の娘）. **desertis litoribus**（Theseus から）「捨てられた海岸で」妻とする約束を反故にして，彼は Ariadne を捨てていた. **litoribus**, poetic plural. Hofmann §26

3. **accubuit**, accumbo の完了
   Cepheia Andromede「Ehtiophia の王 Cēpheus の娘，アンドロメダ（デ）」Cēphēius（形）の f. sg.
   海の怪物に食われるため岩に縛られていた Andromede が，きわどい時に Perseus によって解放された.

4. **libera duris cotibus**「冷酷な岩礁から解放された」

5. **nec minus** = et
   Edonis（f. sg. nom.）「Thracia の女」ここではその地方の Bacchus の信女のことだろう.

6. **in herboso Apidano**「草深いアピダヌス川の岸辺で」Apidanus は Thessalia 地方の川

7. **visa** : sc. est

8. **non certis nixa**（nitor の完分）**caput manibus**「だらしなく投げ出された腕の上に頭をのせて」（腕で頭を支えた彼女）

9. **ebria multo Baccho**（= vino）「多くの酒で酔っぱらった」Baccho は原因の abl. MK 398.

10. **quaterent** 夜更けの松明は，ほとんど燃えつきているので絶えずふる必要があった
    cum ＋接について MK 804（イ）

11. **nondum etiam** = nondum
    sensus deperditus omnes「あらゆる感覚を失っている」sensus は限定（観点）の acc. MK 397. 註 1

13. **quamvis....tamen**（17）譲歩文，MK 762.
    duplici correptum（me）**ardore iuberent**（接）**..temptare..sumere**「（情

—149—

欲と酒の）二重の激情にとらえられていた私に…とることを試みるように命じたが」

13 の scan

et quam| vis dupli | ci cor| reptu(m)⌣ar| dore iu| berent
ー　ー　｜ー　⌣　⌣｜ー　ー　｜ー　　　　　ー｜ー⌣⌣｜ー　ー

15. **subiecto leviter positam**（= iacentem）**lacerto**「寝ている彼女の体の下にそっと腕を入れ」

leviter は subiecto にかけたが，temptare にかけるべきか．

16. **osculaque admota sumere et arma manu**「手を近づけて接吻と戦い（武器）を盗みとることを（試みる）」et **arma** (cett) を **tarda** (Goold) と改めると「遅い接吻を盗む」となってわかり易い．

17. **ausus eram** 未完了の代わりの過去完

18. **expertae metuens iurgia saevitiae**「私が経験している彼女の癇癪の発作を恐れて」

19. **sed** は **non**（17）と，**sic** は **ut**（20）と対応する．

19. **intentis ocellis**（abl. modi, MK 320）「両眼を集中させて」

20. **Argus ut**（haerebat）**ignotis cornibus Inachidos**「アルゴスがイーナコスの子の前代未聞の角を見ておどろき，身動きもしなかったように」Argus (-os) は百眼の怪物で，Juno（=Hera）から，番人として，美しい Io（Inachos の娘）のそばにいたが，彼女は Jupiter（=Zeus）によって牛にかえられた．
Īnachis, chidos（形），Īnachus (-os) の，ここでは「Inachus の子 Īō の」なお（haerebat）が **ignotis cornibus**（abl.）をとることについて Kühner. 318 (7).

21. **corollas** Cynthia の所へ帰ってくる前の饗宴の席で頭につけていた花環（冠）

23. **gaudebam lapsos formare capillos**「肩に乱れかかっている髪をととのえることを喜んでいた」gaudeo も補足不定法をとる（MK 151）cf. Kühner. 674 (a).

24. **furtiva poma** 宴会の席から盗んできたリンゴか，あるいは furtiva を副詞の如く furtim dabam.

cavis manibus（dat.）「空（から）の手に」おそらく（8）manibus のときの姿勢をかえていたろう

26. **munera de prono saepe voluta sinu**「下の方へ傾いている着物の懐から，しばしばころげおちる贈物」voluta は volvo の完了分詞であるが「ころがってしまった」の意味ではなく「ころがり落ちる」と現在の意味で用いられている．

27. **raro duxti**（= duxisti）**suspiria motu**「たまにお前が体を動かして（寝返って）深い息を吐いた」

28. **obstupuī**（obstipesco の完了）**vano credulus auspicio**「根拠のない不吉な前触れを信じて息をとめた」credulus が **auspicio**（dat.）をとる．Kühner. 317.

29. **ne qua**（30）**neve quis**「…ではないかと恐れて息をとめた」この ne 文は，**obstupui**（= metui. MK 658.）の目的文．**qua visa**「何か夢が」（主格）．qua は不定形容詞（f.）．MK 669. 註 670.

31. **diversas praecurrens luna fenestras** さまざまの解釈があるが，いまはこう訳しておく「正面の開き窓（pl.）の上にさしかかった月が」

32. **luna moraturis sedula luminibus**「月は気をつかって（詩人のために），ゆっくりと光をおくらせようとして」（直訳）「おくれようとする光によって」

34. **fixa cubitum**（限定の acc. Kühner. 287, p.157.（5）の 14 行註．参照「彼女は肩肱で体をささえて」

35. **nostro referens lecto**（dat.）= ad nostrum lectum 目的地の dat. Kühner. 320（f）.

35.-36. **injuria alterius**「他の女の不正（意地悪）あるいは，他の女へのあなたの意地悪」

37. **consumpsti** = consumpsisti
exactis sideribus abl. abs.「星が去ってから」（= exacta nocte）

41. **purpureo stamine**「紫紅色の糸を紡いで」（手段の abl.）

42. **Orpheae carmine lyrae**「オルペウスの竪琴の調べによって」（手段の abl.）
Orpheus（名）MK 623. → Orphēus（形）

fessa 糸を紡いでいて「疲れたときは」分詞構文．MK 448．

44. **externo longas saepe in amore moras**「他の女との愛の中で，しばしばあなたがおそくなって帰る（あなたがおくれる）長い時間を」

45. **dum me iucundis lāpsam Sopor impulit alis**「眠りの中に沈んだ私の体を，眠りの精が心地よい羽でもって叩いてくれるまで」lapsam（cett）に対し，**lassam**（Goold, Hanslik）を採ると「疲れた私の体を」という意味になる．sopor を「深い眠り」と解するとよいのでは．

46. **illa fuit lacrimis ultima cura meis**「それが私の涙をいやすのに最後に残された手当であった．」

  illa は **cura** に attract されたもの．「眠り」を意味する．cf. MK 197．

  これまで各学者の解釈・見解を紹介するのを，煩雑をきらって，省略してきたが，この 46 行についてのみ（Propertius の詩の晦渋の例として）紹介しておく．

  'illa fuit curatio quae tandem finem fecit meis lacrimis' (Enk), '**ultima cura** = das Mittel, das der traurigen Lage schließlich ein Ende macht,' (Rothstein) '**cura**, anxious thought,' (Butler-Barber) 'that was the final worry for my tears' (Richardson) 'That was my weepings' last concern' (Goold) 'le sommeil, mettant fin à mes larmes et à mon souci' (Paganelli) 'That was my last thought amid my tears' (Butler) 私の訳は Enk, Rothstein の解釈に近い．

4

Quid mihi desidiae non cessas fingere crimen,
  quod faciat nobis conscia Roma moram?
tam multa illa meo divisa est milia lecto,
  quantum Hypanis Veneto dissidet Eridano,
5 nec mihi consuetos amplexu nutrit amores
  Cynthia, nec nostra dulcis in aure sonat.
olim gratus eram : non illo tempore cuiquam
  contigit, ut simili posset amare fide.

詩　選　集

  invidiae fuimus : non me deus obruit? an quae
10 lecta Prometheis dividit herba iugis?
  non sum ego, qui fueram : mutat via longa puellas.
   quantus in exiguo tempore fugit amor!
  nunc primum longas solus cognoscere noctes
   cogor et ipse meis auribus esse gravis.
15 felix, qui potuit praesenti flere puellae :
  non nihil aspersis gaudet Amor lacrimis ;
  aut si despectus potuit mutare calores :
   —— sunt quoque translato gaudia servitio ——
  mi neque amare aliam nequ ab hac desistere fas est :
20 Cynthia prima fuit, Cynthia finis erit. （Ⅰ.12）

[註]
1. **quid mihi desidiae non cessas fingere crimen**「なぜ君は私に対し，無精(者)との非難をつくり続けるのか」「君は」と言われている者はたとえば 5 = Ⅲ. 24. の (9) patrii amici であろう．友は田舎に帰ってくるようにすすめているのに，詩人がローマにいて恋にうつつを抜かしているので「ぐうたら」と非難して止まない．
2. **quod faciat**（接）**nobis conscia Roma moram**「われわれの恋の証人たるローマが私をおくらせていると言って」
conscia Roma = testis meorum amorum. (Enk) Rome, where my shame is known (Camps) といろいろ解釈されるだろう．
quod faciat については MK 732.
3. **tam....quantum** …「遠く(離れている)ほどそれほど」cf. MK 703（ロ）
multa milia「何千マイルも」広がりの対格 MK 473.
4. **Hypanis** この川は黒海に注ぐ Sarmatia の川
Veneto Eridano（分離の abl. MK 427)「ウエネティ地方のエリダヌス（Po）川から」
6. **nec nostrā dulcis in aure sonat**「彼女は私の耳に甘くささやかない」ま

—153—

たは「彼女の名は私の耳に甘くひびかない」
7. **cuiquam contigit ut**「誰にも，ut 以下のことは起こらなかった」MK 541.
8. **simili posset amare fide**「私と（あるいは）我々二人と同じほど忠実に愛し得た（愛し合えた）こと」**simili fide** は随伴の abl.（MK 320）
9. **invidiae fuimus**「我々は世間の嫉妬の的であった」invidiae は目的の dat. MK 558（ロ）cf. Kühner §77

   non me deus obruit「神が私を押しつぶしたのか」

   non をとる校訂版（Enk, Richardson, Butler-Barber）に対し **num**（cett）をとる版もある．ここではおそらく non = nonne であろうか．
9.-10. **quae**（不定形容詞. f.）**lecta**（lĕgo の完分）**herba Prometheis iugis**「プロメーテウスの岩山（= Prometheus が縛られていたカウカソス山）で採集された薬草のなにか」なお **dividit** には me ab illa を補う「薬草が私と彼女を分けた，二人を愛し合わないようにさせた」

   10 の scan

   lecta Pro|mēthē|is ‖ dividit| herba iu| gis
   － ⌣ ⌣|－ －　|－‖－⌣⌣　|－ ⌣ ⌣|－

   Promētheūs は Promētheus（cf. MK 623. Orpheus）の形
11. **mutat via longa puellas**「長い旅が女たちの心を変える」そのように「今 Cyntia が遠く離れた土地で心変わりをしたもの」という意味か．
14. **ipse meis auribus esse gravis**「私自身（私のなげき）が，私の耳に重くひびくこと」この不定法句は，longas esse noctes と同じように cognoscere の目的句
17. **aut**（felix qui）**si despectus....**「あるいは，もし軽蔑されたら，情熱の対象を変えることのできた（できる）人は幸福だ」

   (17) **potuit** も，(15) **potuit** も gnomic perfect（MK 223）であろうか．

5

Falsa est ista tuae, mulier, fiducia formae,
  olim oculis nimium facta superba meis.

詩 選 集

    noster amor tales tribuit tibi, Cynthia, laudes :
        versibus insignem te pudet esse meis.
5 mixtam te varia laudavi saepe figura,
        ut, quod non esses, esse putaret amor ;
    et color est totiens roseo collatus Eoo,
        cum tibi quaesitus candor in ore foret :
    quod mihi non patrii poterant avertere amici,
10   eluere aut vasto Thessala saga mari ;
    haec ego non ferro, non igne coactus et ipsa
        naufragus Aegaea vera fatebar aqua.
    correptus saevo Veneris torrebar aeno,
        vinctus eram versas in mea terga manus.
15 ecce coronatae portum tetigere carinae,
        traiectae Syrtes, ancora iacta mihi est!
    nunc demum vasto fessi resipiscimus aestu,
        vulneraque ad sanum nunc coiere mea.
    Mens Bona, si qua dea es, tua me in sacraria dono :
20   exciderant surdo tot mea vota Iovi.   (Ⅲ. 24)

[註]
1. **falsa**「根拠がない，間違った」
   mulier（呼格）cf. mea vita, domina
2. **oculis facta superba meis** superba は mulier にかかる（呼格）「私の目（判断，尊敬，賞賛）によって傲慢となった女よ」
4. **versibus insignem te pudet esse meis**「お前が私の詩によって有名となっていることを私は恥じる」pudet（me）+ 不定法句 MK 538 註.
5. の scan
   mixtam | te vari | ā lau | davi | saepe fi | gurā
   — — | — ⌣⌣ | — — | — — | — ⌣⌣ | — —

ラテン詩への誘い

「私はしばしば,お前を(が)さまざまの女性の美しい特色をすべて融合させているものとして,ほめたたえた」**mixtam te laudavi** 二重対格をとる例 MK 122. misceo (mixtus) は variā figurā (手段の abl.) をとる. figura とは,さまざまの機会に見せた Cynthia 自身の美しい姿形を言っているのか?

6. **ut** は ita ut「その結果…となった」と訳すのか,それとも目的の ut か
quod non esses(未完了・接)**esse**(te)**putaret**(未完了・接)**amor**「私の愛は,真実のお前でないものをお前と思っていたのだ」MK 567.
puto は2重の対格をとる (MK 122) ので,(te) を補う.

7. **et color est..Eoo**「そして何度お前のはだの色は茜色の暁(の明星)に比較されたことか」
Ĕōō は Ĕōus (m.) の dat. MK 123.
et color | est toti | ens rose | ō col | latus Ĕ | ōō
– ⏑⏑ | – ⏑⏑ | – ⏑⏑ | – – | – ⏑⏑ | – –

8. **cum tibi quaesitus candor in ore foret**「お前によって (MK 592. 註) 顔の上に輝く純白が,人工的に(化粧で)努力して得られたときに,得られたにも拘わらず (MK 806)?」roseo と candor の対比によって,生来の,自然のはだと,化粧した人工の顔の色を対比させ,二つを混同した mixtam (5),錯覚していた falsa (1) と悔やんでいるのか.

9. **quod.... 12. aqua** までの文意ははっきりしない. 諸説紛糾しているが,ここでは私の解釈を述べておく. quod の先行詞不明. おそらく宿命的な恋情,虚像の Cynthia を賞賛した狂気.
mihi 私のために,あるいは分離の dat. (MK 428)
patrii amici 父の友人たち,古里・家族の友人たち
Thessala sāga テッサリアの魔女,テッサリアは魔女で有名な土地.
cf. p.139. 1 (= I. 1) 24 行註
「この狂気から,古里の友たちは,私をそらすことができなかったし,テッサリアの魔女も大海原の海水をもってしても,狂気を洗い落とすことができなかった」海水は身を浄化する力をもっていると信じられていた.

11.-12. **haec....vera** (12) **fatebar** = harum rerum veritatem fatebar「これらの真相を告白しだした」

non ferro, non igne et ipsā Aegaeā aquā「剣によって，火炙りの拷問によって強制された結果ではなく，またエーゲ海で難破したからでもない」（ここでも海水が狂気・病気を治すと思われていたことを示す）

13. **correptus**（corripio の完分）..「私は捕まえられて愛の女神の大釜の中で，拷問の責め苦にあっていた」魔女が薬草の入った大釜で人を煮るように．

14. **versas in mea terga manūs**「私の背中に回された両手を」この対格は，観点・限定の acc. (Kühner. 289) か，それとも（能動相）manūs (acc. pl.) vincio が，（受動相）vincior manūs となっても，そのまま残った acc. か．(cf. MK 335)

15. **coronatae carinae** 無事入港したことを神に感謝して，「船首を花環で飾って」

16. **traiectae Syrtes**「アフリカ沖の危険な砂州を通りすぎて」

17. **vasto fessi resipiscimus aestu**「（愛の）果てしない広大な海のうねりで酔い疲れてしまっていた我々(私)は，今やっと意識(正気)を取り戻した」

18. **ad sanum coiēre**（= coierunt）「傷口が癒着して健康になった」

18. の scan

vulnerǎ| que ⌣ ad sa| num ‖ nunc coi| ēre me| ǎ
－⌣⌣| － －|－ ‖－ ⌣⌣ |－⌣⌣ |⌣

19. **Mens Bona, si qua dea es**「健全な精神よ，もしあなたが本当に女神であるならば」

tua me in sacraria dono「私をあなたの神殿に捧げる」狂気の危険から救われた私を描いた絵馬を捧げるの意

19 の scan

Mens Bona,| si quǎ de| a ⌣ es, tuǎ| me ⌣ in sac| raria | dono
－   ⌣⌣ |－ ⌣⌣ | － ⌣⌣ | －   －|－⌣⌣ |－－

20. の scan

excide| rant sur| dō ‖ tot mea| vota Io| vī
－⌣⌣|－ －|－ ‖－ ⌣⌣ |－⌣⌣ |－

「何度も私は祈願したが，私の祈りは，つんぼのユーピテル大神の前に空しく落ちていた」（ユーピテルは耳をかしてくれなかった）

6

Risus eram positis inter convivia mensis,
　　et de me poterat quilibet esse loquax.
quinque tibi potui servire fideliter annos :
　　ungue meam morso saepe querere fidem.
5　nil moveor lacrimis : ista sum captus ab arte ;
　　semper ab insidiis, Cynthia, flere soles.
flebo ego discedens, sed fletum iniuria vincit :
　　tu bene conveniens non sinis ire iugum.
limina iam nostris valeant lacrimantia verbis,
10　　nec tamen irata ianua fracta manu.
at te celatis aetas gravis urgeat annis,
　　et veniat formae ruga sinistra tuae!
vellere tum cupias albos a stirpe capillos
　　ah, speculo rugas increpitante tibi,
15　exclusa inque vicem fastus patiare superbos,
　　et, quae fecisti facta, queraris anus.
has tibi fatalis cecinit mea pagina diras :
　　eventum formae disce timere tuae!　　　　（Ⅲ.25）

［註］
1. **positis mensis** abl. abs.「食卓を前にして」
4. **ungue morso** abl. abs.「指の爪をかんで」（後悔する）
　meam querere (= queror 命. 2. sg.) **fidem**「お前は私の忠実な愛情を失ったことをなげくがいい」
5. **ista sum captus ab arte**「お前の手練手管によって私は呪縛されていたのだ」
7. **sed fletum injuria vincit**「しかし私の悲嘆の涙を，私が蒙った不正への怒りが打ち負かすのだ」
8. **tu bene coveniens....**「お前は2人一緒の暮らしを仲良くやっていけないの

だ」

9. **limina nostris valeant lacimantia verbis**「私の言葉に対し同情の涙を流してくれ(てい)る(石の)敷居よ，さようなら」
    nostris verbis 原因の abl.（MK 398.）
10. **nec tamen│ira │tā ‖ ianuă│fractă ma│nū**
      — ‿ ‿ │— —│— ‖ —‿‿ │— ‿ ‿ │—
    「私の手は怒ったけれども，こわしたことのなかった戸よ」（あるいは）ianua fracta (est)「こわされたことはなかった」
    tamen は irata と関係する．前文とではなく．
11. **celatis annis**（gravis にかかる？）「人目につかずにこっそりとやってくる歳月によって重くなった（年齢）＝精神にも肉体にも重くのしかかってくる年齢」
    urgeat も **veniat**（12）も命令の接（MK 530）
12. **formae tuae** は dat. 運動動詞の目的地の与（ギリシア語風）Kühner. 321.(a)
13. **cupias** この接は可能であろう（MK 532）
14. **speculo rugas increpitante tibi**「鏡がお前の顔の皺をひどく詰(なじ)るとき」
    speculo increpitante   abl. abs., **tibi** は共感の dat.（MK 556）
15. **exclusa inque vicem** = **et in vicem exclusa**「今度は(私に)代わってお前が家からしめ出されて」
    fastus patiāre（＝ patiāris）**superbos**「他人の傲慢な侮辱を耐え忍ぶことだろう」
16. **quae fecisti facta queraris anus**「お前がかつてしたことを人からされて，老婆のお前は嘆き悲しむだろう」
    facta は n. pl. acc.「お前が他人からされたこと」
17. **has tibi fatalis diras**「このようなお前にとって予言的な呪いの言葉を」
18. **eventum formae tuae**「お前の美貌の成れの果て」

7. の scan

　flebo ‿ ego | disce | dens, sed | fletu(m) ‿ in | iuria | vincit :
　－　˘　˘ |－－ |－　　－|－　　－　|－˘˘|－˘

15. の scan

　exclu | sa ‿ inque vi | cem fas | tus pati | are su | perbos
　－　－|－　　˘　˘|－　　－|－˘˘|－˘˘|－　－

II. 叙　事　詩

Lucretius, Titus Carus
(98-c.55 BC.)

　ギリシアの Epicuros（前 4 世紀）の哲学を，ラテン語の hexameter でローマに紹介した哲学者で，詩人の Lucretius の生涯については，以下のような古伝が残っているだけである．四世紀のキリスト教父 Hieronymus は，ギリシア人のキリスト教作家 Eusebios（c. AD. 260-330）の著作 *Chronikon*『年代記』の前 94 年の項目にこう追記している．「94 年[※]，詩人 Titus Lucretius が生まれる．彼は媚薬を飲んで気違いとなり，この精神錯乱の合間に数巻の詩を書いた．これは後年 Cicero が校訂した．Lucretius は自からの手で命を絶つ．享年 44 歳であった．」
　[※] 98 年の誤りと考えられている．

[Text と註釈書]
Bailey, C.　Lucreti de Rerum Natura, Text with Prolegomena, Translation and Commentary 3vols 1947 = 1986^2
Ernout, A.　Lucrèce, De la nature（Budé）I. 1966^2, II. 1964^2
Ernout et Robin.　Lucrèce. De la Nature, Commentaire 3vols. 1928 = 1962^2
Martin, J.　Lucretius. De Rerum Natura 1969（Teubner）
Munro, H. A. J.　Lucreti De Rerum Natura, Text with Notes and a Translation 3vols. 1864 = 1920^2
Smith - Rouse, Lucretius（Loeb）1982^4

1. 序詞（Venus への祈願）

**Aeneadum genetrix, hominum divomque voluptas,
alma Venus, caeli subter labentia signa**

quae mare navigerum, quae terras frugiferentis
concelebras, per te quoniam genus omne animantum
5 concipitur visitque exortum lumina solis :
te, dea, te fugiunt venti, te nubila caeli
adventumque tuum, tibi suavis daedala tellus
summittit flores, tibi rident aequora ponti
placatumque nitet diffuso lumine caelum.
10 nam simul ac species patefactast verna diei
et reserata viget genitabilis aura favoni.
aëriae primum volucris te, diva, tuumque
significant initum perculsae corda tua vi.
inde ferae pecudes persultant pabula laeta
15 et rapidos tranant amnis : ita capta lepore
te sequitur cupide quo quamque inducere pergis.
denique per maria ac montis fluviosque rapacis
frondiferasque domos avium camposque virentis
omnibus incutiens blandum per pectora amorem
20 efficis ut cupide generatim saecla propagent.
quae quoniam rerum naturam sola gubernas
nec sine te quicquam dias in luminis oras
exoritur neque fit laetum neque amabile quicquam,
te sociam studeo scribendis versibus esse,
25 quos ego de rerum natura pangere conor
Memmiadae nostro, quem tu, dea, tempore in omni
omnibus ornatum voluisti excellere rebus.
quo magis aeternum da dictis, diva, leporem.

(Ⅰ. 1-28)

詩　選　集

1-3 の scan

Aenea | dum gene | trix, homi | num di | vomque vo | luptas,
－ ⏑⏑ | － ⏑⏑ 　 | － ‖ ⏑⏑ | － 　 － | － 　 ⏑⏑ | － －

alma Ve | nus, cae | li sub | ter lā | bentia | signa
－ ⏑ ⏑ | － ‖ － | － － | － － | － ⏑⏑ | － ⏑

quae mare | nāvige | rum, quae | terras | frugife | rentis
－ 　 ⏑⏑ | －⏑⏑ | － ‖ 　 － | － － | －⏑⏑ | － 　 －

以下 ‖（休止記号）は省略する

［註］

1. **Aeneadum** = Aeneadorum (pl. gen.) MK 80.「Aeneas の子たちの，（つまり）ローマ人の」

   hominum divumque voluptas「人々と神々の喜びよ」**divum** = divorum MK 80. 註 1.

   volupta は，（イ）Epicurus 派の道徳的（倫理的）理想である $ἡδονή$ = voluptas「快楽」，そしてそれが Venus として象徴されている．（ロ）生成，創造の原因としての愛 = Venus，この（イ）（ロ）2 つを意味する．しかし以下ではこのような哲学的解説は省略し，文法的な注解にとどめる．私には Epicurus の哲学を理解し解説する力はないので．Lucretius を本格的に読む人は，Bailey の註解を必ず手元におくこと．Bailey を読まずして Lucretius を読んだとは誰にも言えないのだから．

2. **caeli subter labentia**（labor の現分）**signa**「天空を低く静かにすべっていく星（天体）= 金星」

3. **naviger**「船を運ぶ」**frugiferens**（frux + fero の現分）= frugifer「果実をもたらす」このような合成形容詞の多いのは，Lucretius の文体の一つの特色である．

4. **concelebras**「あなたは居合わせて（訪れて）一杯にする，船や果実でもって満たす」

   per te「あなたのおかげで」勿論，per te は **quoniam** の中に入れて訳す．

韻のために quoniam の外に出たにすぎない．**quoniam** は concelebras の理由を述べる．

5. **exortum** は **genus** にかかる．「地上に出てきて太陽の光を見る」
8. **aequora ponti**「大海原の水面」

10 の scan

nam simul | ac speci | es pate | factast | verna di | ei
ー ⏑⏑ | ー ⏑⏑ | ー ⏑⏑ | ー ー | ー ⏑⏑ | ー ー

11. **reserata**（冬の牢獄から）「解放されて」**aura** にかかる，**genitabilis** も nom. で aura にかかる？それとも favonius「西風」の gen. **favoni** にかかるのか（MK 79）
13. **significant**「到来（initium）の先ぶれする」**perculsae corda tua vi**「心においてあなたの力によって感動した（鳥たち）」**corda** は 'acc. of relatio' と Bailey, Ernout は言う．(MK 397 註 1., Hofmann. §44= Kühner. §72)
14. **inde** は **primum**（12）と対応する．**ferae pecudes** asyndeton（MK 632）
15. **capta** は（16）**quamque** を先どりしたもので，**quaeque** (f. sg.) にかかる．なぜ f. かというと，おそらく fera (f.) をうけたものか．
16. **quo..**「あなたがどんなけものにせよ，そのものを導いて行こうと固執するところへ」ここで **pergo** は補足不定法をとっている（MK 150）
18. **frondifer** （frons + fer）「葉の多い，葉の茂った」
19. **omnibus, pectora** にかかる dat.(MK 556)　**incutiens**「吹き込んで」（分詞構文 MK 448）
20. **efficis ut**「あなたは ut 以下をさせる」MK 648.
    generatim saecula「種族がそれぞれ自分の種族ごとに」
21. **quae sola** (nom. f. sg.) = Venus
22. **dias in luminis oras**「光り輝く神々しい領域へ」
24. **scribendis versibus** (dat.)「詩を書くために」(MK 596)
    あるいは「詩を書いている間」(abl.) MK 598. か
26. **Memmiadae** (dat.)「Memmius の子のために」Mēmmïō としたら scan できなくなるので，Memmiades (nom.) をもちいた．cf. MK 620. Aeneades.

詩　選　集

Memmia | dae nos | tro, quem | tu, dea, | tempore ⌣ in | omni
 − ⌣⌣ | − − | − − | − ⌣⌣ | − ⌣　⌣ | − −

Lucretius が詩を献呈しているこの Memmius は，Catullus とも交友のあった文芸愛好家の貴族で，どうやら Lucretius のパトロンでもあったらしい．

2. 哲学の恩恵

  Suave, mari magno turbantibus aequora ventis
  e terra magnum alterius spectare laborem ;
  non quia vexari quemquamst iucunda voluptas,
  sed quibus ipse malis careas quia cernere suavest.
5 suave etiam belli certamina magna tueri
  per campos instructa tua sine parte pericli ;
  sed nihil dulcius est, bene quam munita tenere
  edita doctrina sapientum templa serena,
  despicere unde queas alios passimque videre
10 errare atque viam palantis quaerere vitae,
  certare ingenio, contendere nobilitate,
  noctes atque dies niti praestante labore
  ad summas emergere opes rerumque potiri.
  o miseras hominum mentes, o pectora caeca!
15 qualibus in tenebris vitae quantisque periclis
  degitur hoc aevi quodcumquest! nonne videre
  nihil aliud sibi naturam latrare, nisi utqui
  corpore seiunctus dolor absit, mente fruatur
  iucundo sensu cura semota metuque?
20 ergo corpoream ad naturam pauca videmus
  esse opus omnino : quae demant cumque dolorem,
  delicias quoque uti multas substernere possint :

gratius interdum neque natura ipsa requirit,
si non aurea sunt iuvenum simulacra per aedes
25 lampadas igniferas manibus retinentia dextris,
lumina nocturnis epulis ut suppeditentur,
nec domus argento fulget auroque renidet
nec citharae reboant laqueata aurataque templa,
cum tamen inter se prostrati in gramine molli
30 propter aquae rivum sub ramis arboris altae
non magnis opibus iucunde corpora curant,
praesertim cum tempestas adridet et anni
tempora conspergunt viridantis floribus herbas.
nec calidae citius decedunt corpore febres,
35 textilibus si in picturis ostroque rubenti
iacteris, quam si in plebeia veste cubandum est.
quapropter quoniam nihil nostro in corpore gazae
proficiunt neque nobilitas nec gloria regni,
quod super est, animo quoque nil prodesse putandum ;
40 si non forte tuas legiones per loca campi
fervere cum videas belli simulacra cientis,
subsidiis magnis et opum vi constabilitas,
ornatas armis stlattas pariterque animatas,
his tibi tum rebus timefactas religiones
45 effugiunt animo pavidae mortisque timores
tum vacuum pectus lincunt curaque solutum.
quod si ridicula haec ludibriaque esse videmus,
re veraque metus hominum curaeque sequaces
nec metuunt sonitus armorum nec fera tela
50 audacterque inter reges rerumque potentis
versantur neque fulgorem reverentur ab auro
nec clarum vestis splendorem purpureai,

— 166 —

　　　　　　詩　選　集

　　　　quid dubitas quin omnis sit haec rationis potestas,
　　　　omnis cum in tenebris praesertim vita laboret ?
　　55　nam veluti pueri trepidant atque omnia caecis
　　　　in tenebris metuunt, sic nos in luce timemus
　　　　interdum, nilo quae sunt metuenda magis quam
　　　　quae pueri in tenbris pavitant finguntque futura.
　　　　hunc igitur terrorem animi tenebrasque necessest
　　60　non radii solis neque lucida tela diei
　　　　discutiant, sed naturae species ratioque.

　　　　　　　　　　　　　　　　　　　　　　（Ⅱ. 1-61）

［註］
1. **suave**（n.）（est）**spectare**「見ることは快い」cf. MK 499.
    mari magno「大海において」（場所の abl.）MK 318., Kühner. 348.
    turbantibus ventis abl. abs.
3. **non quia vexari quemquam est iucunda voluptas**「誰かが困っている
    ことが，心地よい喜びであるからではなく」ここで non quia のあとは，接で
    あるべきだ（MK 731）．それなのに直となっているのは，'poetisch' だと，
    Kühner. Ⅱ. 386. f. quemquam は vexari（不句）の対格主語（MK 503.）
    non quia | vexa | ri quem | quam ⌣(e)st iu | cunda vo | luptas,
    　－　⌣⌣ |　－－ |　－　－　|　－　　　　　－|　－　⌣⌣ |　－　－
4. **sed quibus ipse malis careas**「あなた自身はどんな不幸をのがれているか」
    この間接疑問文は cernere の目的文（MK 690）．careas は一般的な２人称の接.
    MK 834. 註「あなた＝読者＝人」
    sed は（3）**non** と対応し non quia....sed quia
5. **suave..tueri** は，（1）**suave..spectare** のくりかえし．
6. **instructa** は **certamina** にかかる
    tua sine parte peric(u)li「危険にあなたが参加することなく」
7. **nihil dulcius est quam tenere**「占めていること以上に喜ばしいものは何
    もない」
    bene は **munita**（munio の完分）にかかる

　　　　　　　　　　　　　　－167－

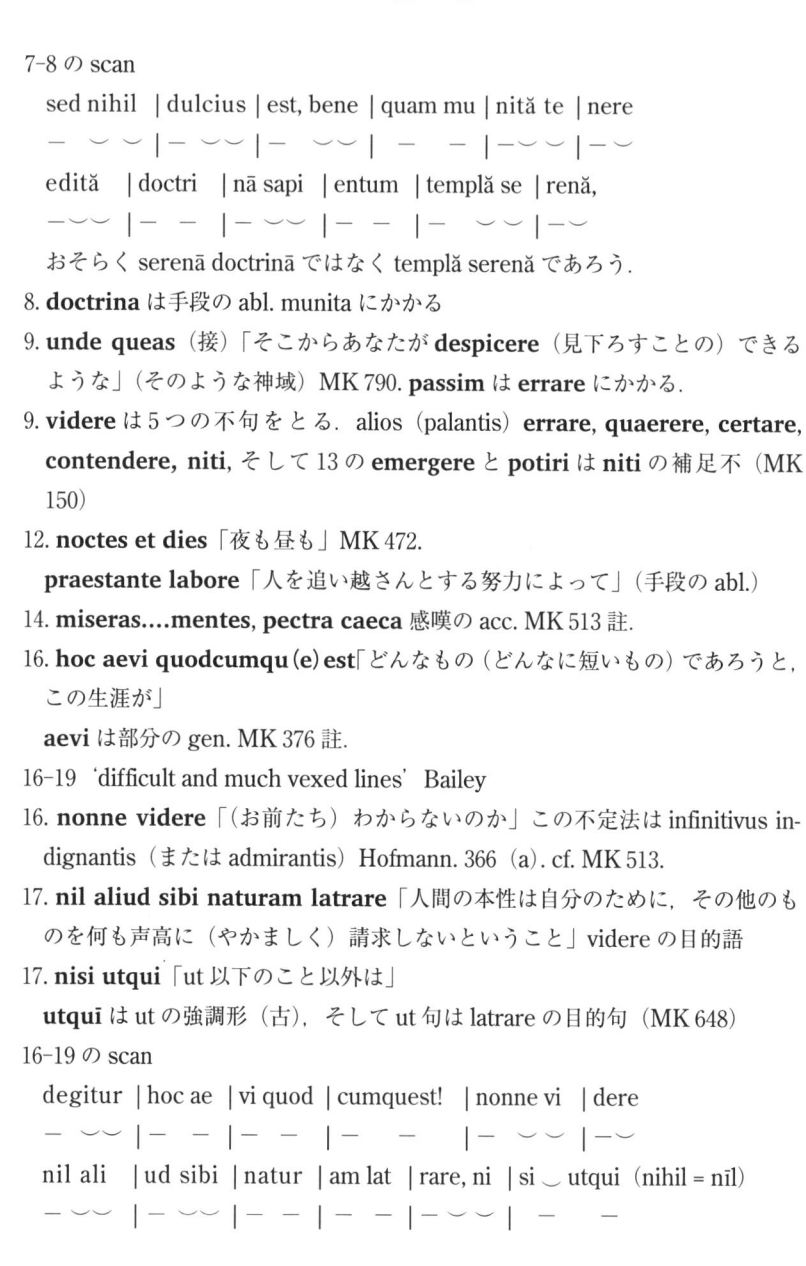

ラテン詩への誘い

7-8 の scan

  sed nihil | dulcius | est, bene | quam mu | nītă te | nere
  — ⏑ ⏑ | — ⏑ ⏑ | —   ⏑ ⏑ | —   — | — ⏑ ⏑ | — ⏑

  edită | doctri | nā sapi | entum | templă se | rēnă,
  — ⏑ ⏑ | —   — | — ⏑ ⏑ | —   — | —   ⏑ ⏑ | — ⏑

おそらく serēnā doctrīnā ではなく templă serēnă であろう.

8. **doctrina** は手段の abl. **munita** にかかる
9. **unde queas**（接）「そこからあなたが **despicere**（見下ろすことの）できるような」（そのような神域）MK 790. **passim** は **errare** にかかる.
9. **videre** は 5 つの不句をとる. **alios** (palantis) **errare, quaerere, certare, contendere, niti**, そして 13 の **emergere** と **potiri** は **niti** の補足不（MK 150）
12. **noctes et dies**「夜も昼も」MK 472.
  praestante labore「人を追い越さんとする努力によって」（手段の abl.）
14. **miseras....mentes, pectra caeca** 感嘆の acc. MK 513 註.
16. **hoc aevi quodcumqu(e) est**「どんなもの（どんなに短いもの）であろうと, この生涯が」
  aevi は部分の gen. MK 376 註.
16-19 'difficult and much vexed lines' Bailey
16. **nonne videre**「（お前たち）わからないのか」この不定法は infinitivus indignantis（または admirantis）Hofmann. 366 (a). cf. MK 513.
17. **nil aliud sibi naturam latrare**「人間の本性は自分のために, その他のものを何も声高に（やかましく）請求しないということ」**videre** の目的語
17. **nisi utqui**「ut 以下のこと以外は」
  utquī は ut の強調形（古）, そして ut 句は **latrare** の目的句（MK 648）

16-19 の scan

  degitur | hoc ae | vi quod | cumquest! | nonne vi | dere
  — ⏑ ⏑ | —   — | —   — | —   — | —   ⏑ ⏑ | — ⏑

  nil ali | ud sibi | natur | am lat | rare, ni | si ⌣ utqui (nihil = nīl)
  — ⏑ ⏑ | — ⏑ ⏑ | —   — | —   — | — ⏑ ⏑ | —   —

```
corpore | seiunc | tus dolor | absit, | mente fru | atur
 －  ⌣⌣ |－   －|－  ⌣⌣ |－ －|－  ⌣⌣ |－⌣
iucun | do sen | su cu | ra se | mota me | tuque?
 －  － |－    －|－ －|－ －|－  ⌣⌣ |－  ⌣
```

18. **corpore**（分離の abl. MK 427）**sejunctus dolor absit**「苦悩が体から離れて立ち去ること」

   mente fruatur（cett.）, **mensque fruatur**（Ernout.）前者は写本の読みで, asyndeton.

   fruatur の主語は **natura**, 19. の **semota**（semoveo の完分）とかかわる.

19. **iucundo sensu**（abl.）は fruatur の目的語. MK 386.（Ernout の校訂が理解し易い）

21. **quae demant cumque dolorem** = quaecumque demant dolorem「苦悩を除去するようなものはなんでも」demant（接）については MK 790. quaecumque の先行詞は pauca.

22. **delicias quoque uti multas substernere possint**「それらがまた多くの喜びを調達できるような」utī は傾向・結果文を伴う ut と解釈する. MK 820. この 22 行を前の文と関連させる説と, 23 行以下の文と結びつける説がある. ここでは 21 行と結びつけて訳しておく.

23. **gratius..**「人間の本性（natura）は, それ自体, ときにより, いっそう快い喜びを要求しないこともある」

25. **igniferas**「饗宴に火（明かり）をもたらす」cf. Ⅰ. 3. frugifer

26. **ut suppeditentur**「夜の饗宴に照明が調達されるために」

27 の scan

```
  nec domus |  argen| to ful | get※ au | roque re | nidet
   －  ⌣   ⌣ |－   －|－  －|－   －|－⌣⌣  |－  ⌣
```

   ※ fulgēt は古形. Kühner- Holzweissig. 114（β）cf. p.12. 5. 13（ⅰ）

28. **citharae**（dat.）**reboant....templa**（主語）「金箔の格（ごう）天井が竪琴の調べに反響する」

   laqueata templa = laquearia（Ernout）

29. **cum tamen** は **si non**（24）と呼応する．「もし…でなければ，それでも，そのときは」

    cum tamen + 直．Kühner. Ⅱ. 342（δ），cf. MK 801.

31. **non magis opibus**「高い費用をかけなくても」abl. comitativus MK 319. なお **curant** の主語は **prostrati**（29）

35. **textilibus si..**「もし紫紅染めの刺繍した織物の上掛けのある寝台の上で，のたうち廻るならば」

36. **quam si in plebeia…cubandum est**「もし庶民の毛布の上に寝なくてはいけない場合よりも」

    cubandum 動形 MK 592（ロ）

39. **quod superest** 観点（限定）の acc.「その他の点について」putandum（est）MK 592（ロ）

40-46 校訂本の異同が甚だしく，今の訳者の学力では本文を確定することができないので訳注を省略する．ここの text は Martin による．

47. **quod si ridicula haec….**「しかしもしこれら（迷信 = religiones（44），死の恐れ = mortis timores（45））がばかばかしい噴飯物だとわかると」quod si MK 758（2）．

48-49 **re veraque metus hominum curaeque….**「人間の恐怖心やそれに続く心配は，本当に武具の物音や危険な飛び道具を恐れなくなり，大胆に…」

51. **fulgorem….ab auro**「黄金から発する輝きを」

52. **vestis purpureai**（= purpureae の古形）

53. **quid dubitas quin**「あなたはどうして疑うだろうか」この構文 MK 684.
    omnis sit haec rationis potestas「これらは全く（すべて）理性の力による，に負う」
    omnis = omnino, **haec potestas**「（宗教と死の恐怖を征服する）力」
    est rationis（所有の gen. MK 555 註 1.）

53 の scan

    quid dubi | tas quin | omni(s) sit | haec rati | oni(s) po | testas,
    － ∪∪ | － － | － ∪∪ | － ∪∪ | －∪ ∪ | － －

    詩において語尾の s は，特に s, p の前で無視される．（Leumann. §156（a）.

Kühner‐Holzweissig. 40) 従って omnis sit（－－⌣）と, rationis potestas （⌣⌣－－⌣－－）と, ならない.　　haec の h については, p.8§5.2

55. **velut..sic**「あたかも…のように, そのように」
57. **nilo quae sunt metuenda magis quam**「よりもいっそう恐るべきものではないもの」nilo は quae の中に入る. quae は timemus の目的語, metuenda は metuo の動形 MK 591.
58. **fingunt futura**「存在するであろうと想像しているもの」MK 504（ホ）

3. Epicurus 礼賛

    E tenebris tantis tam clarum extollere lumen
    qui primus potuisti inlustrans commoda vitae,
    te sequor, o Graiae gentis decus, inque tuis nunc
    ficta pedum pono pressis vestigia signis,
5 non ita certandi cupidus quam propter amorem
    quod te imitari aveo ; quid enim contendat hirundo
    cycnis, aut quidnam tremulis facere artubus haedi
    consimile in cursu possint et fortis equi vis ?
    tu pater es, rerum inventor, tu patria nobis
10 suppeditas praecepta, tuisque ex, inclute, chartis,
    floriferis ut apes in saltibus omnia libant,
    omnia nos itidem depascimur aurea dicta,
    aurea,perpetua semper dignissima vita.
    nam simul ac ratio tua coepit vociferari
15 naturam rerum divina mente coorta
    diffugiunt animi terrores, moenia mundi
    discedunt. totum video per inane geri res.
    apparet divum numen sedesque quietae,
    quas neque concutiunt venti nec nubila nimbis

ラテン詩への誘い

20 aspergunt neque nix acri concreta pruina
   cana cadens violat semper<que> innubilus aether
   integit et large diffuso lumine ridet :
   omnia suppeditat porro natura neque ulla
   res animi pacem delibat tempore in ullo.
25 at contra nusquam apparent Acherusia templa,
   nec tellus obstat quin omnia dispiciantur,
   sub pedibus quaecumque infra per inane geruntur.
   his ibi me rebus quaedam divina voluptas
   percipit atque horror, quod sic natura tua vi
30 tam manifesta patens ex onmi parte retecta est.

(Ⅲ. 1-30)

[註]

1. **extollere..**（2）potuisti「(松明をかかげるように) 高くかかげることのできたあなたは」

2. **qui** は 1 行の **e tenebris....lumen** をも含む.
   illustrans この分詞構文（MK 448）の訳し方は目的か？「人生の幸福（commoda vitae）を明示しようとして」

3. **inque** これは in と que の合体で, que = et は sequor と pono を結び, in は下記参照.

3-4 の構文は：

   in tuis pressis signis pono ficta pedum vestigia.
   ficta は figō の完分 fixus の古形 fictus の n. pl.
   pono ficta..vestiga「私はしっかりと定めて(た)足裏をおく」
   in tuis pressis signis（直訳）「あなたの強く押しつけられた刻印の上に」

4 の scan

   fictă pe | dum po | no pres | sis ves | tigiă | signis,
   — ◡ ◡ | — — | — — | — — | — ◡ ◡ | — —

5. **non ita....quam** = non tam....quam「…ほどそれほど…ではない, …よりも

—172—

むしろ…」cf. MK 703.
「競走することを欲しているよりも，むしろ敬愛の念からまねをしたいと願っているから」
quam quod te imitari aveo propter amorem,
cupidus は pono の主語（ego）にかかる．cupidus は gen. をとる（MK 347）. certandi 動名詞の gen. MK 581.

6. **contendat**，(8) **possint**, MK 532. なお contendo（自）は dat. をとる（MK 123）.
7. **quidnam**（quinam の n. acc.）facere consimile（n. acc.）in cursu「競走において，いかなる同じことをする」
8. **fortis equi vis** = equus の回説的表現
9. **rerum inventor**「万物の真理の発見者」
10. **chartis** = libris, scriptis
11. **florifer** cf. Ⅰ.3. frugifer

13 の scan

aureă, | perpetu | ā sem | per dig | nissimă | vitā.
－∪∪ | － ∪∪ | －－ | － － | －∪∪ | －－

dignus はここでは abl.（**vitā**）をとっている．cf. Kühner 398「未来永劫の生命に最もふさわしい金言」

14-15 nam「不滅」の理由を導入する．**simulac ratio tua coepit vociferari naturam rerum, divina mente coorta**「神の如き魂から生まれたあなたの哲学が，万物の本性を声高に教示し始めるやいなや」**divina mente coortă** は **ratio tua** にかかる．Ernout は写本の coortam を採用し，これを naturam rerem にかけて「神の如き精神から生まれた（Epicurus の教典）『万物の本性』」と解する．

14-15 の scan

nam simu | l ac rati | o tua | coepit | vocife | rari
－ ∪∪ | － ∪∪ | －∪∪ | － － | －∪∪ | －－
natu | ram re | rum di | vina | mente co | orta
－－ | － － | － － | －－ | － ∪∪ | －∪

ラテン詩への誘い

20-21 **nix acri concreta pruina cana cadens violat**「凍(い)てつく寒気によって，氷った雪が，白くふってきてよごす」
22. **large diffuso lumine ridet**「広く拡散する光りでもって笑っている」Ernout は写本の ridet を校訂して rident とし，主語は (18) **sedes** と考える．しかし ridet の主語は **aether** (21) が自然であろうか．
25. **Acherusia templa**「Acheron の領地」＝冥界．Acherūsius は Acheron の形

25 の scan

at con | tra nus | qua(m)‿appa | rent Ache | rusia | templa
－ － | － － |　　　　 － － | － ⌣ ⌣ | －⌣⌣ | － －

27. **per inane geruntur** cf. 17. per inane geri res, inane「空虚」は Epicurus の哲学用語
28. **his ibi rebus**「ここにおいて，この時に至って，以上（これら）の事情から」

Vergilius, Publicus Maro
(70-19 BC.)

　Vergilius はつつましい農家の子として北イタリアの Mantua に生まれ，始め Cremona で，次は Mediolanum（今のミラノ）に，最後は Roma で教育を受けた．42 年から *Eclogae* を書き始め，37 年に出版し，その年から *Georgica* にとりかかり，29 年に完成させ，それ以後，死ぬまで約 9000 行の hexameter の叙事詩 *Aeneis*，12 巻に没頭した．30 年代から Asinius Pollio や Maecenas の文学サークルに入って，Varus, Gallus, Horatius や Augustus 皇帝とも交友を持ったが，生来はにかみやのこの詩人は，Neapolis（今のナポリ）郊外に，40 年頃，隠遁し，滅多にローマに出なかったという．

　Aeneis において，彼はあたかも公人のように，ローマの建国と偉大な使命を称揚し，イタリアの美しい自然と肥沃な風土をたたえ，ローマの良風美俗と宗教を歌い上げた．同時に「世の中のものごとは涙をさそい，死すべきものは胸をうつ」sunt lacrimae rerum et mentem mortalia tangunt（I. 462）という，あわれとうれいを深く感じる抒情詩人として，女王 Dido と英雄 Aeneas との恋を語り，このように公私の物語をないまぜて，*Aeneis* を永久に世界に冠たる傑作の一つとした．

　本選集では Dido と Aeneas の恋を物語った第 4 巻から少し抜粋する．

[Text と註釈書]
Benoist, E.　Les Oeuvres de Virgile, Énéide. Livres I --IV. 1869
Conington - Nettleship.　The Works of Viril. II. 1872 = 1884[4]
Gould - Whiteley.　Vergil, Aeneid IV. 1943 = 1989[2]
Mynors, R. A. B.　Vergili Maronis Opera (OCT) 1969 = 1972[2]
Page, T. E.　The Aeneid of Virgil Book. I --IV. 1894 = 1957[2]
Williams, R. D.　Vergil : Aeneid. I --IV. 1972 = 2005

1.

At regina gravi iamdudum saucia cura
vulnus alit venis, et caeco carpitur igni.
multa viri virtus animo, multusque recursat
gentis honos ; haerent infixi pectore vultus
5 verbaque, nec placidam membris dat cura quietem.
postera Phoebea lustrabat lampade terras,
umentemque Aurora polo dimoverat umbram,
cum sic unanimam adloquitur male sana sororem :
'Anna soror, quae me suspensam insomnia terrent!
10 quis novus hic nostris successit sedibus hospes!
quem sese ore ferens! quam forti pectore et armis!
credo equidem, nec vana fides, genus esse deorum :
degeneres animos timor arguit. heu, quibus ille
iactatus fatis! quae bella exhausta canebat !
15 si mihi non animo fixum immotumque sederet
ne cui me vinclo vellem sociare iugali,
postquam primus amor deceptam morte fefellit ;
si non pertaesum thalami taedaeque fuisset,
huic uni forsan potui succumbere culpae.
20 Anna, fatebor enim, miseri post fata Sychaei
coniugis et sparsos fraterna caede penates,
solus hic inflexit sensus, animumque labantem
impulit : agnosco veteris vestigia flammae.
sed mihi vel tellus optem prius ima dehiscat,
25 vel pater omnipotens adigat me fulmine ad umbras,
pallentes umbras Erebi noctemque profundam,
ante, Pudor, quam te violo, aut tua iura resolvo.
ille meos, primus qui me sibi iunxit, amores

abstulit ; ille habeat secum servetque sepulchro.'
30 sic effata sinum lacrimis implevit obortis.
Anna refert : 'o luce magis dilecta sorori,
solane perpetua maerens carpere iuventa,
nec dulces natos, Veneris nec praemia noris?
id cinerem aut manes credis curare sepultos ?
35 esto, aegram nulli quondam flexere mariti
non Libyae, non ante Tyro ; despectus Iarbas,
ductoresque alii, quos Africa terra triumphis
dives alit : placitone etiam pugnabis amori?
nec venit in mentem quorum consederis arvis?
40 hinc Gaetulae urbes, genus insuperabile bello,
et Numidae infreni cingunt et inhospita Syrtis ;
hinc deserta siti regio, lateque furentes
Barcaei. quid bella Tyro surgentia dicam
germanique minas?
45 dis equidem auspicibus reor et Iunone secunda
hunc cursum Iliacas vento tenuisse carinas.
quam tu urbem, soror, hanc cernes, quae surgere regna
coniugio tali! Teucrum comitantibus armis,
Punica se quantis attollet gloria rebus!
50 tu modo posce deos veniam, sacrisque litatis
indulge hospitio, causasque innecte morandi,
dum pelago desaevit hiems et aquosus Orion,
quassataeque rates, dum non tractabile caelum.'
his dictis incensum animum inflammavit amore,
55 spemque dedit dubiae menti, solvitque pudorem.

(Ⅳ. 1-55)

[註]

1. **iam dudum** が現在と共に用いられることは Hofmann. 305. なお（8）**ad loquitur** までの動詞の現在は詩に多い historical present（MK 222）と解した方が分かり易いか．Hofmann. 307., Kühner. 116. Anmerk. 1.

2. **vulnus alit venis** alit の主語は regina, vulnus は acc. venis は手段の abl. **caeco igni**（abl.）「盲目の恋の焔によって」ではなく，おそらく「かくされた焔」の意であろう．cf. alitur vitium vivitque tegendo の「悪はかくされることで養われ生きつづける」

3. **multa virtus, multus honus** MK 405. この multus は「しばしば」の意．recursat と関係していて，名詞（virtus, honus）とではなく．**vir** は Aeneas, gens は Troia の王家．

4. **haerent infixi pectore vultus verbaque**「顔と言葉が心に刻み込まれて離れないで残っている」形が 2 つ以上の名詞を修飾するとき，一番近い名詞と性数が一致する．MK 98.
   pectore は in の省略された場所の abl., 詩に多い．infixi は infigo の完分．vultus pl. nom. m., verba pl. nom. n.

6. **postera** は（7）Aurora にかかる．**terras** は詩に多い sg. に代わる pl.
6 の scan

   postera Phoebē | ā lus | trabat lampade terras,
   — ⌣⌣ | — — | — — | — —|— ⌣⌣ | — —

   Phoebea lampade「Phoebus の松明（太陽，日光）で」

7. **polo** 詩では分離の abl. に前置詞（a, ab）が省略されることが多い

8. **cum** 倒逆の cum MK 801.
   adloquitur historical present MK 222.
   なお（6）**lustrabat**,（7）**dimoverat** の時称に注意して訳すこと．**male sana**「ひどく取り乱した（彼女は）」

9. **quae me suspensam insomnia terrent!**「どんな夢が悩める私をおびやかしていることか」これは疑問文（?）ととる（Whiteley）よりも，感嘆文（!）と考えるべきか（cett）

10. quis（est）hic novus hospes qui successit nostris sedibus!

詩　選　集

11. **quem sese ore ferens!**「その客は容姿（立振舞）において，どんな人として（どんなに立派に，高貴に）行動していることか」

11. **quam forti**（abl.）**pectore et armis**（armus の pl. abl. この abl. は，qualitatis. MK 322.)「彼はなんと頑健な，いかめしい胸と両肩を持っていることか」armis を arma の abl. と考える Page. Williams によると「なんと勇敢な精神と武力を持っていることか」となる．Dido は Aeneas の武勇伝（Ⅱ. 1-729）を聞いていた．

12. **nec fides**（est）**vana, (eum) esse genus deorum**「彼が神々の種族（子孫）であるという私の信頼は理由のないことではない」fides など，知覚・感情動詞（fido）の名詞形は，動詞（MK 508）と同じように不定法句をとることができる．Kühner. 696 (h), Hofmann. 359.

13. **quibus ille iactatus**（est）**fatis!**「彼はどんな運命によって翻弄されたことか」

14. **quae bella**（a se）**exhausta canebat**「彼が最後まで耐えた戦争がどんなものであったかを歌っていた（語っていた）」

15. **si....sederet,** (18) **si....fuisset,** (19) **potui succumbere** 過去の非事実を述べた2つの前文が接続法・未完了，過去完了に対し，後文が直説法なのは MK 757. を参照.

　　mihi animo この mihi は共感の dat. MK 556. この animo は pectore (4) と同じ abl.

　　fixum immotumque sederet の主語は，(16) **ne....vellem**「…したくないということ（決心）」このような ut 句（否定は ne 句）については MK 818 (3). なお fixum, immotum は補語で，n. は非人称表現のためである．**sederet** = esset「それ（16. ne 句）がもししっかりと定着していなければ」

16. **cui** は quis（不定代）の dat.

　　cui me sociare「誰かと私を一緒にする」**vinclo iugali**（手段の abl.）「結婚の絆によって」

17. **primus amor....** 最初の夫 Sychaeus との夫婦愛の生活が，夫の死で幸福の希望を裏切られていた．

17. **deceptam**（me）**morte fefelit**（fallo）「（夫の）死によって私をあざむき

裏切った」

18. **pertaesum.** me を補う．**thalami taedae**（que）は原因の gen. この構文は MK 538.

19. **huic uni culpae**（dat.）亡き夫に対する不貞の罪のこと cf. 28, 29.
succumbere「罪に屈することができたのだ（起こり得たのだ）」succumbere は dat. をとる．MK 461.

20. **enim.** haec una culpa の説明

21. **sparsos fraternā caedē penates** 自分の夫 Sychaeus が，自分の弟 Pygmalion に殺されたときの血しぶきで汚れた家の守護神．

22. **solus hic**「この人（Aeneas）だけが」**inflexit sensus**「私の考え方（覚悟）を変えた」**animum labantem impulit** = impulit ut labaret（labō よろめく）「無理やりぐらつかせた（meum animum 私の決心を）」

22 の scan

solus hic | infle | xit sen | sūs, ani | mumque la | bantem
 ‒ ⌣ ⌣ |‒ ‒ |‒   ‒| ‒ ⌣⌣ | ‒   ⌣⌣| ‒ ⌣

23. **agnosco veteris vestigia flammae**「昔の恋の焔の名残を忘れられない」

24. **optem**（ut）**prius....dehiscat**「先に大地が地底の口をあけるように願いたい」

24. **tellus ima**「大地の底（そこ）」MK 409.
optem（願望の接．MK 531.）のあと ut の省略 MK 648. 註 1. なお **prius** は余分（pleonasm）．27 に ante quam とあるので．

26. **Erebi**（cett），Erebo（Williams）Erebus は暗黒（冥界）の神
antequam te violo....resolvo と直説法であるより violem, resolvam と接続法の方がいいのでは？ violo は事実よりも気懸かりとして述べられているので．MK 781, 782．cf. Hofmann. 600（c），Kühner．II. 366（2）．

27. **Pudor** ローマの女は二夫にまみえずという貞節をよしとしていた

28. **ille meos amores....abstulit**（aufero）「彼（Sychaeus）が私の愛をあの世へ持って行った」

29. **sepulchro** 場所の abl. 前置詞なし．cf. 4. pectore. **habeat, servet** 共に願望の接．MK 531.

31. **luce**（比較の abl.）**magis dilecta sorori**（dat. auctoris MK 592. 註）「妹によって光（命＝妹の命）よりももっと愛されている方よ」
32. scan すると

    solane | perpetu | ā mae | rens car | pēre iu | ventā
    －∪∪｜－ ∪∪｜－ －｜－ －｜－ ∪∪｜－ －

    「あなたは独り身のまま（恋も結婚もできる）青春の時代をずっと続けて，嘆き悲しみつつ，命をすりへらすつもりか」**carpēre** = carpēris, **perpetuā juventā** は，(2) caeco carpitur igni のような手段の abl. ではなく，時間（継続）の abl. であろう（Kühner. 360）**solane** の -ne は MK 288.
33. **noris** = no**ve**ris, nosco の未来完了. 2. sg. **ve** の syncopation について MK 213, 869.
34. **id** は一人で嘆き，貞節を守っていること，これは **curare** の目的語．主語（対格）は，**cinerem aut manes** MK 503, 508.
35. **esto** は sum の未. 命. 3.「以下のこと（38. **placitone** の前の文まで）はそうとしておこう，たといそうだとしても」**mariti** ここでは「求婚者」
36. **Libyae**「Libya で」, **Tyro**「Tyrus で」前者は locative（地格）MK 112. 註. 後者は場所の abl.

    despectus Iarbas（est）, **ductores**（despecti sunt）

    36 の scan

    non Liby | ae, non | ante Ty | ro des | pectus I | arbās,
    －　∪∪｜－　－｜－∪∪　｜－　－｜－　∪∪　｜－ －

37. **Africā terrā triumphis**（手段の abl.）**dives** cf. Kühner. 385 (7), MK 347 註.「沢山の凱旋をあげることのできる土地（好戦民族の多い土地）」
38. **placitone etiam pugnabis amori**（そうとしても）「この喜ばしい恋（の相手 Aeneas）に対してすら，Iarbas などと同様に争う（抵抗する）つもりか」**amori**（dat.）については MK 123. Kühner. 319.

    39 の scan

    nec věnit | in men | tem quo | rum con | sēderis | arvis
    －　∪∪　｜－　－｜－　　－｜－　　－｜－ ∪∪　｜－ －

    consederis（完了・接）は間接疑問文のため MK 690.「誰々の土地にあなた

が住んでいるか」この文が **venit in mentem**「あなたの心の中に入っている」の主語. **arvis** 場所の abl. cf.（4）pectore,（36）Tyro

40. **hinc** 42. **hinc**「こちらに，あちらに」**genus insuperabile bello**（限定の abl. MK 397）「戦争において不敗の部族」Gaetūlae urbes と同格. Gaetulus は Gaetulī, ōrum（ガエトゥーリー人の）形

41. **infreni**「手綱なしに馬に乗る，馬術に長じた」Numidae, ōrum ヌミダエ人

41. の scan

et Numi | dae ⌣ infre | ni cin | gunt et in | hospita | Syrtis
－⌣⌣ | － － | －－ | － ⌣⌣ | －⌣⌣ | － －

42. **deserta siti**（原因の abl. MK 398.）**regio**（est）「のどの渇き（日照の）ために捨てられた地方がある」

43. **quid bella Tyro surgentia dicam?**「なぜ私は Tyrus で勃発する（しかけている）戦争のことを言わないのか」dicam MK 532（ロ）. Dido の生地, Tyrus で，弟 Pygmalion が将来しかけてくる戦争

44. の 4 脚の欠落は *Aeneis* の未完の証拠.

45. **dis auspicibus, Iunone secunda** ともに abl. abs.「神々の後援の下，ユーノー女神の好意によって」（46）**carinas tenuisse** この不定法句は **reor** の目的文（MK 508.）

47. **quam urbem hanc cernes surgere**「この町がどんなにすばらしい都へと立ち上がることか，このことをあなたは確認するでしょう」hanc は surgere の対格主語，quam urbem は補語（MK 505.）．

なお，surgere は quae regna, quam urbem の両方にかかる. surgo「立ち上がる，昇る，生長・発展する」

48. **coniugio tali**「かかる結婚（Dido と Aeneas）によって」理由の abl. か（MK 398.），あるいは随伴. MK 319. **Teucrum**（= Teucrorum MK 80 註）**comitantibus armis**（abl. abs.）「トロイア人たちの武力が一緒に加わって」

50. **posce deos veniam**「神々に加護を求めよ」二重の対格をとる（MK 122）**sacris litatis** abl. abs.「神意にかなう生け贄を捧げてから」Anna は Dido が恋を拒否するのは，神々の悪・敵意によるものと考えているからである．

51. **causas innecte morandi**（動名詞の gen.）「(Aeneas の) 出発をおくらせ

詩 選 集

る口実を結び合わせよ，考案せよ」

52. dum pela | gō de | saevit (h)i | ems et a | quosus Ŏ | rion,
   ― ⏑⏑ |― ― | ― ⏑ ⏑ | ― ⏑⏑ | ― ⏑ ⏑ |― ―

pelago 場所の abl., **Ŏriōn** は poetic licence (Cooper. 20). cf. p.15. 6（ⅱ）
Ōriōn は嵐を連想させるので，水夫は恐れていた.

aquosus（est）**Orion, quassatae**（sunt）**rates, tractabile**（est）**caelum**

Ⅳ. 1-5 の scan

1. at re | gina gra | vi iam | dudum | saucia | cura
  ― ― |―⏑ ⏑ |― ― |― ― | ― ⏑⏑ |― ―

2. vulnus ⌣ a | lit ve | nis ⌣ et | caeco | carpitur | ⌣ igni.
  ― ⏑ ⏑ |― ― | ― ― |― ― |― ⏑⏑ | ― ―
  ※ vulnusa | | ni set | | rigni

3. multa vi | ri vir | tus ⌣ ani | mo mul | tusque re | cursat
  ―⏑⏑ |― ― |― ⏑⏑ |― ― |― ⏑ ⏑ | ― ―
          ※ | tu sani |

4. gentis ⌣ ho | nos ⌣ hae | rent ⌣ in | fixi | pectore | vultus
  ― ⏑ ⏑ |―   ― |―   ― |― ― |― ⏑⏑ | ― ―
  ※ genti s(h)o | nos(h)ae | ren tin | ficsī

5. verbaque | nec placi | dam mem | bris dat | cura qui | etem.
  ―⏑⏑ |― ⏑⏑ |― ― |― ― |―⏑ ⏑ |―⏑ ∧
  ※ Cooper の scan (p.27). そして彼はこの通りローマ人は朗誦したと考えている.

  cf. p.20 §10. 1. pause 記号は省略

2.

    Et iam prima novo spargebat lumine terras
585 **Tithoni croceum linquens Aurora cubile.**
    regina e speculis ut primum albescere lucem

― 183 ―

vidit, et aequatis classem procedere velis,
litoraque et vacuos sensit sine remige portus,
terque quaterque manu pectus percussa decorum
590 flaventesque abscissa comas, 'pro Iuppiter! ibit
hic,' ait, 'et nostris inluserit advena regnis?
non arma expedient, totaque ex urbe sequentur,
deripientque rates alii navalibus ? ite,
ferte citi flammas, date tela, impellite remos.
595 quid loquor? aut ubi sum? quae mentem insania mutat?
infelix Dido! nunc te facta impia tangunt?
tum decuit, cum sceptra dabas. en dextra fidesque,
quem secum patrios aiunt portare penates,
quem subiisse umeris confectum aetate parentem!
600 non potui abreptum divellere corpus et undis
spargere ? non socios, non ipsum absumere ferro
Ascanium, patriisque epulandum ponere mensis?
verum anceps pugnae fuerat fortuna.-- fuisset ;
quem metui moritura? faces in castra tulissem,
605 implessemque foros flammis, natumque patremque
cum genere exstinxem, memet super ipsa dedissem.
Sol, qui terrarum flammis opera omnia lustras,
tuque harum interpres curarum et conscia Iuno,
nocturnisque Hecate triviis ululata per urbes,
610 et Dirae ultrices, et di morientis Elissae,
accipite haec, meritumque malis advertite numen,
et nostras audite preces. si tangere portus
infandum caput ac terris adnare necesse est,
et sic fata Iovis poscunt, hic terminus haeret :
615 at bello audacis populi vexatus et armis,
finibus extorris, complexu avulsus Iuli,

auxilium imploret, videatque indigna suorum
funera ; nec, cum se sub leges pacis iniquae
tradiderit, regno aut optata luce fruatur,
620 sed cadat ante diem mediaque inhumatus harena.
haec precor ; hanc vocem extremam cum sanguine fundo.
tum vos, o Tyrii, stirpem et genus omne futurum
exercete odiis, cinerique haec mittite nostro
munera. nullus amor populis, nec foedera sunto.
625 exoriare aliquis nostris ex ossibus ultor,
qui face Dardanios ferroque sequare colonos,
nunc, olim, quocumque dabunt se tempore vires.
litora litoribus contraria, fluctibus undas
imprecor, arma armis ; pugnent ipsique nepotesque.'
630 Haec ait, et partes animum versabat in omnes,
invisam quaerens quam primum abrumpere lucem.
tum breviter Barcen nutricem adfata Sychaei ;
namque suam patria antiqua cinis ater habebat :
'Annam, cara mihi nutrix, huc siste sororem ;
635 dic, corpus properet fluviali spargere lympha,
et pecudes secum et monstrata piacula ducat.
sic veniat, tuque ipsa pia tege tempora vitta.
sacra Iovi Stygio, quae rite incepta paravi,
perficere est animus, finemque imponere curis,
640 Dardaniique rogum capitis permittere flammae.'
sic ait. illa gradum studio celerabat anili.
at trepida et coeptis immanibus effera Dido,
sanguineam volvens aciem, maculisque trementes
interfusa genas, et pallida morte futura,
645 interiora domus inrumpit limina, et altos
conscendit furibunda rogos, ensemque recludit

Dardanium, non hos quaesitum munus in usus.
hic, postquam Iliacas vestes notumque cubile
conspexit, paulum lacrimis et mente morata,
650 incubuitque toro, dixitque novissima verba ;
'dulces exuviae, dum fata deusque sinebant,
accipite hanc animam, meque his exsolvite curis.
vixi, et, quem dederat cursum fortuna, peregi ;
et nunc magna mei sub terras ibit imago.
655 urbem praeclaram statui ; mea moenia vidi :
ulta virum, poenas inimico a fratre recepi :
felix, heu nimium felix, si litora tantum
numquam Dardaniae tetigissent nostra carinae!'
dixit : et os impressa toro, 'moriemur inultae,
660 sed moriamur,' ait. 'sic, sic iuvat ire sub umbras.
hauriat hunc oculis ignem crudelis ab alto
Dardanus, et nostrae secum ferat omina mortis.'
Dixerat : atque illam media inter talia ferro
conlapsam aspiciunt comites, ensemque cruore
665 spumantem sparsasque manus. it clamor ad alta
atria ; concussam bacchatur Fama per urbem.

(Ⅳ. 584-666)

[註]

584. **prima** は (585) Aurora にかかる

586. **ut primum regina vidit..sensit, percussa, abscissa..ait**「女王は見て…気づいたとたんに胸を叩き，髪をひきちぎって…言った」**primum** (cett.) に対し，Benoist, Williams は **primam**...lucem をとる

587. **aequatis velis**「船の帆を同じ高さにそろえて，整然と帆をあげて」abl. abs. (aequo の完分)

588. **vacuos sine remige portus** (esse)「漕兵がいなくなって，からっぽの港」

―186―

(pleonasm). litora も vacuos をとる. cf. p.178. 註 4

589. **pectus**（acc.) **percussa**（完分), **abscissa**（完分）**comas**（acc.) の構文は, Page（505f.) に集められている．この対格 (MK 397 註 1) はギリシア語風の限定の対格. (Kühner. 285ff.; Hofman. 36ff., Akk der Beziehung. cf. Williams, 178. 185. 345.)

590. **pro Juppiter**「どうか，そのようなことがありませんように．この渡り鳥 (hic advena) が出発して私の王国をあざける（ことになる）のか？（私の王国を愚弄したあげく出発するなんて！）」inluserit（未完）は, ibit（未来）より先に起こる事件に（つまり従属文の事件が主文の事件より先に起こる場合に）用いられることがある．Kühner. 151 (6).

592. **non arma expedient** 主語は「彼ら」, つまり Dido の配下のカルタゴ海軍

594. **ferte citi flammas**「急いでトロイアの船を焼け」citi (pl. nom.) は ferte の主語にかかる，副詞のように訳す (MK 357). **date tela**「槍（飛道具）を投げよ」(Dido は狂っていて，あたかも部下が前にいるかのように命令している？）

date vela「帆をあげよ」と校訂するのは Gould-Whiteley のみ．

595. **quid loquor ?..**「私は何を言っているのか．どこにいるのか，いかなる狂気が私の正気を変えているのか」

595 の scan

quid loquor? | aut ubi |sum? quae |mente (m)‿in |sania |mutat ?
— ‿ ‿ ‖ — ‿‿ | — ‖ — | —   — | —‿‿ | —‿

596 の scan

infe | lix Di | do! nunc| te facta | impia | tangunt?
— — | — — | — ‖ — | —‿ ‿ | —‿‿ | — —

596. **infelix Dido !** なぜ「不幸者」となげいているのか．この「不幸」は次の **facta impia** と関係があるのか，ないのか．この impia は Dido の行為（亡夫への不貞）なのか, Aeneas の不実な裏切りなのか．ここには解釈の相違が見られて，難しいところである．今は簡単に私の意見を述べておく．infelix は Aeneas との関係で「不幸」と思っていることは，Ⅳ. 657. で Aeneas を知

らなかったときは「幸福」heu nimium felix と言っていることからも明らかである．それ故，facta impia も Aeneas の裏切りであって，Dido の先夫への不貞を意味しているのではない．死に際に先夫への不貞で自身をとがめているとは考えられない．そこで次のような解釈となる．「なんと不幸な私よ．しかし今さら Aeneas の不実な行為を苦にし責めても仕方がない．もっとも私が Aeneas に王権をゆずろうとしていた時なら，それを苦にして詰っても当然であったろう．しかし Aeneas が孝心の篤い人だという世間の噂は本当と信じられようか．それで Aeneas が私を裏切って出帆したのが，許せなくて嘆くのではない．その裏切り行為に復讐できなかったこと，つまり，600. non potui abreptum divellere corpus et undis spargere ? が infelix の原因だと嘆いているのではないだろうか．このことはさらに 659. の moriemur inultae も証明していないだろうか．従って 596. の facta impia は，Dido が 496. で Aeneas を impius と呪っていることからも，Aeneas の裏切りととれるのではないか．この facta impia を Dido の先夫への不貞と解釈することは，なるほど Aeneas に恋心を抱き始めた頃（Ⅳ. 15-29）にはふさわしいかも知れない，しかし 2 人はすでに，狩りに出て突然の雷雨に遭遇して「同じ洞窟の中で思いがけなく一緒になって」（Ⅳ. 165）からは「Dido は Aeneas を coniugium と呼んで，この呼称で自分の不貞の罪をごまかしていた」（Ⅳ. 171）以後では，まして死に際となってから遠い昔の亡き夫への貞節の誓いを思い出して自分を責めるという解釈はいかがなものか．

597. **dabas** 未完了の訳し方（MK 145）．Dido が Aeneas と結婚し，王権を夫に「ゆずろうと考えていた間は」

597-599 **en dextra fidesque,**（eius）**quem..**「彼が先祖代々の家の神々を持ち運んでいるという世間の噂は，そして老齢のため弱っていた父親を肩に背負って逃げたという噂は，本当かしら，信じられるのかしら」と訳せないだろうか．

598-599 の scan
    quem se | cum patri | os ai | unt por | tare pe | nates,
    －　　－ | －　　⌣⌣ | －－ | －　　－ | －⌣⌣ | －　－

quem subi | isse ‿ ume | ris con | fectu(m) ae | tate pa | rentem!
　－　　⏑⏑｜－　⏑　⏑｜－　－　｜－　　　　｜－⏑⏑｜－　⏑

600. **non potui..**「私は彼の体を奪いとりずたずたに引き裂き，海にまき散らすことが，できなかったのか」

　abreptum divellere = abripere et divellere

　corpus undis（dat.） **spargere** の構文は，635. では **corpus spargere lympha**（手段の abl.）「体に水をまきちらす」の構文．つまり spargere は aliquem aliqua re と aliquid alicui の両方の構造をとる．cf. Hofmann. 35.

602. **patriis epulandum ponere mensis**「父（Aeneas）の食卓に Ascanius を御馳走として提供すること」epulandum（動形）は Ascanium にかかる「饗応されるべきアスカニウスを」MK 591. ponere の不定法には non potui を補う，勿論 absumere（601）に対しても．

　epulandum 自分の子と知らない父親に，子を殺して食べさせるのは，ギリシア神話によくある復讐のやり方．

603. **fuerat‐fuisset**「戦争の結果はどうなっていたか不明だったろう．それでもよかったのに．死を覚悟していた私が，誰を恐れていたのか，誰を恐れる必要があったのか」

604. **tulissem, implessem**（= implevissem）, **exstinxem**（= exstinxissem）, **dedissem** 過去完了・接は，やろうと思えばできたのに，そうしなかったことを深く後悔していることを示す．cf. MK 756.

606. **memet super ipsa dedissem**「私は私自身を彼らの上に投じていたろうに」memet は me の強調形．ipsa は n. pl. acc. = natum, patrem, genus.（605-606）

607. **terrarum opera omnia**「地上でなされる一切の行為，仕事」

608. **harum interpres curarum et conscia Iuno**「夫婦の間のこれらいろいろの事情に通じていて，もめごとを調停する Juno」

609. **Hecate ululata**「号泣によって嘆願されるヘカテー（三叉路と冥界の女神）」Hecatē の変化，MK 620. Circē

609 の scan

　　noctur | nisque ‿ (H)eca | te trivi | is ulu | lata per | urbes
　　－　－｜－　　　⏑　　　⏑｜－⏑⏑｜－⏑⏑｜－⏑　⏑｜－　－

－189－

610. **di morientis Elissae**（= Didonis）「死んでいく Dido の神々，Dido の死霊たち（？）」Elissa は，Dido の生地 Phoenice での本来の名．

611. **accipite haec**（animis）「これらの言葉を心で受け入れてくれ（私の祈りを聞いてくれ）」

    meritum malis advertite numen「私の不幸に対し，それが受けて当然の神慮を向けてくれ」

    malis は meritum（dat. 支配．MK 346.）とも，advertite とも関係する．（advertite numen malis）

612. **si....at**（615）「よしたとい…としても，しかし」**necesse est**（非人称的表現，MK 543., 主語は不定法句）**infandum**（eius）**caput tangere portus ac adnare terris**「Aeneas の呪うべき頭が，イタリアの港に到着し上陸することは，止むを得ぬとしても」adnare terris（目的地の dat.）Kühner 321.

614. **et sic fata Iovis poscunt**「そしてこのようになることを Iuppiter の神意が要求していても」**hic terminus**（fatorum）**haeret**「たとい，これ（Aeneas がイタリアの港に着岸すること）が天命の境界石・終点として，しっかりと定まっているとしても」

615. **audacis populi....**「大胆不敵な民族の戦争や武器で悩まされ」以下で Dido は Aeneas がイタリアで苦戦して平和をきづくこと，つまり *Aeneis* の後の巻（VII--IX, XI）で起こることを，のみならず Dido の子孫の Hannibal の出現までも（622, 623），死に際に与えられた予言力で予言しているのである．

616 の scan

　　finibus | extor | ris com | plexu ⌣ a | vulsus ⌣ Ĭ | ūlī,
　　－ ⌣ ⌣ | － － | － － | － － | － ⌣ ⌣ | － －

　　Iulus（イウールス）= Ascanius

617. **imploret, videat, fruatur, cadat** はすべて命令・接（MK 530（ロ））で，vexatus, extorris, avulsus の主格とかかわる．

620. **cadat ante diem....inhumatus**（jaceat を補う？）「定められた死期より早く死ぬがいい，そして荒地の真中で埋葬されないで横たわ（ってお）るがいい」

622. **tum vos....**「つぎにカルタゴ人よ，お前たちは彼の子孫と民族を，未来永劫に憎悪でもって攻めたててくれ，（このような死者への）贈物を私の墓（へ持ってきて）供えてくれ．」

624. **populis....**「カルタゴの人々と彼との間にはいかなる愛情も平和條約もないように」**sunto** は amor にもかかる．

625. **exoriare** = exoriaris MK 530（ロ）

625 の scan

    exori | āre ⌣ ali | quis nos | tris ex | ossibus | ultor
    − ⌣ ⌣ |− ⌣ ⌣ | − − | − − |−⌣ ⌣ | − −

626. **sequare** = sequaris この接続法は目的の関係文のため（MK 787.）．「私の骨から誰か復讐者よ，立ち現れよ．汝がトロイア人の植民地を火と剣で追撃するために」

627. **nunc, olim**「いまか，いつか，兵力があたえられたときはいつでも」

629–630 の scan

    imprecor|arma ⌣ ar |mis pug|nent ip|sique ne |potes|que ※
    − ⌣ ⌣ |−   − | − − | − − | − ⌣ ⌣ |−−

    haec ait |et par |tes ani |mum ver |sabat in |omnes,
    −   − |− − |−⌣ ⌣ | −   − |−⌣ ⌣ |− −

    ※ 629 の最後の que と次の行の始めの haec とが liason して，que(h)aec（−）を形成する．これは異常である．これを hypermetron と言う（Cooper. 47）

631. **invisam lucem**（= vitam），quaerens + inf.「…しようと考えて」

633. **nam suam**（nutricem）....「というのも，Dido 自身の乳母を，古い祖国（Phoenice）において（場所の abl.），黒い遺灰の埋まった土地が持っていたからである」

この行の scan

    namque su | ām patri | ā ⌣ antī | quā cinis | ater (h)a | bebat
    − ⌣ ⌣ |− ⌣ ⌣ | −   − | −⌣ ⌣ |−⌣ |−⌣ ∧

635. **dic**（ut）**corpus properet....**（Anna に）「言ってくれ，いそいで自分の体に川の水をそそいで清めるように」神事を行う前に身を清める習慣があった．dic（= impera）+ 接．MK 648. propero + inf.MK 151.

    corpus（acc.）**spargere lympha**（abl.）cf. 600 の註（p.189）

637. **sic veniat**「そのようなことを (635, 636) 果たしてからくるように (と言ってくれ)」

637 の scan

   sic veni | at, tu | que ⌣ ipsa pi | ā tege | tempora | vittā
   － ⌣⌣ | －‖－ |　　－　⌣⌣ | －⌣⌣ | － ⌣⌣ | － －

638. **Jovi Stygio**「冥界の Juppiter に対して = Pluto に対して」Stygius は Styx「冥界, 死者の国」の形. **Sacra, quae rite incepta paravi**「儀式通りに私が始めて準備していた祭事（まつりごと）」

639. **perficere est animus**「やりとげようと私は考えている」est animus mihi = in animo habeo　Kühner. 668（b）.

639 と 640 の関連は, よくわからない. imponere と permittere が -que で結ばれているだけか, それとも permittere「によって」finem imponere「終わりにしたい」のか. ここでは後者の如く訳しておく「火葬堆に火をつけることによって, 心配事を終わりにしたいと思っている」

Dardanii capitis「トロイアの頭の = Aeneas の」この caput は 613 の caput と同様 pejorative な意味である．'wretch' (Williams) 'monster' (Page)

Dardanii capitis (cf. 613. infandum caput) **rogum**「Aeneas の人形を焼くための火葬堆」（人形について 507f.）

641. **illa gradum studio celerabat anili**「彼女（乳母）は老婆の熱心さをもって足どりを早めた」

   studio anili　abl. modi. MK 320.

643. **maculis trementes interfusa**（Dido）**genas**「ふるえる両頰が, 紅潮した斑点で一面におおわれた（Dido は）」genas は限定の acc. cf. 589 の註.

644 の scan

   inter | fusă ge | nās, et | pallidă | morte fu | tūrā
   －－ | －⌣⌣ | －　－ | －⌣⌣ | －　⌣⌣ | －－
                          「目前の死のため蒼白となって」

645 の scan

    interi | ora do | mus in | rumpit | limina ⌣ et | altos
    － ⌣⌣ | －⌣⌣ |　－－ | －　－ | －　⌣　| －－

詩　選　集

「館の内部の敷居（扉）から外へ飛び出した．そして高い」おそらく中庭（peristylium）に火葬堆はおかれていたものか．

646. **altos rogos.** poetic plural
647. **non hos quaesitum munus in usus**「この使用（自殺）のためにではなく，乞い求められていた形見（の剣）」ensem と同格
648. **hīc**「この時」**Iliacas vestes**「Aeneas の着物」Iliacus は Ilium（=Troia）の形
649. **lacrimis et mente morată**「暫く涙を流し，物思いにふけって時をつぶしてから」lacrimis et mente は abl. modi. MK 320.　morata は分詞構文（MK448）
653. **quem dederat cursum** = cursum quem dederat MK 249.
654. **magna mei imago**「私は偉大な亡霊となって地界へ降りて行くであろう」
659. **os impressa toro**「彼女は枕の上に顔をおしつけて」os は限定の acc. cf. 643. genas.
　　moriemur inultae「私は復讐しないで死ぬだろう」nos = ego Kühner. 87(3)
660. **sic, sic iuvat ire sub umbras**「これでいいの，これで下界へ行くのが，いいの，復讐しないでこのまま」sic, sic の解釈について，Page を参照あれ．
661. **hauriat....**「残酷なトロイア人が海からこの火葬堆の火を，両眼で飲み干すがよい」
662. **nostrae secum ferat omina mortis**「私の死を凶兆として持っていくがよい」
663. **media inter talia**「こう言っている間に」
　　illam ferro（場所の abl.）**conlapsam**「剣の上にくずおれた彼女を」

Ovidius, Publius Naso
(43 BC.-AD.17)

　Ovidiusは中部イタリアのSamnium地方の田舎町Sulmoの騎士階級の家に生まれた．30年頃ローマの学校で教育を受け，25年にギリシアや小アシアに旅をする．23年最初の官職 triumvir capitalis に就任したが，息子の出世を願っていた父親の期待を裏切って，詩人の生涯を択んだ．

　詩人の保護者Messallaのサークルに入って，PropertiusやTibullusと親交を結ぶ．20年頃から恋愛詩集 *Amores, Ars Amatoria* などを出版して名声をあげ，AD.2年頃から叙事詩 *Metamorphoses* や *Fasti* を完成させた．8年突然 Augustus 皇帝から黒海沿岸の Tomis に追放された．その理由について，詩人は'carmen et error'と言っているが，おそらくAugustusの孫娘Juliaの不倫に関して，恋愛詩集によって風紀を乱したという責任を問われたものか．

　このTomisから，ローマの友人にあてた書翰詩 *Tristia, Epistulae ex Ponte* を書いて，その土地で死ぬ．彼は三度結婚し二度目の妻から一子をもうけ，三度目の妻は終生，夫に貞節を全うした．

　本詩選では，神々や人間の伝説的な不思議な変形譚・約250篇を集めた14000行のhexameterの *Metamorphoses* の中から，短い2篇を紹介しておく．

［Textと註釈書］
Anderson, W. S.　Ovid's Metamorphoses Books 6-10. 1972
Bömer, F.　Ovidius Metamorphosen Buch Ⅷ--ⅩⅤ. 1976
Haupt-Ehwald-Albrecht.　Ovidius Metamorphosen Buch Ⅶ--ⅩⅤ. 1966[10]
Lafaye-Bonniec.　Les Métamorphoses Livres Ⅵ--Ⅹ.（Budé）1928 = 2002
Miller, F. J.　Ovid Metamorphoses Ⅰ. Books Ⅰ--Ⅷ.（Loeb）1964[2]

1

Daedalus interea Creten longumque perosus
exilium tactusque loci natalis amore,
clausus erat pelago. 'Terras licet' inquit' et undas
obstruat, at caelum certe patet. Ibimus illac ;
omnia possideat, non possidet aera Minos.'
dixit et ignotas animum dimittit in artes
naturamque nouat. Nam ponit in ordine pennas,
a minima coeptas, longam breuiore sequenti,
ut cliuo creuisse putes ; sic rustica quondam
fistula disparibus paulatim surgit auenis.
tum lino medias et ceris alligat imas
atque ita compositas paruo curuamine flectit,
ut ueras imitetur aues. Puer Icarus una
stabat et, ignarus sua se tractare pericla.
ore renidenti modo, quas uaga mouerat aura,
captabat plumas, flauam modo pollice ceram
mollibat lusuque suo mirabile patris
impediebat opus. Postquam manus ultima coepto
imposita est, geminas opifex librauit in alas
ipse suum corpus motaque pependit in aura.
instruit et natum 'Medio' que 'ut limite curras,
Icare,' ait 'moneo, ne, si demissior ibis,
unda grauet pennas, si celsior, ignis adurat.
inter utrumque uola. Nec te spectare Booten
aut Helicen iubeo strictumque Orionis ensem ;
me duce carpe uiam.' Pariter praecepta uolandi
tradit et ignotas umeris accommodat alas.
inter opus monitusque genae maduere seniles

　　　　et patriae tremuere manus. Dedit oscula nato
　　　　non iterum repetenda suo pennisque leuatus
　　　　ante uolat comitique timet, uelut ales, ab alto
　　　　quae teneram prolem produxit in aera nido ;
215　hortaturque sequi damnosasque erudit artes
　　　　et mouet ipse suas et nati respicit alas.
　　　　hos aliquis tremula dum captat harundine pisces,
　　　　aut pastor baculo stiuaue innixus arator
　　　　uidit et obstipuit, quique aethera carpere possent,
220　credidit esse deos. et iam Iunonia laeua
　　　　parte Samos（fuerant Delosque Parosque relictae）.
　　　　dextra Lebinthos erat fecundaque melle Calymne,
　　　　cum puer audaci coepit gaudere uolatu
　　　　deseruitque ducem caelique cupidine tractus
225　altius egit iter. rapidi uicinia solis
　　　　mollit odoratas, pennarum uincula, ceras ;
　　　　tabuerant cerae ; nudos quatit ille lacertos
　　　　remigioque carens non ullas percipit auras
　　　　oraque caerulea patrium clamantia nomen
230　excipiuntur aqua, quae nomen traxit ab illo.
　　　　at pater infelix, nec iam pater : 'Icare,' dixit
　　　　'Icare,' dixit 'ubi es ? qua te regione requiram ?'
　　　　'Icare,' dicebat ; pennas aspexit in undis
　　　　deuouitque suas artes corpusque sepulcro
235　condidit ; et tellus a nomine dicta sepulti.

　　　　　　　　　　　　　　　　　　　　　　　　　　（Ⅷ. 183-235）

［註］

183. **Daedalus**「巧みな工作者」の意．ギリシア神話の中の飛騨の匠（たくみ）．
　　　彼はアテーナイ人であるが，罪を犯して追放されたのでクレータ島に逃れて

いた．しかしクレータ（又はクレーテ）島の王 Minos の怒りを買って迷宮 Labyrinthos に幽閉されていた．

185. **licet** は接（obstruat）をとる「たとい…であっても」MK 766. 186. **obstruat** の主語は（187）**Minos**.

187. **possideat**（接）にも licet を補う．

188. **ignotas animum dimittit in artes**「心を前代未聞のわざに向けた」この文句を James Joyce は '*A Portrait of the Artist as a Young man*' の motto とした由（Anderson）

189. **naturam novat** は metamorphosis の動詞化「本性を新しく作り変える」

190. **longam breviore sequenti** 写本のこの読みは疑われている．前後の文脈からすると longa breviorem sequenti「長い羽がいっそう短い羽を後に従えて」であろうが，これでは韻律の点で困る．

lon | gam brevi | ore se | quenti
－ ｜ － ⏑⏑ ｜ －⏑⏑ ｜ － －

lon | ga brevi | orem se | quenti
－ ｜ － ⏑⏑ ｜ －－⏑ ｜ － －

写本の longam を longa と改訂（Ehwalt）しても，longa breviore sequenti「長さが後につづく羽よりもいっそう短くなって」と訳されて，写本の読みと変わり映えがしない．しかもこの abl. abs.（longa breviore）と，比較の abl.（sequenti）の並べ方はいかがなものか．

191. **quondam** を「かつては，昔は」と解すると surgit（現）が似合わない．ここでは「ときおり」

ut....putes「その結果としてあなたは思うことだろう」（MK 676.）

195. **ut....imitetur** この ut は ita（194）と対応する（MK 679.）**una**（副）「そばに（一緒に）いて」

196. **ignarus sua se tractare pericla**「彼は自分の危険物を自らの手で動かしているとは知らずに」知覚動詞（MK 508）と同様，その形容詞（知覚を表す）も不定法句をとりえる．Kühner. 696 (h). sua pericla (= pericula)「自分を危険に陥れるもの」

197. **quas vaga moverat aurea** quas の先行詞は，次行の **plumas**

ラテン詩への誘い

199. **mollibat** = molliebat, **captabat**（198）も **impediebat**（201）も，これら未完了は過去の動作のくりかえしの意味を持つ「たびたび…していた」MK 144.

201. **geminas....libravit in alas**「二枚の羽の上に体重をかけて体の平衡を保った」alas geminas と対格なのは「向けて」の意味をもつのか．いずれにせよ，次行の如く abl.（in aurā）ではないことに注意．

202. **motā in aurā**「動かされた空気の上で」= auram movit ibique pependit「空気を動かして（はばたいて）宙に浮く」

203. **instruit et....que....ait**「必要な支度をととのえてやりながら，言った」

204. **moneo** は **ut** 句をとり（MK 648.），ne は否定の目的文を導入する（MK 665.）

206. **Booten** Boōtēs の acc. 牛飼い座

207. **Helicēn** Helicē の acc. おおぐま座，共に「北天」にある．変化形は MK 620. comētēs, Circē と同じ．

206-207 の scan

　　inter ut ｜ rumque uo ｜ lā. nec ｜ te spec ｜ tare Bo ｜ oten
　　－⌣　⌣ ｜－　　⌣⌣ ｜－　－ ｜－　－ ｜－⌣⌣ ｜－⌣

　　aut Heli ｜ cen iube ｜ o stric ｜ tumque ⌣ Ō ｜ rĭŏnis ｜ ensem
　　－　⌣⌣ ｜－　⌣⌣ ｜－　－ ｜　－　｜－⌣⌣ ｜－　⌣

　strictum Ōrĭŏnis ensem「オリオン座の抜き身を」これは「南天」を意味する．

　Ōrīōn の変化は MK 622. Solōn, Ōrīōnis の scan について，poetic licence, p.15.§6.（ii）

208. **me duce** abl. abs. MK 483.

210. **inter opus monitusque**「作業（働き）と忠告の間」**maduere** = maduerunt

211. **tremuere** = tremuerunt　MK 212. 註.

211-212　**oscula non iterum repetenda**「もう二度と求められるはずのない接吻を」動形の訳し方．MK 591, 588.

213. **comiti timet**「連れの身の上を案じる，心配する」timeo は dat. をとる．

詩　選　集

MK 123.
214. **quae** の先行詞は **ales**, **ab alto** は **nido** にかかるので **quae** 句の中に入る.
215. **hortatur sequi**「ついてくるように励ます」hortor は不（sequi）よりも ut sequatur をとるのが普通である．(MK 648)　不は詩的語法，Kühner 682. **damnosas erudit artes**「息子を滅ぼす（致命的な）技（飛び方）を教える」
217. **hos** (1) **aliquis....dum captat,** (aut) (2) **pastor baculo innixus** (3) **arator stiva** (-ve) **innixus....vidit, obstipuit, credidit**「この親子2人を，釣人と牧人と百姓が見て，おどろき信じた」．aut..-ve (= aut)

217 の scan

hos ali | quis tremu | la dum | captat ha | rundine | pisces
— ⌣⌣ | — ⌣⌣ | — — | — ⌣ ⌣ | — ⌣⌣ | — —

219-220 **qui aethera carpere possent, credidit esse deos** = credidit eos, qui aethera carpere possent, esse deos「彼ら（親子）は天空を横切る（天翔る）ことができるのだから，神であると（人は）信じた」この possent は間接話法中の関係文（MK 825.）のためと思われるが，あるいは理由を示す関係文（MK 788.）のためか．

Iunonia Somos「Iuno にささげられたサモス島」Iunonius（形），島は f. MK 59.

laevā parte「左手に」場所の abl.（普通は in がつくが，このように裸の場合もある．詳細は Kühner. 348. (2).

222. **dextrā** (**parte**)「左手には」Lebinthos, Galymne いずれも島の名
223. **cum puer audaci coepit gaudere volatu**「そのとき少年は大胆な飛翔を喜び始めた」
cum は倒逆の cum, MK 801. volatu (abl.) を gaudere がとる MK 399.
224. **caeli cupidine tractus**「天への（天に達したいという）欲望にひっぱられて」**caeli** は gen. objectivus (MK 179) **tractus** は traho の完了分詞
225. **altius egit iter**「次第に高い方へ航路をすすめる」altius は副ではなく iter にかかる形の比較級（n. acc.）**rapidi vicinia solis**「焼けるような太陽の光の近く（接近）が」
227. **tabuerant cerae**「蝋がとけてしまっていた」tābuerant（tābēsco の過完）

が mollit, quatit の間に入っていることで，すばやく蝋のとけたことを暗示しているのか．**nudos quatit ille lacertos**「彼は（羽を失って）はだかとなった二つの腕を，（羽があった時のように）振り動かす」

229. **ora caeruleā patrium clamantia nomen excipiuntur aquā**「（父よ父よと）何度も父の名を呼ぶ彼の口は，緑色の海水によって受けとめられる」（父の名を呼びながら海中に沈んだ）excipiuntur, historical present

orăque caerule | ā patri | um cla | mantiă | nomen
− ∪∪ | − ∪∪ | − ∪ ∪ | − − | − ∪∪ | − ∪

excipi | untur a | quā, quae | nomen | traxit ⌣ a | b illo.
− ∪∪ | − ∪∪ | − − | − − | − ∪ ∪ | − −

230. **quae nomen traxit ab illo**「この海は彼から名前を得た」
233. **dicebat....aspexit** = dum dicit, aspexit
234. **devovit** devoveo の完了

   corpus sepulcro condidit「屍を墓に埋葬した」sepulcro は abl. loci
235. **tellus a nomine dicta (est) sepulti**「その土地は埋葬された者の名前で呼ばれた（イーカロス島と）」

2.

    quas quia Pygmalion aeuum per crimen agentis
    uiderat, offensus uitiis quae plurima menti
245 femineae natura dedit, sine coniuge caelebs
    uiuebat thalamique diu consorte carebat.
    interea niueum mira feliciter arte
    sculpsit ebur formamque dedit, qua femina nasci
    nulla potest ; operisque sui concepit amorem.
250 uirginis est uerae facies, quam uiuere credas,
    et, si non obstet reuerentia, uelle moueri ;
    ars adeo latet arte sua. Miratur et haurit
    pectore Pygmalion simulati corporis ignes.

saepe manus operi temptantes admouet, an sit
255 corpus an illud ebur ; nec adhuc ebur esse fatetur.
oscula dat reddique putat loquiturque tenetque
et credit tactis digitos insidere membris
et metuit, pressos ueniat ne liuor in artus ;
et modo blanditias adhibet, modo grata puellis
260 munera fert illi, conchas teretesque lapillos
et paruas uolucres et flores mille colorum
liliaque pictasque pilas et ab arbore lapsas
Heliadum lacrimas ; ornat quoque uestibus artus,
dat digitis gemmas, dat longa monilia collo ;
265 aure leues bacae, redimicula pectore pendent.
cuncta decent ; nec nuda minus formosa uidetur.
collocat hanc stratis concha Sidonide tinctis
appellatque tori sociam acclinataque colla
mollibus in plumis, tamquam sensura, reponit.
270 festa dies Ueneris tota celeberrima Cypro
uenerat et pandis inductae cornibus aurum
conciderant ictae niuea ceruice iuuencae
turaque fumabant ; cum munere functus ad aras
constitit et timide : 'Si di dare cuncta potestis,
275 sit coniunx, opto' (non ausus 'eburnea uirgo'
dicere) Pygmalion 'similis mea' dixit 'eburnae.'
sensit, ut ipsa suis aderat Venus aurea festis,
uota quid illa uelint et amici numinis omen,
flamma ter accensa est apicemque per aera duxit.
280 ut rediit, simulacra suae petit ille puellae
incumbensque toro dedit oscula ; uisa tepere est.
admouet os iterum, manibus quoque pectora temptat ;
temptatum mollescit ebur positoque rigore

subsidit digitis ceditque, ut Hymettia sole
285 cera remollescit tractataque pollice multas
flectitur in facies ipsoque fit utilis usu.
dum stupet et dubie gaudet fallique ueretur,
rursus amans rursusque manu sua uota retractat ;
corpus erat ; saliunt temptatae pollice uenae.
290 tum uero Paphius plenissima concipit heros
uerba quibus Ueneri grates agat ; oraque tandem
ore suo non falsa premit ; dataque oscula uirgo
sensit et erubuit timidumque ad lumina lumen
attollens pariter cum caelo uidit amantem.
295 coniugio, quod fecit, adest dea ; iamque coactis
cornibus in plenum nouiens lunaribus orbem,
illa Paphon genuit, de qua tenet insula nomen.

(X. 243-297)

[註]

243. **quas quia Pygmalion aevum per crimen agentis viderat**「Pygmalion は彼女たちが，恥ずべき行為を犯しながら生涯を暮らしているのを見ていたので」

quas の先行詞は，前述の Propoetides (237) である．この者たちは，キュプロス島の Amathus 王の娘たちで，Aphrodite をないがしろにしたため，情欲をあおられて最初の娼婦となった．Pygmalion もキュプロス島の王．

per crimen Kühner. 557 (β)

agentis は quas にかかる ago の現分の pl. acc.

244-245 **offensus vitiis quae plurima menti femineae natura dedit**,

offensus offendo の完分 (MK 448.)「感情を害されていたので」原因の abl. と共に MK 399.

plurima は vitia の形．acc. n. pl. であるのは，**vitiis** (abl.) にではなく，**quae** に attract されたもの．

femineae は menti にかかる femineus の f. sg. dat.

「本性(自然)が女の心(性格)に与えている数多くの不行跡(悪徳)に憤慨して(彼は)」

243-244 の scan

  quas quia|Pygmali | ōn ae | vum per|crimen ‿ a | gentis
  — ‿ ‿|—   ‿ ‿ |— — | — | — ‿ ‿ | — —
  viderat | offen | sus viti | is quae | plurima | menti
  —‿‿ |— — |— ‿ ‿|— — | —‿‿ | — —

247. **niveum mira feliciter arte sculpsit ebur**「彼は驚くべき技をもって、幸運にも純白の象牙を彫って、像を作りあげた」

248. **formam dedit, qua femina nasci nulla potest**「いかなる女も、それをもって生まれることのできない美しい容姿を与えた」

249. **operis sui concepit amorem**「自分の作品(女人像)に恋心を抱いた」
  operis は、目的の gen. MK 179.

250. **virginis est verae facies**「その顔は本当の処女のものであった」MK 555. 註 1.
  vivere credas et velle moveri「あなたは彼女が生きていて動かされる(抱かれる)のを欲していると信じることだろう」credas 一般的 2 人称の接. MK 749.

251. **si non obstet reverentia**「もし彼女を(裸体への)はじらいが邪魔していなかったら」
  obstet 接. MK 752.

252. **ars adeo latet arte suā**「これほどに技佩がかくされている、技自体によって」(自然とそっくりにつくられていて、技でつくられていることがわからない)

252-253 **haurit pectore Pygmalion simulati corporis ignes**「Pygmalion は似て非なる肉体の発している情火を胸で飲み干す」
  corporis (ignes) は主語の gen. MK 180.
  pectore は場所の abl. このような詩に多い、裸の abl. loci には in を補うとよい.

254. **manus operi temptantes admovet an sit corpus an illud ebur**「彼は作品に，それが肉体か象牙か，どちらかをためす所の手を近づける．」sit の接は an 以下が tempto の間接疑問文のため．MK 690. **an....an** と2つの質問を結ぶこのような例は稀．Kühner. Ⅱ 528 (4) (c).

257. **credit tactis digitos insidere membris**「さわられた体の部分に，指が沈むと信じるのだ」
tactis tango の完分．pl. abl.（場所の）
insīdere insīdo の不

258. **metuit, pressos veniat ne livor in artus**「強くおさえられた手足の表面に青白いあざができるのではないかと恐れる」
metuit ne MK 657.

261. **flores mille colorum**「多くの色の花々」
colorum は性質の gen. MK 181. mille については MK 466.

262. **ab arbore lapsas Heliadum** (pl. gen.) **lacrimas**「(ポプラの) 木から流れおちた Hēliades の涙＝琥珀(こはく)を」太陽神の娘たち (Hēliades) は，兄弟の Phaeton が死んだとき，これを嘆いてポプラの木となり，その涙は琥珀のしずくとなったと．
Hēliades の変化は MK 622. nāidĕs (pl.)

266. **nuda** は nom. scan すると
cuncta de | cent nec | nuda mi | nus for | mosa ui | detur.
－ ⏑ ⏑ | － | － ⏑ ⏑ | － － | － ⏑ ⏑ | － ⏑

267. **stratis concha Sidonide tinctis**「Sidon の貝で紫紅色に染めた寝台覆いの上に」
Sīdōnide Sidonis（Sidon の形）の abl. stratis tinctis 場所の abl.

269. **tamquam sensura**「(首が)あたかも今から(枕の快感を)楽しむかのよう」
sensura は sentio の未来分 (n. pl.) で colla (詩的 pl.) にかかる．

270. **tota celeberrima Cypro**「キュプロス島全土で最も賑やかに祝われる」
(festa にかかる)． tota Cypro, abl. loci.
festa di | es Vene | ris to | tā cele | berrimă | Cyprō
－ ⏑ ⏑ | － ⏑ ⏑ | － － | － ⏑ ⏑ | － ⏑ ⏑ | － －

271. **pandis inductae cornibus aurum**「左右に広がった角に金箔をきせられた（juvencae）」

cornibus 場所の abl. aurum はギリシア語風の限定(関係)の acc. Hofmann. 38（45）. Ernout-Thomas. Syntaxe Latine § 38. Woodcok. A New Latin Syntax. 19. cf. p.187.（589）

しかし別な解釈もある．能動相のときの acc. が受動相でそのまま残されたものという（OLD. induco 16, cf. Roby. A Grammar of the Latin Language. 1127., Bömer Ⅶ. 161. cf. p.157.（14）

（能）induco mihi <u>aurum</u> cornibus

（受）inducor <u>aurum</u> cornibus

273. **cum munere functus ad aras constitit**「そのとき Pygmalion は供物の儀式を終えたのち，祭壇の前に立った」

cum は倒逆の cum MK 801.

functus fungor の完分. abl. 支配. MK 386.

274. **di** 呼格. MK 80.

275. **sit coniunx, opto, non ausus eburnea virgo dicere,..**「Pygmalion は言った．私の妻は，象牙の処女であるようにと敢えて申しませぬが，象牙の処女に似た妻でありますようにとお祈りします」

sit は願望の接. MK 531.

eburneus = **eburnus**

276. **similis mea**（coniunx）（sit）**eburnae**（virgini）

similis は dat. 支配. MK 346.

277. **ut** 理由. MK 816.

278. **amici numinis omen**「好意ある神意のきざし」これは次の 279 行と同格

280. **ut rediit**「彼が家に帰るとただちに」MK 815.

simulacra suae puellae「彼が作っていた女の像」

281. **visa tepere est**（puella）「少女の体が暖かくなっているように思われた」

ここから象牙が生身の人間への metamorphosis が始まる．

283-284 **temptatum mollescit ebur positoque rigore subsidit digitis cedit**「手でさわられた象牙は柔らかくなる，硬直を失って，指の下に畏縮し，

― 205 ―

譲歩する（指の下に沈む）」

temptatum に，手段の abl. **manibus**（282）を補う

posito rigore, abl. abs.

284. **digitis** は dat. MK 461.

Hymettia cera 有名な Athenae 郊外の「Hymettus 山の蜜蜂の蜜蝋」Hymettius は形

287. **falli veretur**「だまされているのではないかと心配する」falli は fallo の受. 不. MK 331.

vereor は不をとることもある．　　Kühner 667.（a）

288. **sua vota**「自分が祈願したもの」

289. **corpus erat**「それは誠の肉体であった」

290. **Paphius heros**「Paphos の英雄」= Pygmalion.

Paphius は，Paphos（キュプロス島の Venus 礼拝で有名な町）の形

plenissima verba concipit「申し分のない完璧な（感謝の）言葉をおごそかにのべる」

291. **ora tandem ore suo non falsa premit**「遂に本当の唇を自分の唇で強くおさえる」

ora は詩的複数.

293. **timidum ad lumina lumen attollens**「おずおずと目を上げて太陽の光を見ながら」

295. **conjugio quod fecit adest dea**「女神が結婚させた夫婦の式には出席する」

coactis cornibus in....「弦月が満ちて9度満月となった時」abl. abs.

Lucanus, M. Annaeus
(AD. 39-65)

　Lucanus はネロ時代の有名な哲学者 Seneca の兄弟 Annaeus Mela の子として，Corduba（今のスペインの Córdoba）に生まれた．幼時父に連れられてローマに来て，高等教育を受け，アテーナイに留学する．Nero から呼び戻されて，宮廷詩人として親しくつき合っていたが，突然 Nero から自殺を命じられた．主な理由は，Lucanus が Nero の暗殺事件にかかわっていたことにあるらしい．（Ⅱ.墓碑銘 11 p.50）．弱冠 25 歳で世を去るまでに *Laudes Neronis* や悲劇作品や叙事詩などを書いたが，現存しているのはここに紹介する *Bellum civile*（又は *Pharsalia*）だけである．8060 行の hexameter で書かれた 10 巻のこの叙事詩は，前 49-48 年の内乱を取扱った詩史である．第 10 巻で Caesar のエジプト戦を述べている最中に，突然筆が絶たれているので未完と考えられている．これは Vergilius の *Aeneis* に対して，*Anti-Aeneis* と呼ばれるように，前者がローマの誕生と生成発展を描いているのに対し，後者は共和政ローマの没落を主題とし，前者が間接的な神々の介入で筋が組み立てられているのに対し，後者は Stoa 哲学の providentia（摂理）あるいは，宿命（fatum）によって，人間の歴史は作られるという信念に貫かれている．Lucanus は Pompeius を悲劇の主人公に仕立てて，人々の同情をそそっている．Lucanus は小 Cato を賞讃し，共和政を支持する立場からこういう結論に達している．Victrix causa deis placuit sed victa Catoni（Ⅰ.128）「覇者の口実は神々が賞でるも，敗者の弁明はカトーが嘉とする」

[Text と註釈書]
Bourgery, A.　Lucain: La guerre civile Tome.1（Budé）1997[2]
Duff, D.　The Civil War（Pharsalia）（Loeb）1928 = 1977
Getty, R. J.　Lucan: De Bello Civili Ⅰ. 2001[2]

Haskins, C. E.　Lucani Pharsalia 1887
Houseman, A. E.　Lucani Belli Civilis Libri X. 1958[2]

1

　　Fert animus causas tantarum expromere rerum,
　　inmensumque aperitur opus, quid in arma furentem
　　inpulerit populum, quid pacem excusserit orbi :
70　inuida fatorum series summisque negatum
　　stare diu nimioque graues sub pondere lapsus
　　nec se Roma ferens. Sic cum compage soluta
　　saecula tot mundi suprema coegerit hora,
　　antiquum repetens iterum chaos, omnia mixtis
75　sidera sideribus concurrent, ignea pontum
　　astra petent, tellus extendere litora nolet
　　excutietque fretum, fratri contraria Phoebe
　　ibit et obliquum bigas agitare per orbem
　　indignata diem poscet sibi, totaque discors
80　machina diuulsi turbabit foedera mundi.
　　In se magna ruunt ; laetis hunc numina rebus
　　crescendi posuere modum. Nec gentibus ullis
　　commodat in populum terrae pelagique potentem
　　inuidiam Fortuna suam : tu causa malorum,
85　facta tribus dominis communis Roma, nec unquam
　　in turbam missi feralia foedera regni.
　　O male concordes nimiaque cupidine caeci!
　　Quid miscere iuuat uires orbemque tenere
　　in medium? Dum terra fretum terramque leuabit
90　aer et longi uoluent Titana labores
　　noxque diem caelo totidem per signa sequetur,

nulla fides regni sociis, omnisque potestas
inpatiens consortis erit. Nec gentibus ullis
credite, nec longe fatorum exempla petantur :
95　fraterno primi maduerunt sanguine muri.
Nec pretium tanti tellus pontusque furoris
tunc erat : exiguum dominos commisit asylum.

(Ⅰ.67-97)

市民戦争の原因 (I. 67－97)

[註] Lucanus は市民戦争の原因を6つあげている
(1) Fatum (70-84)
(2) 三頭官政治 (84-94)
(3) Crassus の死 (98-111)
(4) Iulia (Caesar の娘, Pompeius の妻) の死 (111-120)
(5) Caesar と Pompeius の張り合い (120-157)
(6) ローマ人のモラルの退廃 (158-182)

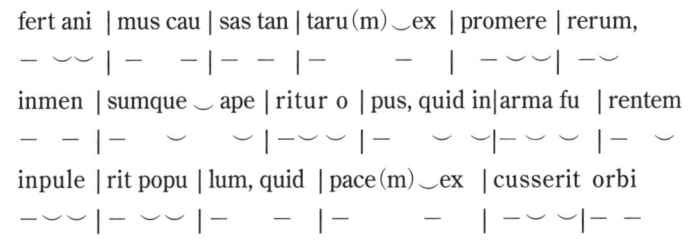

67-69 の scan

　　fert ani | mus cau | sas tan | taru(m)‿ex | promere | rerum,
　　－ ⌣⌣ | －　－ | －　－ |　－　　 |　－ ⌣⌣ | －⌣
　　inmen | sumque ‿ ape | ritur o | pus, quid in|arma fu | rentem
　　－　－ |　－　⌣　⌣ |－⌣⌣ |－　⌣　⌣|－⌣⌣ |－　⌣
　　inpule | rit popu | lum, quid | pace(m)‿ex | cusserit orbi
　　－⌣⌣ | －⌣⌣ |　－　　 |　－　　　 | －⌣⌣ |－　－

67. **fert animus....expromere**「精神が明らかにすることを促す，鼓舞する」
　　fert も **aperitur** も歴史的現在．MK 222. expromere は補足不定法 (MK 150)
69. **inpulerit, excusserit** 完了の接，間接疑問文のため．MK 690.
　　inpulerit → impello
　　orbi 分離の abl. MK 427.

excusserit → excutio

70. **summis**（dat.）**negatum stare diu**「最高位にあるものにとって，長く存在し続けることが拒否されているということ，掟，宿命」negatum には fatum を補う（？）．nego は補足不定法（stare）をとる．MK 150. **negatum** は **stare diu** の述語（形）とも考えられる．しかしここでは series, lapsus, Roma と並んで negatum は名詞（n.）と考えるべきか．

72. **nec se Roma ferens**「自分の偉大さを支えきれないローマ」nec = et non **compage soluta** abl. abs. **compage** も **hora** も **mundi** とかかわる．**tot**（無変化）は **saecula** と．**suprema hora** が主語．

72-73 の scan

nec se |Roma fe |rens. Sic | cum com | page so | lutā
－　－|－ ᴗ ᴗ|－　－|－　－|－ ᴗ ᴗ|－－
saecula |tot mun | di su | prēmă co | egerit | horă,
－ ᴗᴗ|－　－|－－|－ ᴗ　ᴗ|－ ᴗᴗ|－ ᴗ

cum....coegerit（未来完）, **concurrent, petent, ibit, poscet**（すべて未来）この構文は MK 800.

74-76 text の相違が見られる．今は Bourgery に従う．74. repetent と Haskins は読み，74-75 において，[omnia mixtis sidera sideribus concurrent] と Houseman, Duff. は削除する．他方で Getty（p.141. appendix B）は concurrent ignea, pontum と句読点をうち，ignea を sidera にかけて読む．

75. 以下は mundi suprema hora が saecula を終わらせたときの，つまり，chaos（「混沌」MK 621）の描写なのであるが，解釈は学者によってまちまちである．天空が海の中に落ちて世界が暗くなる，と言うのは Stoa 派の自然哲学らしい．

77. **excutietque fretum**「しかしそうではなく，海が海岸線を取り払い（陸地を水浸しにする）だろう」この fretum を対格と取ると（Haskins, Bourgery がとるように），意味が不明となるのでは．いずれにせよ 76-78 は世界の没落のときの洪水のことを意味しているらしい．

77. **fratri contraria Phoebe ibit**「月は兄弟（の太陽）とは反対の方（西から東）へと進むことだろう」**Phoebē** は MK 620. Circē と同じ変化．

詩　選　集

78. **obliquum bigas agitare per orbem**
79. **indignata diem poscet sibi**「月は天空を斜めに横切って二頭馬車を駆り立てることに憤慨し，自分に日を求めることだろう」(太陽は4頭立馬車を駆る)　**agitare** は indignor (→ indignata. 完分) の補足不定法　Kühner. 674 (b)
79-80 **totā discors machinā divulsi turbabit foederā mundi**「世界の不和となった全機構が，分裂解体した世界の法則を，めちゃくちゃにするであろう」mundi は machina (主語) にも foedera (目的語) にもかかる．
81. **in se magna ruunt. laetis hunc numina rebus crescendi posuere modum**「大きくなったものは自らの上に崩れる．これが繁栄したものに対して，神意が課してきた生長の限定（規正）である」
posuēre = posuērunt 格言的完了 MK 223.
crescendi modum この動名詞の gen. (MK 581) は gen. qualitatis (MK 181)
82. **nec gentibus ullis Fortuna suam invidiam in populum potentem** これが 82-83 の構文．「運命の女神は，陸海の覇権を持つ（ローマ）国民に対して嫉妬する役目を（ローマ以外の），いかなる民族にも委託しない．」**terrae pelagique potentem,** potens は gen. 支配 MK 347.
84-86 **tu causa malorum....** 以下句読点を含めて，文意の解釈は学者によって違っている．今は私訳を紹介しておく．「お前こそ，もろもろの不幸の原因である．三人の独裁官に共有されたローマが，そしてこれまで決して大勢の手に委ねられなかったこの独裁政という，ローマを滅ぼす（不吉な）協定（こそ）が」
tu (es) **causa.** tu, Roma, foedera の3つは同格（主語）で，causa は補語（述語）であろう．**facta** (fio の完分．cf. MK 457) **tribus** (dat.) **communis** (dat. 支配．MK 346) ここの **Roma** を呼格ととることもできようか．**in turbam** 3人を truba と大仰に表現したものか．

83-85 の scan

commodat | in popu | lum ter | rae pela | gique po | tentem
－　∪∪｜－　∪∪｜－　　－｜－∪∪｜－∪　∪｜－∪

inuidi | am For | tuna su | am tu | causa ma | lorum,
－∪∪｜－　－　｜－∪∪　｜－　－｜－∪　∪｜－　∪

facta tri | bus domi | nis com | munis | Roma, nec | unquam
－ ⌣ ｜ － ⌣ ⌣ ｜ － － ｜ － － ｜ － ⌣ ⌣ ｜ － －

87. **o male concordes nimiaque cupidine caeci**「おお，害悪のために力と心を一つにした，そして，甚だしい欲望のために目のくらんだ（3人の）者たちよ」cupidine 原因の abl. MK 398.

88. **quid miscere iuvat vires orbemque tenere in medium ?**「(3人が)暴力を混ぜ合わせて，世界を自分らの意のままに管理して，それがどうして楽しいのか」juvat は非人称表現か，MK 539. cf. Kühner. 691.　 tenere in medium「(3人)共通の目的のために保つ」quid については MK 280.

89. **dum terra fretum terramque levabit aer**「大地が海を，大地を空が支えている限り」ストア派の自然哲学の考えである由.

90. **longi volvent Titana labores**「(Titan の) 長い作業が Titan をころがせている限り」

āēr | et lon | gi uol | uent Ti | tana la | bores
－ － ｜ － － ｜ － － ｜ － － ｜ － ⌣ ⌣ ｜ － －

Tītān の変化は MK 622（ロ）．Solōn に準ずる

91. **nox diem caelo totidem per signa sequetur**「夜は日のあとを追って，天空で同じ数の（黄道の）6宮を通過する（限り）」

dum (89) は (91) **sequetur** までつづく．**levabit, volvent, sequetur** みな未来形．要するに「この世界が正常に動いている限り未来永劫にという意味」

93. **erit** は **fides** にもかかる．**potestas** と同じく．

93-94 **nec gentibus ullis credite** = **nec credite a gentibus ullis fatorum exempla petenda esse**「このような運命の実例が，どこか他の民族からも探し求められる筈だと信じるな」そんな必要はないのだという意味だろう．

nec longe..petantur（接）「そしてまた遠く溯って（神話の時代まで）実例が探し求められることもないだろう」

95. **fraterno primi maduerunt sanguine muri**「ローマの最初の城壁が兄弟の血で汚れた」Romulus が兄弟の Remus を殺したことを暗示している

97. **exguum dominos commisit asylum**「2人 (Romulus と Remus) の主

— 212 —

人＝支配者を喧嘩させたものは，ささやかな聖域でしかなかったのだ」cf. Livius. 1. 85.

2

    Nec coiere pares. Alter uergntibus annis
130 in senium longoque togae tranquillior usu
    dedidicit iam pace ducem, famaeque petitor
    multa dare in uulgus, totus popularibus auris
    inpelli, plausuque sui gaudere theatri.
    nec reparare nouas uires, multumque priori
135 credere fortunae. Stat, magni nominis umbra,
    qualis frugifero quercus sublimis in agro
    exuuias ueteris populi sacrataque gestans
    dona ducum ; nec iam ualidis radicibus haeret,
    pondere fixa suo est, nudosque per aera ramos
140 effundens, trunco, non frondibus, efficit umbram ;
    sed quamuis primo nutet casura sub Euro,
    tot circum siluae firmo se robore tollant,
    sola tamen colitur. Sed non in Caesare tantum
    nomen erat nec fama ducis, sed nescia uirtus
145 stare loco, solusque pudor non uincere bello ;
    acer et indomitus, quo spes quoque ira uocasset
    ferre manum, et nunquam temerando parcere ferro,
    successus urguere suos, instare fauori
    numinis, inpellens quidquid sibi summa petenti
150 obstaret, gaudensque uiam fecisse ruina.
    Qualiter expressum uentis per nubila fulmen
    aetheris inpulsi sonitu mundique fragore
    emicuit rupitque diem populosque pauentes

terruit obliqua praestringens lumina flamma ;
155 in sua templa furit, nullaque exire uetante
materia magnamque cadens magnamque reuertens
dat stragem late sparsosque recolligit ignes.

（Ⅰ. 129-157）

2. ポンペイユスとカエサル

［註］

129. **coiēre** = coiērunt 格言的完了．MK 223. **alter** = Pompeius
 urgentibus annis in senium「老衰へ向かって年齢は傾いて」abl. abs.
131. **dedidicit iam pace**（esse）**ducem**「将軍であることを，平和の中で（時間の abl. MK 477. よりも理由の abl. か）忘れていた.」
132. **dare, impelli, gaudere, reparare, credere** すべて historical inf. MK 514.
 multa dare「多くの競技の催物や気前の良い心付けを与える」
 totus popularibus auris inpelli「全身で民衆の風に揺り動かされる」
133. **plausu sui theatri**「自分（が建ててローマに寄附した）の劇場での民衆の拍手喝采」
 plausu は原因の abl. MK 399.
134. **reparare novas vires**「新しく勢力を拡げようと準備する」
 multumque この que は sed, nec と対応する
135. **stat** = restat
137. **gestans** は quercus にかかる．戦利品は神木にぶら下げられていた．quercus は Jupiter の聖木である．
138. **nec jam validis**（=et jam invalidis）**radicibus haeret**「そしてもう弱くなった根で大地にしがみついている」
139. **pondere fixa suo est**　fixa（f.）は主語が quercus（f.）のため．
141. **nutet casura**（cado の未来分）「今にも倒れそうになって（頭をかがめて）よろめいていた」
142. **silvae** ここでは「木々」

詩　選　集

144. **nescia virtus stare loco**「一所にじっと立っていることを知らぬ勇気」**stare** について MK 502（ロ）. cf. Kühner 684

145. **solus pudor non vincere bello**「戦わずして勝つことが唯一つの恥であった」**vincere** については MK 499（1）. pudor（erat）vincere **non** は vincere よりも bello にかけるべきか．

146. **quo spes et**（= que）**quo ira voca**(vi)**sset** この過去完了・接は，傾向の関係文（MK 790）のためと同時に時制の関連によるもの（MK 651）

147. **ferre, parcere, urguere, instare** も historical inf.（MK 514）**temerando ferro**「剣を血で汚すこと」「すぐあっさりと剣を抜くこと」temerando は動形の dat.（MK 596）. parco は dat. をとる. MK 123.

149 の scan

　　numinis, inpel | lens quid | quid sibi|summă pe | tenti
　　－ ‿ ‿ |－ － |－ 　－ |－ ‿ ‿|－ 　‿ ‿ |－－

150. **gaudens** は不定法句（ここでは完了の）をとっている．MK 509. なお **ruinā** は手段の abl.

151. 以下 Caesar が稲光のように行動することの比喩的表現．Stoa 派の自然哲学によると，雷光は雲の衝突によって生じると信じられていた．

152. **sonitu, fragore** 随伴の abl.

153. **diem**「昼の空を」主語は fulmen.

154 の scan

　　terruit | obli | quā prae | stringens | lumină | flammā
　　－ ‿‿ |－－ |－ 　－ |－ 　－ |－‿‿ |－ 　－

obliquā flammā 手段（原因？）の abl. **lumina** 人の目を（acc. pl.）

155. **in sua templa furit** furit の主語は fulmen（151）. templa は雷光の支配する領域，神域.

nullā exire vetante materiā（abl. abs.）「いかなる物体も，雷光が自分の中を突き抜けるのを拒否できないので」この exire は「入ってきて出ていく」の意か？

exire の対格主語は fulmen.

156. **cadens .. revertens** 雷光は地上に落ちてまた天空に帰っていくと信じられ

－215－

ていた．分詞構文（MK 448）「落ちるとき，帰るとき」

3

　　Iam gelidas Caesar cursu superauerat Alpes
　　ingentisque animo motus bellumque futurum
185 ceperat. Vt uentum est parui Rubiconis ad undas,
　　ingens uisa duci Patriae trepidantis imago
　　clara per obscuram uoltu maestissima noctem,
　　turrigero canos effundens uertice crines,
　　caesarie lacera nudisque adstare lacertis
190 et gemitu permixta loqui 'Quo tenditis ultra?
　　quo fertis mea signa, uiri? Si iure uenitis,
　　si ciues, huc usque licet.' Tunc perculit horror
　　membra ducis, riguere comae, gressumque coercens
　　languor in extrema tenuit uestigia ripa,
195 Mox ait 'O magnae qui moenia prospicis Vrbis
　　Tarpeia de rupe, Tonans, Phrygiique penates
　　gentis Iuleae et rapti secreta Quirini
　　et residens celsa Latiaris Iuppiter Alba
　　Vestalesque foci summique o numinis instar,
200 Roma, faue coeptis ; non te furialibus armis
　　persequor ; en, adsum uictor terraque marique,
　　Caesar, ubique tuus (liceat modo,) nunc quoque, miles,
　　Ille erit, ille nocens, qui me tibi fecerit hostem.'
　　Inde moras soluit belli tumidumque per amnem
205 signa tulit propere ; sicut squalentibus aruis
　　aestiferae Libyes uiso leo comminus hoste
　　subsedit dubius, totam dum colligit iram ;
　　mox ubi se saeuae stimulauit uerbere caudae

erexitque iubam et uasto graue murmur hiatu
210　infremuit, tunc, torta leuis si lancea Mauri
　　　haereat aut latum subeant uenabula pectus,
　　　per ferrum tanti securus uolneris exit.
　　　Fonte cadit modico paruisque inpellitur undis
　　　puniceus Rubicon, cum feruida canduit aestas,
215　perque imas serpit ualles et Gallica certus
　　　limes ab Ausoniis disterminat arua colonis.
　　　Tum uires praebebat hiemps, atque auxerat undas
　　　tertia iam grauido pluuialis Cynthia cornu
　　　et madidis Euri resolutae flatibus Alpes.
220　Primus in obliquum sonipes opponitur amnem
　　　excepturus aquas ; molli tum cetera rumpit
　　　turba uado faciles iam fracti fluminis undas.
　　　Caesar, ut aduersam superato gurgite ripam
224　attigit Hesperiae uetitis et constitit aruis,
　　　'Hic' ait 'hic pacem temerataque iura relinquo ;
　　　te, Fortuna, sequor ; procul hinc iam foedera sunto.
　　　Credidimus fatis, utendum est iudice bello.'
　　　Sic fatus, noctis tenebris rapit agmina ductor
　　　impiger ; it torto Balearis uerbere fundae
230　ocior et missa Parthi post terga sagitta,
　　　uicinumque minax inuadit Ariminum, et ignes
　　　solis Lucifero fugiebant astra relicto.
　　　　　　　　　　　　　　　　　　　　　　(Ⅰ. 183-232)

3. Caesar ルビコン川を渡る

[註]
183. **cursu**「走って，全速力で」MK 395.

184. **animo ceperat**「心の中で考えていた」なお futurum（未来不定法句 MK 504.）は bellum と motus (pl. acc. m.) をうける．

185. **ut** は時．MK 815. ventum est MK 544.

183-185 の scan

iam geli | das Cae | sar cur | su supe | rāuerat | Alpes
－ ⌣⌣ | － － | － － | － ⌣⌣ | －⌣⌣ | － －

ingen | tisque ⌣ ani | mo mo | tus bel | lumque fu | turum
－ － | － ⌣ ⌣ | － － | － － | － ⌣ ⌣ | － ⌣

ceperat.|ut uen | tu(m)⌣est par | ui Rubi | conis ad | undas,
－⌣⌣ | － － | － － | － ⌣⌣ | －⌣⌣ | － －

186. **ingens, clara, maestissima, effundens** すべて **imago** にかかる．

186-190 **visa**（est）**duci....imago**（f.）**....adstare....et loqui** 主格を伴う不定法．MK 521.「像が夢の中で将軍の側に立って話すのが見られた．」

187. **voltu** abl. limitationis, MK 397.

188. **turrigero vertice**「櫓をもった頭の天辺から，つまり小塔状の王冠を被ったローマの女神の頭から」

189. **caesarie lacera, nudis lacertis** 共に imago を形容する．abl. abs. か，あるいは仕方の abl. MK 320.

190. **gemitu permixta**（n. pl. acc.）**loqui**「嘆息のいりまじった言葉を話す」この permixta は中性の内的目的語 cf. Hofmann. §45.（d), Kühner. 281；MK 280.

190 の scan

et gemi | tu per | mixta lo | qui quo | tenditis | ultrā?
－⌣⌣ | － － | － ⌣⌣ | － － | － ⌣⌣ | － －

194 の scan

languor in | extre | mā tenu | it ues | tigia | ripā,
－ ⌣ ⌣ | － － | － ⌣⌣ | － － | －⌣⌣ | － －

[languor ⌣ i | n ⌣ extre] liaison すれば．

194. **languor**「弱気，不決断」

　in extremā ripā「川岸の先端（MK 409）において」

詩　選　集

195. **magnae....urbis** = Romae

195-196 の scan

　mox ait | o mag | nae qui | moenia | prospicis | urbis
　— ‿‿ ‖ — ‖ — | — — | — ‿‿ | — ‿ ‿ | — ‿

　Tarpei | a de | rupe, To | nans, Phrygi | ique pe | nates
　— — | — — | — ‿ ‖ — | — ‖　‿ ‿ | — ‿ ‿ | — —

196. **Tarpeius** は Capitolinus より韻律上都合がいいので用いられた．
Capitolinus の丘は，始め Tarpeius の丘と呼ばれていた．
Tonans「雷鳴とどろかす Jupitter」
Phrygia = Troia. Phrygius は形

197. **gentis Iuleae..** Aeneas は Toroia から Penates を Roma に持ってきた．
Caesar は Aeneas の息子 Iulus の子孫（gens Iulea）であるといっている．

197. **Iūlēus** は Iūlus（イウールス）の形

197 の scan

　gentis ⏑ I | ūlē | ae ⏑ et rap | tī sec | reta Qui | rinī
　— ‿ ‿ | — — | — 　— | — — | — ‿ 　‿ | — —

rapti Quirini ローマ初代の王 Romulus は，死後天に召されたあと，Quirinus と呼ばれた．彼の神殿は Quirinalis の丘にあった．

198 の scan

　et resi | dens cel | sā Lati | aris | Iuppiter | Albā
　— ‿‿ | — 　— | — ‿‿ | — — | — ‿ 　‿ | — —

「高きアルバ山に住み給うラティウムの Juppiter よ」
Latiaris = Latialis（Latium の）

199. **summi numinis** は dea magna Cybele と解する説（Getty.）もある

202. **ubique tuus (liceat modo,) nunc quoque miles**「どこにおいても，あなたの兵士，（もしこう言うことが許されるのなら）今でもあなたの兵士」milles と Caesr は同格．modo については MK 758（4）．

203. **ille erit, ille nocens, qui me tibi fecerit hostem**「私をしてあなたの敵たらしめようとしている者は彼であろう，そして彼こそあなたに罪を犯している（犯そうとしている）のだ」

ラテン詩への誘い

nocens（noceo の現分）は dat. をとる．（MK 123）ここでは tibi.
205. **squalentibus arvis,** 場所の abl.
206. **Libyes** は Libyē (= Libya) の gen. cf. MK 620. Circē.
   viso comminus（副）**hoste**（abl. abs.）「敵を近くに見ていて」
206 の scan
   aestife | rae Liby | es ui | so leo | comminus | hoste
   − ⏑ ⏑ | − ⏑ ⏑ | − − | − ⏑ ⏑ | − ⏑ ⏑ | − ⏑
207. **totam dum colligit iram**「その間すべての怒りをおさえ（かくし）ながら」
   dum 構文について MK 778.
209. **grave murmur infremuit**「大きなうなり声（を）で吠えた」murmur は同族の対格 MK 279.
210 の scan
   infremu | it, tunc, | tortă le | uis si | lancea | Mauri
   − ⏑ ⏑ | − − | − ⏑ ⏑ | − − | − ⏑ ⏑ | − −
   torta lancea（nom）「投げられた軽槍」（torqueo の完分）**levis Mauri**「軽武装のマウリー族の」Mauri は Maurus の gen. Maurus は一人の Mauri 族（アフリカの住民）
212. **tanti securus volneris**「このようなひどい傷をものともせず」
   securus は gen. 支配の形． MK 347. cf. Kühner. 436 (a).
   per ferrum exit「武器の間をくぐって（包囲網から）ぬけ出した」
213. **fonte....modico** 起源の abl. MK 429.
214. **puniceus** は，Rubicon の名が ruber に由来すると考えられていたので．
215. **imas valles** MK 409. **certus limes**（nom.）「たしかな境界線として」Rubicon と同格で補語
216. **disterminat**「2つを分けて境界線として役立つ」
217. **tum**, Caesr が Rubicon を越えたのは前 49 年 1 月 11 日
218. **tertia iam gravido pluvialis Cynthia Cornu**（直訳）「すでに孕んだ角を持って，雨を呼ぶ三日目の新月」地球回照光によって三日月が薄く丸く見えるのを「孕んだ角形の月」と言ったらしい．そしてこの現象は雨の前兆とされた．

220. **in obliquum....amnem** = oblique per amnem(Houseman)「川を斜めに横切って」

221. **excepturus**（excipio の未来分）**aquas**「水流をせきとめようとして，防ぐ目的を持って」（分詞構文 MK 448.）**sonipes**（m.）にかかる．**molli vado**「やさしい浅瀬を通って」（場所の abl.）

223. **ut..attigit et constitit** MK 815.

224. **Hesperia** = Italia

225. **hīc**「ここで」

temerata iura「（Pompeius と元老院議員によって）冒涜されていた正義を」

225 の scan

hic ait｜hic pac｜em teme｜rataque｜iura re｜linquo
－∪∪｜－　－｜－　∪∪｜－∪　∪｜－∪∪｜－　－

有名な 'iacta est alea' (Suetonius. *Julius* 32) は，川を渡ってイタリアの土地の岸に立ったときの発言としてふさわしい．Lucanus はここで（225-227）で，このカエサルの言葉をあげていないが．ちなみに Petronius. *Satyricon* (122) では 'iudice Fortunā cadat alea'「運命の女神に裁定をゆだねて，賽を投げよう」とある．

227. **utendum est judice bello** MK 592（ロ）.

228. **noctis tenebris** 時の abl. MK 476.

229. **it torto Balearis verbere**（abl.）**fundae**（gen.）「バレアリス人が，投石機のより合わせた革ひもを，手に持って進む」**torto verbere** 随伴の abl. MK 319. なお it（cett）の代わりに，**et** をとる校訂本（Haskins, Houseman. Duff.）に対する批判は，Getty（p.131）を参照．

230 の scan

ocior　｜et mis｜sā Par｜thi post｜terga sa｜gittā
－∪∪　｜－　－｜－　－　｜－　－　｜－∪∪　｜－　－

missa sagitta abl. abs.

231. **et**「そしてその時」**Lucifero relicto** abl. abs.

大意（散文訳）

　外国の詩を訳すには，原詩人に匹敵する詩才を必要とする．私にはその才能もないし，詩的な訳文を練る精力も暇もない．というよりラテン詩を訳すことは諦めているのである[※]．原詩の表面の意味は伝ええても，裏に秘められた余韻まで，どうして伝えることができようか．たとえば Horatius (Carmina I. 8. 11) の 'Carpe diem'「日を摘みとれ」を．そしてまた原詩の持つ音のひびきや律動を．たとえば 'Paene insularum, Sirmio, insularumque ocelle' (Catullus 31. 1) をどんな言語にも移し変えられないことは，「いはばしる垂水の上の早蕨の」と同様であろうか．

[※] もっとも，この諦めは，私の怠惰な投げやり根性に根差していることを，松平千秋先生は見抜いておられた．30数年前のある日，先生は私の大学紀要の Propertius の詩訳をとりあげて，「あの訳はなんとかならないのかね」と，いかにも情けなさそうな表情をして，私の目を見据えられたものである．今も，あの日の叱られた仕合せを，こよなくなつかしく思い出すのである．

詩 選 集

前　編

I. Disticha Catonis

A

1. 詩歌が我らに告げているように，もし魂が神ならば，お前は特に清き心で魂をあがめるべきだ
2. いつもいっそう長く起きていて，睡眠には余り身を任すな，休息が長いと悪を助長するから
3. 言葉をつつしむことが第一の徳だと私は思っている．思慮分別によって沈黙（することを知っている）できる人は神に次ぐものだ．
4. 人が他人を責めるとき，あなたは人間の生活を，つまり人々の性格・習慣をじっくりと見つめたらいいのに．罪なくしては誰も生きていないのだから．
5. 周囲の状況に応じて，寛大で誠実であるべきだ．賢人は時代の変化とともに，罪を犯さずに生き方を変えるもの．

B

1. あなたが誰かに忠告しても，その者が忠告に従わなかったとき，その者があなたにとって大切な人ならば，始めた通り忠告を断念するな．
2. 口達者な人に対し，言葉で張り合おうと思うな．おしゃべりの才能は万人に与えられているが，賢明な精神は少数にしか与えられていないのだから．

3．他人が良くしてくれたことは，多くの人たちに話すことを忘れるな．しかしあなた自身が，他人に対してした良いことは，なんでもだまっておれ．
4．あなたは年をとってから，多くの人たちの言動を非難している．あなた自身が若かったときに，何をしたかを思い起こすがいい．
5．人生の最後の終焉であるあれを恐れるな．死を恐れている人は，生きていること自体を台無しにする人だ（にしているのだ）

C

1．あなたに何（かが）も欠けることのないように，求めて手に入れているものを大切に使え．今あるものが長く保つように，いつもそれがないものと考えよ．
2．与えられないものを言葉で約束するな．善人と見られているうちは，気まぐれであってはならぬ．
3．言葉で偽っても心で偽らない人は，忠実な友だ．あなたも言葉で偽るがよい．技は技で欺かれるだけ．
4．安いものは高価なもの，高価なものは安物と考えよ，そうすれば，あなたは誰からも貪欲な人とも，けちな人とも思われないのだ．
5．死の恐怖を捨て．というのも死を恐れているうちに，いつも生の喜びを捨てていることは愚の骨頂である．

D

1．怒っているときは，不確かなものについて論争しようと思うな．怒りが精神（正しい判断）を邪魔して，あなたは真理を識別できないからだ．
2．度を越すものは避けよ．小さいものを喜ぶことを忘れるな．おだやかな流れを運ばれて行く小船は，いっそう安全だ．
3．根性のまがった人たちが，犯罪で利益を得ると考えるな．ある期間，罪は人目につかないが，時がくるとばれるもの．

大　意

4. 神が何を意図しているか，おみくじで探ろうと考えるな．神がお前についてどんな判決を下すかは，お前と関係なく決定するのだ．
5. 贅沢をさけよ，同時にまたけちの罪もさけることも忘れるな．両方（贅沢もけちも）共に，名声を汚すものだから．

E

1. よい機会だと思ったら見逃すな．好機は前頭部で髪を生やしているが，後頭部は禿げているから．
2. 正しく生きていたら，悪いやつの言葉など気にやむな．いろいろな人が何を言おうと，我々の意思でどうにもならないこと．
3. 老年の終わりに達して，富があり余っていたら，友人に気前よくして，けちけちしないで生きるがよい．
4. 多くの人の手本によって，いかなる行為を真似，いかなる行為を避けるべきかを学べ．他人の人生は我々の教師だ．
5. あなたが不正を犯したと思ったら，黙っておるな，だまっていて悪人のまねをしようと思っていると，他人から見られないために．

F

1. 死を恐れるべきでないと肝に銘ぜよ．なるほど死は良いものではないとしても，もろもろの不幸の終わりだ．
2. 生きている間，立派な名声を保ちたいと思ったら，人生の悪い喜びなるものを心から遠ざけよ．
3. 何か技を学べ．幸運は突然に立ち去っても技はとどまり，人の生活を決して見捨てない．
4. 各人がどんなことを話しているか，一人でだまって見ておれ．同じ話題が人々の性格をかくしもするし，あばきもする．
5. 学ぶことをやめるな，努力によって知識は増える．長い間の経験だけで知恵が得られるのは稀である．

G

1. あなたが健康で暮らしたかったら，それで生きていかれるだけのものを飲み食いせよ．悪病の原因はどんなに小さくても快楽なのだ．
2. 知らないでいたことを教えてもらいたいと思うことは，恥ずかしいことではない，何かを知りたいと思うことは，ほめるべきであり，何も学びたくないと思うことは罪である．
3. 長い時間をあなたの人生に保証するな，あなたの行く所には，どこにも肉体の影の死がつきまとっているのだから．
4. 神は香油で喜ばせよ．子牛は鋤のために成長させよ．神が生け贄を捧げられて喜ぶと思うな．
5. 私が飾らぬ言葉で詩を書くのを不思議に思いますか．このように一つの主題をたった2行詩で完結させるために簡潔にしたのです．

II. 墓碑銘

1. C. L. S. B（語順は韻のため，韻律は古詩のSaturnian Verse），Gnaeusの息子，貴紳，彼の容姿は勇士にふさわしく誠に凛凛しかった．彼は生前に執政官，監察官，造営官であった．Samnium地方の（または地方から）TとCを占領した．Lucania全土（Lucanam <terram> = Lucaniam）を征服し，人質を連れ帰った．
2. 旅人よ，私の言うことはほんの少しだ．そばに立って読んでくれ．ここには美しい女の美しくない墓がある．この女を両親はC.と名づけた．彼女は自分の夫を心から愛した．二人の息子を産む．そのうちの一人は地上に残し，一人は地下においている．彼女は愛らしく話し，そのうえしとやかに歩いた．家庭を守り機を織った．私は言い終わった．立ち去られよ．
3. のんびりと旅人として歩いている，そして私の霊前の供物に目を向けているそなたよ，

 そなたが私が誰かと尋ねると，ああ，今は死灰と余燼の私は，悲しい死

大 意

の前はH. P. であった．夫のC. S. の愛情を十分享受した．二人は気心が合い，仲むつまじく暮らした．今は，私は死神に捧げられて，ここに未来永劫に住むことになっている．業火をくぐりStyxの川を通って連れてこられた私は．

4. もし不滅の神々が人間の死に涙を流すことが許されるとすれば，詩歌の女神カメーナは詩人ナエウィウスの死を悲しむことだろう．

その結果，彼が冥府の宝庫に引き渡されたあと，ローマで人々はラテン語を話すことを忘れてしまった．

5. プラウトゥスが死ぬと，喜劇は悼み，舞台は見捨てられた．ついで，笑いも気晴らしもからかいも，そして無数の韻律も，同時に皆一斉に泣いた．

6. この墓地には，その方の功績に対し，それに価（匹敵）する偉業で報いることのできた人は，市民にも敵にも一人もいなかった人が眠っている．

7. おお，市民よ，見てくれ給え，老いたEnniusの肖像の顔を．このものがあなた方ローマ人の先祖の偉大な業績を讃えて描いた．誰も涙を流して私を飾ってくれないし，悲嘆して葬儀をあげないだろう．なぜか．私は皆の口を通じて飛回って生き続けるのだから．

8. 若者よ，そんなに先へ急いでいても，あなたにこの小墓が要請する．自分を見てくれ，そして，どうか，書かれているものを読んでくれと．この墓には詩人M. Pacuviusの骨がおさまっている．これだけを私は望んでいたのだ．あなたが私を知ってくれるように．さようなら．

9. マントゥアに私は生まれ，カラブリアで亡くなり，今パルテノペに眠っている．私は歌った，牧場と農地と将軍たちを．

10. 心遣い，労苦，功績，国への奉仕から受けとった数々の名誉，お前たちとお別れだ．今後は他の人たちの心をわずらわせるがいい．お前たちから立ち去る（別れる）ように神が私を呼んでいるのだ．地上でなされた数々の業績よ，さらばだ．主人としてもてなしてくれた大地よ，さようなら．しかし強欲な大地よ，私の体を重々しい墓石によって受けとってくれ．われわれは魂を神々へ返すが，骨はお前に返すのだから．

11. コルドバが私を生み，ネロが私をかっさらった．私は戦いを歌った．共に好敵手であった舅と婿とが，互いに敵対して交えた戦争であった．

少しずつゆっくりと書いていたこの叙事詩を，もう続けることができなくなった．叙事詩よりもっとこの一句が私の気に入っている．誠に不思議なことに，これが稲妻の如く不意に私の頭にひらめいたようだ．誠にこの言葉には風味がある．これは人の心を打つことだろう．

III. Epigramma

Caesar

1. お前もまた，半分のメナンデルよ，最高に評価されている．それも当然だ．完璧な表現を尊重する詩人なのだから．しかし，その典雅な創作に喜劇の力が加わっていたらよかったのになあ．そうすればお前の真価はギリシアの詩人たちと対等の名誉を授けられ，重んじられているだろうに．そしてこの点で軽蔑されて無視されることはないだろうに．ただこの喜劇の力だけがお前に欠けているのを，私は口惜しみ嘆くのだ．テレンティウスよ．

Maecenas

2. (a) わが命よ，つややかな翡翠（ひすい）を，わがフラックスよ，光沢のある緑玉石を，また純白に輝く真珠を私は求めているのではない．またビーチュニアの細工師が磨きあげた碧玉（ジャスパー）の小さな指輪でも，曲玉でもないのだ（私が欲しいのはお前だけ）．
2. (b) 私の腕をかたわとせよ，片脚の不具者とせよ，せむしの背中にこぶを加えよ，ぐらつく歯をゆり動かせ．それでもいいのだ，もし命がありさえすれば．あるいは，たとい釘のある拷問具の上に坐らせられても，私にこの命を長らえさせてくれ．

Hadrianus

3. (a) 私はFlorusでありたくない．居酒屋をほっつき歩き，料亭にしのび込んだりしたくない．（居酒屋などにいる）血ぶくれの蚊などまっぴ

大 意

ら御免だ.
(a′) 私はカエサルでありたくない，サバエ人の土地をうろつき，ブリタンニア人の土地に潜んでいたくない．スキュティアの霜などまっぴら御免だ．(Florus)
(b) （皇帝が死の床で歌ったといわれる）小さな魂よ，さまよえる，愛すべき魂よ，肉体の主人であり友である魂よ，お前は今からどこへ旅立つのか，青白くこわばった，裸となった魂よ，今までのように，もういつもの冗談が言えなくなるのか．

Plinius

4. あふれる酒で泡立つ杯よ，お前よ，私の所にやってこい．熱くなった愛の神 Amor が徹夜したいと望むために．愛の神の情火は，燃える Bacchus 酒神によってたきつけられるのだ，なにしろ Bacchus と Amor の二神は以心伝心の仲だから．

Seneca

1. 野蛮なコルシカ島は断崖絶壁の中に封じ込まれている．見渡す限り果てしなく，人影もなく荒涼たる土地である．秋は果物を，夏は作物を育てない，白雪の冬はオリーブを欠く，雨をもたらす春も若芽を喜ぶこともない．そして，いかなる草もこの呪われた土地に生えない．パンも飲み水も，最後の火葬の火もない，ここにあるのは，たったこの2つ，流刑囚と追放地．
2. 貪欲な時はあらゆるものを食いつくし，すべてのものを引き裂き，あらゆるものをその位置から動かし，何一つとして長い存在を許さない．川は消え，海岸は逃げる海を飲み干し，山は沈み，高い断崖は崩れる．なぜ私はこんな些細なことを話すのか．万物に優れて美しく広大な天空も，一瞬にして全体が自らの雷光によって燃えつきるだろう．死はすべてのものを要求する．死すことは法であって罰ではない．この世界はいつかは一切のこらず，無に帰すのだ．
3. 友達よ，クリスプスが私から奪われてしまった．もし彼を取り戻すた

めに，身の代金の支払いが許されるならば，私は喜んで私の寿命の半分を差し出すことだろう．今や私の最上の部分が私を捨てた．クリスプス，私の支え，私の喜び，私の心，私の快楽，私の精神．彼がいなくては，もはやこの世に私を喜ばすものは何もないと考えるだろう．私は労力を無駄に使い，不自由に生きることだろう．私の半分以上がなくなったのだから．

4. アッピウス街道よ，都の周辺で汝が見るところの哀れな労苦の記念碑，巨大な大理石の建造物，そして大胆にも天に近づこうとしているピラミッド，正午には影のなくなるピラミッド，そこにクレオパトラが外国人の夫を埋葬し，不憫な死を慰めている，あの陵墓，これらをみんな月日はゆすぶり倒すであろう．建物はどんなものでも高くそびえるほど，それだけ烈しく月日がもぎとり食べるのだ．詩歌のみがこの運命をのがれる．死を拒むのだ．ホメーロスよ，汝は汝の詩によって永遠に生きることだろう．

5. ギリシアは戦争の長期に渡る破壊により，おのれの力を限りなく使い果たし，瓦解してしまった．名声は残り，運はつきる．今日見物されるのは横たわれるギリシアの遺骸のみ．ギリシアが今日も神聖なのは，おのれの墳墓によってである．往年の無限の名声のわずかな痕跡が残っていて，今この不幸なギリシアには，盛名以外何も残っていないのだ．

6. 「生きるのだ，すべての友情を断って」．これが「王たちの友情のみをさけよ」というよりも，いっそう正しい．その証拠は私の運命である．地位の高い人は私をひどく苦しめた．地位の低い者は私を捨てた．同時に大衆も用心すべきだ．というのも，私と対等な人たちはみな騒動から逃げた，まだ瓦解していなかった私の家を捨てた．さあ，今から王たちだけを避けるな．生きることに賢くなって，お前一人で生きよ．なぜなら一人で，死ぬのだから．

7. 私には小さな地所と，罪を犯さずに利息を付けて貸すささやかな資本とがある．しかしこの二つを，私に設けさせているのは，大いなる心の平静である．いかなる不安にも怯えない精神が平和を保ち，そして無気力な怠惰という罪をも恐れない．他の人たちを多忙な陣営生活が呼ぶだろう．高官椅子が呼ぶことだろう，そして虚栄心から人を喜ばすものは何でも呼ぶことだろう．私は民衆の一人でありたい．いかなる名誉によっても，人

大　意

の注目を引かないで，生きていける限り，私自身，私の時（歳月）の主人でありたい．
8. その前に舟がシキリア沖の海を水にぬれないで行き来することだろう，そしてリビュア海岸の砂州から乾いた砂がなくなることだろう．その前に山の雪が熱い川水を源泉から落とし流すことだろう．そしてロダヌス川は一滴の水も海へ流し込まないであろう．その前に，二つの海から常に圧迫されていたコリントスが，海水に貫通されて，両側の海へ川水を流すことだろう．その前に野生のライオンの首が，鹿の前でうなだれることであろう，荒々しい猪が猛烈な争いを忘れているだろう，メディア人が槍をもち，ローマの若者が矢筒を持ち運ぶことだろう，黒いインド人の髪が赤くなって人目に立つことであろう．この静謐な生き方が私の気にいらなくなるくらいなら，あるいは私の小舟が疑わしい水面を信頼して運ばれるぐらいなら．

Petronius Arbiter

1. 人はみなそれぞれ自分の好きなものを見つける（だろう）．すべての人に気に入るものは一つもない．この人は刺を，あの人はばらを集める．
2. 今はもうすっかり秋が，熱く燃えていた木影をこわしてしまった．そして太陽は，冷えた手綱を手にとって冬を見つめだした．今やプラタナスは葉をまき散らし，いまやぶどうは枝葉を落として自分の実を一つ一つ数え始めた．一年が約束していたものが，すべて我々の目の前で果たされようとしている．
3. 私はいつも同じ芳香油を頭髪にそそぎたくない．またいつも有名な酒で胃のご機嫌をとろうとも思わない．牛は谷を変えて草を食むのを好む．野獣も食べ物を変えて口腹をみたす．日そのものが毎日有難い水の一飲みで我々の身も心も洗い流してくれる．日時が昼（太陽）と夜（月）の馬車をとり変えて戻ってくるのだから．
4. 正妻は財産の如く愛されるべきだ．もっとも，私の収入がいつも同じなら愛想がつきるかも知れない．
5. お，若者よ，お前の今の住居を捨て，見ず知らずの海岸を尋ねていけ．

いまよりいっそう大きな事件が，お前の目の前で次々と続いて起こるのだ．逆境におしつぶされるではないぞ．ドナウ川の下流地方がお前を知ることになろう．氷の北国やナイル河畔のカノープスの安全な国が，昇る太陽と沈む太陽を見る人々がお前を知ることになろう．いっそう優れたイタクス（オデュッセウス）となって，外地の砂場に降り立って戦うのだ．

6．たしかに人間にとって役に立たないものは一つもない．逆境になって，それまで放っておかれたものが役に立つ．こうして，船が沈むとき，金色に輝く黄金は難破した人を重さで沈めても，軽い櫂は難破した人を救って運ぶ．戦闘ラッパが鳴ると，相手の武器は金持ちの喉の前に立つも，ぼろをまとった貧乏人は野蛮な戦いを冷笑しておれる．

7．私の小さな家（＝田舎の別荘）は安全な屋根に保護されている．果汁で一杯のブドウが豊かなニレの木の支柱にぶらさがっている．サクラの枝はサクランボを，低木の茂みは赤いリンゴの実を与えてくれる．オリーブの林はたわわに実った自分の実の重さで枝を折っている．泉から引き入れられた水を飲んでいる家の中庭の小さな花壇には，もう私のためにコーリュクス島の野草（サフラン）が大きくなり，ゼニアオイも花の首をたれ，穏やかな眠りをもたらしてくれるケシの花も伸びている．その上に，あるいは小鳥にわなを仕掛けようと思ったら，あるいはむしろ大人しい鹿を猟網で包囲しようと，あるいは，まるくふくらんだ漁り網で小心な魚を陸へ引きあげようと思い立ったら，このようなことだけだ，私の質朴な田舎が知っている悪巧みと言えば．さあ，今こそ逃げていく生命の時間を，贅沢な饗宴に売ってやれ．いずれ最期が私を待っているのなら，―私はこう祈る―最期がこの饗宴の席でなくなってしまう時間を見定め，それまでを自分のものとして楽しむように．

8．彼女はこう言って，頭を烈しくふり，白髪をひきぬき頬を爪で傷つけた．目にも涙の雨がたまってきた．それは丁度，谷を横暴な川が強引に連れ去っていくように，凍っていた雪がすっかりとけてなくなり，おだやかな南風が，大地を無力にして生きつづける氷に我慢できなくなったときのように，多量の涙があふれでて顔がぬれた．そして彼女の胸は，深い嘆息で混乱したわけのわからぬ独り言で大きな音をひびかせた．

大　　意

9. 美貌だけでは充分ではない．世間で美人と思われたいと願う女は，通俗的なやり方でうぬぼれるべきでない．言葉づかい，機知，しゃれ，優雅な話し方，笑い方が，生まれたままの飾らぬ美しさの魅力にうち勝つのだ．と言うのも技によって身につけられた（このような）ものはなんでも，美貌に風味をそえるからだ．そこでもし技への意欲が欠けると，裸の美は魅力を失ってしまう．

10. あちこちと飛び交う幻影によって，人の精神をもてあそぶ夢は，神々の神域が，または神の意志が天空から送ってくるものではない．夢は人がそれぞれ自分で勝手につくるものである．というのも夜の休息が肉体を寝台の上に横たえ，眠りをおしつけたとき，精神は体の重みを失って，かるがるとふざけて時をすごすのだ．昼間にあったことを，精神は暗闇の中で上演する．精神は夢の中で要塞を戦闘でかきみだす，町々を戦火であわれにも破滅させる．槍や戦列の潰走や王たちの死を見，そして人の血が吹き出して平野にあふれ流れるのを見る．日頃からいつも人を弁護して論じたてる人らは，夢の中で，法律を，広場を，そして聴衆の円陣で囲まれた法廷をおびえた姿で見るのだ．(11) 貪欲な人は財産をかくしたり，穴を掘って地中から金を見つけ出す．狩人は猟犬の吠え声で森をふるわせる．水夫は死に臨んで転覆した船の船尾にしがみつき，あるいは抱きかかえて，波の上をただよう．売春婦は恋人に手紙を書き，情婦は贈り物をおくる．そして犬は夢の中で兎の足跡を見て吠える，夜の間中，あわれな人間どもの傷はうずき続ける．

11. このようにして，よく知られている万物の本性のあり方に反して，大ガラスは果実が熟する時期に卵をかえすのだ．このようにして牝熊は出産したばかりの赤子を，舌でなめて体の格好をつけてやるのだ．そして魚はいかなる愛情もなく雌雄が交わって卵を産む．このようにして音楽の神アポロンの亀（大亀）は，母親としての出産の苦しみから解放されると，暖かい鼻で卵をはぐくむ．このようにして蜜蜂は，交接なくして蜜蠟の巣の中で発生し群がり，そして大胆なる働き蜂の兵士で陣営を一杯にみたすのだ．

　自然はたった一つの単調な変化に満足して役目を果たしているのではない，自然はさまざまに変化する万物の運命を楽しむ．

後 編

I. 抒情詩

Catullus

I. Hendecasyllabic

(1)

　おお，優美と愛の神々よ，そして洗練された人は誰でも皆，嘆き悲しんでくれ．

　私の恋人レスビアのアオツグミが死んだ，私の恋人がかわいがっていたアオツグミが．

　彼女はこの鳥を自分の目より大切にしていた．というのも，その鳥は蜜のように甘かった．娘が母親を知っているように，小鳥は自分の女主人をよく知っていた．小鳥は彼女の膝から決して離れて行こうとしなかった．彼女の身の回りをあちこちと飛び回って（10）唯一人女主人に向かってのみ，いつもピーピー鳴いていた．

　この鳥が今やそこへ行ったら誰も二度と帰ってこれないと言われている所へ，暗黒の道を通って旅立った．

　ああ，お前らはのろわれてあれ．冥府（キルクス）の呪われし暗闇よ，お前らはすべての喜ばしきものを丸呑みにする．かくもかわいいアオツグミを私から奪い去った．ああ，可愛そうなことか．哀れなアオツグミよ．お前のせいで今私の恋人の可愛い目は，涙でふくらみ赤くなっている（3）

大　意

(2)

　わがレスビアよ，我々は生きよう．そして愛そうではないか．口やかましい老人の小言など，しめて一アスとふんでおこう．太陽は毎日沈んでも戻ってこられる．我々は短い日光が一度沈むと，永久に続く同じ夜を眠らねばならないのだ．私に千の接吻を与えてくれ．次に百の接吻を．次にもう千の接吻を．さらに次の百を．それから続けてもう千，さらにもう百の接吻を．それから何千回も数えたら，これらの合計を御破算としよう．われわれがその数を知っておかないように．あるいは，ひょっとして，意地の悪い奴が，こんなに沢山の接吻が2人の間にあることを知っても，嫉妬できないように．(5)

(3)

　わがファブッルスよ，もし君に神々の愛顧があれば，数日のうちに私の家で立派な夕食を供応されるだろう．もし君がおいしい料理を沢山持参してくれるならば．美しい芸妓と共に，そして酒も機知も，あらゆる笑いも持ってきてくれるならば．私は言っておくよ．君がこれらのものを持参してくれたら，わが優雅な友よ，君はすばらしい夕食にあずかるだろう．というのも君のカトゥッルスの財布は，クモの巣で一杯なのだ．しかしそのお礼として君は純粋の愛を受け取ることだろう．あるいは，もしもっと甘美で優雅なものがあるとすれば，そのようなものを受けとれよう．というのも，私は君に香油をあげよう．これは，私の恋人に美と愛の神々が恵みを与えたもので．もし君がそれを嗅いだなら，ファブッルスよ，君は神々にお願いするだろうよ，神々が君の体全体を鼻にしてくださるようにと．(13)

(4)

　今や春がもう冷えなくなった暖かい日々を持ち帰ってくれている．いま

― 235 ―

や春分の頃の天候の狂気が，西風の心地よい風によって鎮まっている．

　カトゥッルスよ，プリュギアの土地と別れよう．暑苦しいニーカエアの豊かな耕地とも．

　アシアの有名な町々を早く見に行こう．いまやわが心は期待ではずみ，あちこちと訪れることを切望している．いまや旅への激しい欲望によってわが両足は喜び勇んでいる．

　おお，随員たちのなつかしい友よ（10）さようなら，ローマを一緒に出発し長い旅をしてきた仲間を，それぞれ違ったさまざまの帰路がローマへ連れ戻すのだ．(46)

(5)

　たった今，法廷の円形傍聴席で，見知らぬある男が私に大笑いをさせたところだ．彼は私のカルウスが，ウァティニウスへの弾劾演説を驚くほど見事に，ぶったとき，賞讃のあまり諸手をあげてこう叫んだものだ「万歳，小人の雄弁家よ」(53)

II. Scazon

(1)

　あわれなカトゥッルスよ，愚かであることはもうやめよ，お前が目の前から消えたと見たものは，すっかり失われたものと思うのだ．かってはお前に毎日，太陽がさんさんと輝いていた．どんな女もこれほどに愛されることはないであろうと見えたほど，私から愛されていた娘がいつも連れて行っていた所へ，お前がよく行っていた頃は．そこではそんな時，彼女はよくはしゃいでいたものだ．お前の欲しいものは彼女も欲しがっていた．全くお前には毎日，太陽がさんさんと輝いていた．

　いまや彼女はもうお前を欲しないのだ，だからお前もまた，意志薄弱な奴よ，彼女を欲するな．（10）お前から逃げた女を追うな，みじめな生き

大　　意

方はするな．固く決心し，耐えるのだ，強い意志を持つのだ．

　さようなら，娘よ，もうカトゥッルスは耐えるのだ，彼はお前を要求しないだろうし，いやがるお前を無理やり求めないだろう．しかしお前は苦しむだろう．もう二度と求められることはないのだから．

　いまいましい女よ，お前に災いあれ．この先どんな人生がお前を待っていることか，誰がお前に近づくか，誰がお前を美しい女と見てくれるか．今からお前は誰を愛するのか，誰の女だと言われるのか，誰に接吻するのか，誰の唇を噛むことか．

　しかしお前は，カトゥッルスよ，断固たる決心で耐えるのだぞ．(8)

(2)

　それぞれの水の神 Neptunus が，澄んだ湖と広大な海の中で支えている，あらゆる岬と島の真珠であるシルミオ（岬）よ，お前と会えてなんとなつかしく嬉しいことか．チューニアやビーチェニアの原野と別れて，今無事にお前を目の前に見ていることがほとんど信じられないのだから．

　おお，心配から解き放たれたこと以上に幸福な気分が他にあるだろうか．心が重荷をおろし，外地での労苦に疲れてわが家に帰ってきて，(10)切望していた寝床の上で寝るときほど，幸福なものが．

　あれほどの苦労を償ってくれる唯一のものはこれなのだ．

　今日は，美しいシルミオよ．お前の主人の帰国を喜んでくれ，お前たちも喜べ，湖水のきらめく波よ．笑え，お前のもっているあらゆる笑いを．(31)

III. Elegiac Couplet

(1)

　私の女は私以外の誰とも結婚を欲しないと言う．たといユーピテルが自分に求婚しても結婚しないと言う．女は言う．

— 237 —

しかし女が,のぼせている男に言う言葉は,風か急流の上に書いておくべきだ(70)

(2)

　レスビアよ,以前はいつもこう言っていたものだ.「私はカトゥッルスしか知りたくないの,彼以外はユーピテルでも抱きたくないの」と.あの頃私は,ただたんに大衆が女を愛撫するようにではなく,父親が息子やむこを愛するように愛していた.しかし,今やお前がよくわかったのだ,それ故私はたとい益々真剣に恋いこがれても,私の目にお前はますます安っぽい,浮気な女に見えてくるのだ.「どうしてそんなことが可能か」とお前は訪ねる.かかる女の不実は,愛する男に益々烈しい愛情をつのらせるが,その一方で,大切にしたいという愛情をますます萎ませるのだ.(72)

(3)

　かって与えた他人への善行が,それを思い出す人にとって,いくらかの喜びをもたらすものならば,自分は義務に忠実であったと考えているので,そして神聖な契約を破ったこともなかったし,また誰との約束も破ったことはなかったし,また誰との約束ごとにおいても人をだまそうとして,神々の威信を乱用したこともなかったと考えているので,カトゥッルスよ,この報われなかった愛のために,この先長い間ずっと,多くの喜びがお前に用意された状態であるのだ.
　というのも,いやしくも人が誰か他人に対し,良いことを言ったり,したりできるものはことごとく,お前は言ったり,したりしてきたのだから.これらすべての善行は,恩知らずの心をもった者への貸し金となって亡びてしまった.
(10) だとしたら,なぜお前はいまもさらにひどく,お前自身を苦しめているのか,なぜお前は断固たる決意を持たないのか.そしてなぜお前の今の状態からお前を救い出そうとしないのか.そして神々も欲していないの

大　　意

に，なぜお前はそのみじめな状態を，断ち切ろうとしないのか．
　長い間の恋を突然捨て去ると言うことは難しいことだ．それは難しい．しかしお前は，これをなんとしてでもなし遂げねばならないのだ．これこそ，唯一つの救いだ．これこそ是非お前が完全に勝ち取るべきものだ．そうすべきだ．それを果たすことができてもできなくても．
　おお，神々よ，もし哀れな人間に同情なさることが神々の本分であるなら，あるいはいままでも，何人かの人に対し，瀕死の状態にあるとき，最後の援助を与えてこられたのならば，みじめな私に目を向け給え，そして私がこれまで純潔な生活を送ってきたのならば，（20）どうかこの破滅的な病気から私を救い出してくださいますように．この病は骨の髄にまでしのび込んで，麻痺の如く私の胸からすっかり喜びの感情を追放してしまったのです．
　いまはもう私はあのことは願い求めません．つまり彼女が私の愛情に報いてくれることを，あるいは，それが叶えられないなら，彼女自身が貞淑な女になろうと決心することを．
　私はこう祈願します．元気になりたい，そしてこの忌まわしい病を捨てたいと．おお，神々よ，私の敬虔な心に免じて，どうかこの願望を叶えていただけますように．（76）

(4)

　アッリウスは，コンモダ（利益）と言いたいときはいつも，クホンモダと，インシディア（伏兵）と言いたいとき，ヒンシディアと言っていた．彼ができるだけh音を強く発音してヒンシディアと言ったとき本人は見事に発音できたものとうぬぼれていた．私は思うに，このようにh音を彼の母親が，自由人（市民）である彼の母方の叔父も，彼の母方の祖父も祖母も発音していたのだろう．
　彼がシュリアへ派遣されると，皆の耳もやすらいでいた．これらの言葉は耳ざわりなくやさしく聞こえていた．それ以後これらの言葉を皆は恐れて，びくびくすることはなかった．（10）突然恐ろしい報せが入る．イオ

―239―

ニア海は，アッリウスがその海を航海したあと，もはや，イオニア海ではなく，ヒオニア海であると．(84)

(5)

　数々の民族の土地を通って，多くの海を渡って，兄弟よ，私は運ばれてここに来た．この哀れな供養をするために，死者への最後の務めをお前に捧げるために，そしてむなしいことだが，黙して語らぬ遺灰に語りかけるために．

　不幸な運命が私からお前を連れ去ってしまったが故に，ああ，かわいそうな兄弟よ，不当にも私から奪われてしまった兄弟よ．しかし今，ともかく死者の霊魂を弔う儀式のため，悲しい義務として，先祖の古い習慣として伝えられてきた，これらの供物を兄弟の涙ですっかりぬれている供物を，受け取ってくれ，そして，兄弟よ，永久の冥福を祈って別れよう．さようなら (101)

Horatius

(1)

　はだを刺す冬が，春と西風との心地よい交替によってゆるむ．乾いていた船の龍骨を運搬機が海へ運ぶ．すると家畜はもう厩（うまや）を喜ばないし，耕作者も暖炉を喜ばない．そして牧場ももはや白霜の結晶できらきら光ることもない．

　今やキュテラ島のウェヌスが，頭上に月が現れる頃，舞踏合唱団を率いてくる．そしてニンフ（森の精）たちと手と手を結んだ優美なグラティアたちが，かわるがわる足で大地を踏みつける．その一方で（Venusの夫）Volcanus は赤い顔をして，キュクロプスたちの，せっせと働く鍛冶場を訪れる．

— 240 —

大　　意

　今や，つややかに光る頭髪を鮮緑のギンバイカの葉で包むのに適しい，あるいは，ゆるんだ大地がもたらす花の冠をつけるのに適しい．(10) 今や日陰の多い森の中でファウヌスに生贄を捧げるのにふさわしい，この神が子羊を生贄として要求するにせよ，子ヤギを好むにせよ．

　青白い死に神は，貧者のあばら屋にも，王侯の玉樓にも平等に訪れて，門扉を足蹴にする．ああ，幸福なセスティウスよ，人間の命の短い合計は，我々に毎日，未来への長い希望を持つことを禁じている．やがてお前を夜と名前だけの亡霊と，

　貧相なプルートーの家がおしつぶすだろう．一旦そこへ行ったなら，もうくじにあたって饗宴の司会者になることもないし，かわいいリュキダースをほめることもないだろう，今やすべての若者が熱く燃えている，そしてやがて処女たちも焦がれるであろうそのリュキダースを．(I.4)

(2)

　明媚な洞窟の前でばらの花床の上に坐り，頭髪に香水をふりかけて，ピュッラよ，お前に言い寄っている，その華奢な若者は一体誰なのか．清楚で美しいお前は，一体誰のためにその金髪を後ろで束ねているのか．

　ああ，彼はこの先何度契りを裏切られ，そして何度神々の名を変えて涙ながらに訴え，嘆くことだろうか．そして黒い風で荒れる海を体験したことのない彼は，大いに驚くことだろう．

　彼は今でこそ黄金のお前を信じて喜んでいる．(10) 彼女がいつまでも他の男に縛られないで，いつまでも愛してくれることを望んでいる．人を欺くそよ風も知らないので．

　彼らの目に，お前は誘われもしないのに美しく輝いて見えるとは．なん

とかわいそうな奴らか．私が海水にぬれた着物を海の支配者たる海神ネプトゥーヌスに捧げたことは，この神殿の壁の絵馬が証明しているのに．（Ⅰ.5）

(3)

ソーラクテ山がどんなに深い雪をかぶって白銀に輝いて立っていることか，森の木々が重い雪を耐え忍び，どんなにたわんでいることか，川の流れがどんなに鋭い氷にとだされて，止まっていることか，君にもわかるだろう．

寒さを追い払え．炉の上にまきを沢山積んで．そして両把手の壺から，いっそう気前良く，4年物のサビーニ酒を注ぎ出せ，おお，ターリアールクスよ．

その他のことは神々に任せておけ．神々は，荒れ狂う海と戦っている風を鎮めるるやいなや，イトスギも老いたトリネコの木もゆれ動かなくなろう．

明日に何が起こるかと案ずることはやめよ．運命のもたらす日はどんな日でも，みな儲けと考えよ．君よ，若いうちは甘き恋もダンスも軽蔑するな．

緑の黒髪から気難しい白髪が遠く離れているうちは．今こそマルスの野や中庭が，そしてむつごとのささやきが，夜となってあいびきの時刻に求められるべきだ．

今こそ秘密の隅っこにかくれている娘をあばく所の，楽しそうな笑いが，そして相手をじらすように下手に抵抗する娘の腕や手から奪う愛のあかしが，求められるべき時だ．（Ⅰ.3）

大　意

(4)

　生（き方）の高潔な人，罪（の）汚れのない人は，マウリ族の槍も弓も，毒矢で重い矢筒も，フスクスよ，必要としない．

　たとい暑苦しいシュルティスを旅しているときでも，あるいは人に敵意を抱くカウカススを旅していても，あるいは伝説の多いヒュダスペース川が洗っている地方を旅していても．

　というのも私が，サビーニーの森の中で，私のララゲーを歌いながら，私の土地の境界をこえてなんの心配もせず，うろついていたとき，武装していないのに狼が逃げたのだ．

　このような怪物は，兵士を育てるダウニアスにも，広いカシワの森にも育っていないし，ユバ王の領地，ライオンの育つ乾燥した土地にも育っていないのだ．

　私を，夏の風によってすら一本の樹木も育たない，不毛の草原地帯におけ．霧と悪天候がおさえつけている，世界のその地方におけ．

　私を，地球にきわめて近い太陽の日輪車の下に，人が住むことを拒否されている土地におけ，それでも私は甘く笑うララゲーを，甘く話す彼女を愛するだろう．

(5)

　リキニウスよ，いつも変わらず，沖の方へと進まなかったら，嵐を心配しているうちに，危険な海岸にきわめて近く航行していなかったら，君はもっと正しく生きていけるだろう．

— 243 —

黄金の中庸を愛する人は皆，荒廃した家屋の見苦しさを用心して避けるし，人の羨む金殿玉楼を自制して遠ざける．

　ひときわ高く聳える松の木は，風によって頻りにゆれうごき，高層の塔はいっそうすさまじい音をたてて倒壊し，雷光は山々の天辺を打つ．

　予め立派に心の準備のできている人は，逆境に臨んで幸運を望み，順境にあって，不幸に注意する．ユーピテル大神は陰鬱な冬をつれ戻すと同時にまた，

　追い払いもする．今は悪くてもいつかは良くなるだろう．アポローンとても，だまっている竪琴をときどきそそのかして楽の音をひびかせ，いつも弓をぴんとはっているのではない．

　苦境に陥っても毅然として強く対処せよ，同時に極度に恵まれた順風でふくらんだ帆は，賢明に縮めるがよい．（Ⅱ.10）

(6)

　おお，ガラスよりも透き通って清澄な，バンドゥシアの泉よ，甘美な酒と花環を捧げられるにふさわしい泉よ，明日はそなたに，小ヤギが生贄として供えられるだろう．その額が生え始めた角によってふくらみ，

　いずれ愛慾の闘争を約束されている小ヤギが．それも空しいことだ．というのもそなたの冷たい流れを，はしゃぎまわるヤギたちから生まれたこの子が，赤い血でそめるだろうから．

　燃える天狼星の苛酷な季節も，そなたに触れる術を知らない．そなたは鋤で疲れてしまった牛たちに，そしてたえず歩き回っている家畜に快い冷涼を与える．

大　　意

そなたもいずれ世界に冠たる泉の一つとなることだろう．洞窟の上に生えているカシの木を，私が歌うときには，そこからそなたの水が淙淙と音をたてて流れ落ちるその洞窟の上のカシの木を．（Ⅲ.13）

(7)

雪が消え去り，今や野に草が，木々に葉がよみがえっている．大地は四季をいれかえて春を装い，そして雪解け水の減少した川は岸に沿って流れている．

優美の女神は双子の姉妹とニンフたちと共に，大胆にも衣を脱いで舞踏団を指揮する．君よ，不滅の生命を願うなかれと，年月と，生命を養う日を奪い去る時が，忠告する．

寒さは西の微風でなごみ，春はやがて夏に踏みつけられよう．その夏も果実をもたらす秋が実をまきちらすやいなや，いずれ亡びる運命にあるのだ．そしてやがて生命力の鈍い冬が駆け足で戻ってくる．

天体の欠短を，いつも月はすばやく取り戻す．しかし我々は，死んでしまうと敬虔なアエネーアースが，富者のトゥツルス王やアンクス王がいる所へ行って，塵芥となるのだ．

天上の神々に，今日までの我々の全生涯に明日という時間をつけ加える気があるかどうか，誰にもわからないのだ．君は君の親しい魂に与えるものはすべて，遺産相続者の貪欲な手を逃げられよう．

我々は一旦死んでしまうと，そして冥府の判官ミーノースが威厳のある審判を下してしまうと，トルクゥァートゥスよ，君の家柄も君の弁論の才能も，君の敬虔な態度も，君の命を取り戻せないだろう．

なぜなら貞節の女神ディアーナも，廉節なヒュポリュトスを暗黒の下界から救い出せなかったし，テーセウスも親友ピーリトウスを「忘却」の鎖から解放できなかったのだから．

Tibullus

1 (Elegeia I. 1)

　他の者は自分のため金色に輝く金貨で富を築くがいい．なんユゲラもある広大な耕地を所有するがいい．その揚句に隣人を敵として絶えず苦労して震えるだろう．吹き鳴らされる進軍ラッパに眠りを吹き飛ばされよう．
　私は私の貧乏が怠惰な生涯を導いてくれたらいい．もし私の家の炉の火が消えないように，いつも燃えていたら，私は農夫として，時期が来たら柔らかいブドウの株を，そして大きな果実をつける果樹を手際よく植えつけられたら，それでいいのだ．そして希望の女神が私を裏切らないように．いつも収穫の山を与えてくれるように．(10)　そして大桶を濃厚なブドウ液で一杯にしてくれるように．というのも私は深くあがめているのだから，畠の中の見捨てられた切り株を，あるいは三叉路の石標を，これらに花環をささげながら．そして新しい季節が私のために（私の農園で）成熟させたどんな果実をも，初物として農業の神様に供えているのだから．
　黄色のケレース（豊饒の女神）よ，あなたに，われらの田舎からとれた麦穂の冠をつくり，それをあなたの神殿の門扉につりさげよう．果樹園には，赤い番人（かかし）をおくだろう．プリアプスが残酷な鎌をもって小鳥たちをおびやかすために．あなたもまたラレースよ，かっては豊かであったが，今は貧乏な畠の守護神よ，(20)　あなたもあなたの贈り物を持つのだ．あの頃は若い牝牛が生贄となって数えきれない牡牛を清めていたものだが，今は牝の子羊が僅かな土地のために小さな生贄となっている．子羊はお前らのために倒れよう．その回りで百姓の若者たちは叫ぶだろう「さあ，我々に収穫と良いブドウ酒を与え給え」と．
　今こそ私は，いまからは僅かなもので満足して生きていけるだろう．

大　意

　ずっとこれから長い行軍に身をまかせる必要もないし，毎日犬座の出現する頃の炎暑を，近くを流れるせせらぎの傍らの木陰で避けることができよう．(30) しかし時々鍬を手にとることも，あるいは，のろい牛を突き棒ではげしく叩くことも恥じないだろう．あるいは子羊や山羊の子を，母親が忘れて，見捨てられていたのを懐に抱いて家に帰ることもいとわないであろう．

　ところでお前たち泥棒と狼たちよ，少ない家畜を容赦してくれ．大きな群をねらって掠奪すべきだ．ここで私は毎年いつも私の牧人の身を清め，静かな牧人の守護神パレースに牛乳を灌いでいる．神々よ，立ち会ってください．あなた方は私の貧しい食卓からの贈り物も，そして穢れなき土器からの捧げものも軽蔑しないで下さい．

　昔の百姓は，最先に自分のために土器をつくった．柔らかい粘土からつくったものだ．(40) 私は父祖たちの富や収入を，穀物倉に貯えられた収穫が，昔の祖先にもたらした収入を，求めているのではない．ささやかな耕地で充分である．もし慣れたいつもの寝床に休むことが許されたら．慣れた褥に手足を休めることが許されたら．

　横臥していて，つれない非情な風の音を聞いていても，女主人を胸にいとおしく抱いていたら，どんなに心地好いことか．あるいは冬の南風が冷たい雨を降りそそぐときでも，暖房に助けられて安心して眠りつづけられたら．このようであったら私は幸福なのだ．

(50) 海の狂気や悲しい雨に耐えることのできる人は，当然のこと，金持ちになるがいい．

　ああ，私の長い旅路のために別れをなげいて女が泣くぐらいなら，世の中のすべての金と宝石がなくなるように．

　メッサッラよ，あなたは陸に海に戦うのがふさわしい．家の玄関に敵の戦利品を飾り付けるために．私は美しい娘の鎖に縛られて身動きもできず，つれない玄関の前で門番として坐っているのだ．私のデーリアよ，私は世間で褒められたいとは思わない．お前と一緒におれるのなら，怠け者，無精者と呼ばれてもいい．どうかそう呼んでくれ．

　私に最期がやってきたとき，お前をそばで見ていたい．(60) 死にながら，

力を失った腕でお前を抱きたい．火葬堆の上で焼かれていく棺架の上の私に，デーリアよ，お前は涙を流してくれるだろう．悲涙でぬれた接吻を与えてくれるだろう．お前は泣いてくれるだろう．お前の心は固い鉄できつく包まれてはいないし，心の中に火打ち石はないのだから．

あの葬式からどんな若者も処女も，涙の乾いた目で家に帰ることはできないだろう．お前は私の霊を傷つけないでくれ．髪をふり乱さないでくれ．可愛い頬をいたわって，爪傷をつけないでくれ．

いまのうちに，運命が許しているうちに，我々二人は愛し合おうではないか．(70) いまに死に神が暗闇に頭を包みかくしてやってくるだろう．いまに生気を失った老齢がしのび寄るだろう．愛することもふさわしくなくなるだろう．頭髪が白くなったら，お世辞で口説くのにも似つかわしくなくなるだろう．

いまこそ，はしゃぎ愛撫し合おうではないか．門扉をこわすことも恥じるべきではない．ときに喧嘩をしてそれを楽しもうではないか．

ここでは私は立派な将軍であり，立派な兵士だ．お前たち，軍旗やラッパよ，遠くへ去れ．お前らを欲している男たちに傷をつけてやれ，そして富を運んでやれ．

私は蓄えられた収穫によって心おきなく，富を軽蔑し，空腹をも無視するだろう．

2 (Elegeia I. 10)

刀剣を最初に作った者は，どんな人物だったのか．その者は，どんなに野蛮で，どんなに冷酷非情な男であったことか．そのとき人間同志の殺戮が，そのとき戦争が生まれたのだ．そのとき残酷な死に向かって，いっそう短い道が開かれたのだ．

それとも彼は可哀想なことに，そのような無実の罪をきせられたのか．彼が残忍な獣たちのために，つくった刀を，我々が自分たちの不幸のために利用したのか．

この不幸の原因は，我々を金持ちにする金であって，戦争ではなかった

大　　意

のだから．少なくともぶなの木の酒盃が食卓の上に並んでいた頃は，その頃は城砦も防御柵もなかった．さまざまな毛色の羊の中で，羊飼いは呑気に眠りについていた．（10）

その頃にもし私が生きていたら，一兵卒の悲惨な武器を体験することもなく，進軍ラッパを聞いて胸をふるわせることもなかったろう．

ところが今では無理やり戦争へひっぱられる，いや，ひょっとしたら敵の誰かが，もう私の脇腹へ突きささるであろう槍を持ってきているのでは．

しかし先祖代々の家の守護神ラレースよ，私を救い給え，幼き日，あなたの立像の前で，ちょこちょこ走り回っていたときと同様に，今も私を守ってくれているのだから．

あなたは古い切り株からつくられた木像であることを恥じ給うなかれ．その姿であなたはわが先祖の古い家に住んでこられた．（20）木製の家の守護神として，小さな社の中で粗末な飾りをつけて立っていた頃，人々はもっと篤い信仰心を持っていたものだ．

その頃神は，誰かがブドウの房を初物として供えると，あるいはその神聖な頭に麦穂の冠を捧げると，神意を和やかにされたものだ．そして誰かが願いを叶えてもらうと，菓子を自ら持っていき，その後から幼い娘がお供をして，清められた蜜蜂の巣を運んだものだ．

（25）そこでラレースよ，我々から青銅の槍を追い払ってください．
（ここで2行脱落か？）
（26）家畜で一杯の馬小屋の中から粗野な牡豚を生贄として．その後から私は純白の礼服をまといギンバイカの飾りをつけた篭を持ち，頭にもギンバイカの花冠をかぶってお参りをする．

このようにして私は，家にいてあなたの神意をなごめたい．他の者は戦場に行き，勇敢にふるまうがいい．（30）軍神マルスの加護により敵の将軍を打ち負かすがいい．酒を飲んでいる私の面前で，兵士として自らの武勲を話すために，そして，食卓の上に，酒につけた指先で陣営の絵を描くためにも．

（それにしても）戦争に行って，自ら黒い死神を招きよせるとは何とい

う狂気か．この死神はこっそりと足音をしのばせて，我々に近づき迫っているというのに．

　地下の冥界には，麦畑もなければ，ブドウの栽培地もない．そこには猛々しい番犬ケルベルスとステュクス川のむかつく渡し守がいるのみだ．そこには自分の頬をひどく傷つけ，髪を焼き焦がした，蒼白な亡霊の一群が，濛漠たる湖の側で，右往左往と迷っているのだ．

　戦場へ行くよりも，むしろ小さな家の中で（40）子孫をつくり無精な老齢にからめられている者こそ，称めてやるべきだ．彼は自分の羊を，息子は自分の子羊を追い，妻は疲れて帰った夫に熱い風呂を用意する．

　このように私は生きたい．白髪で頭がまっ白となり年とってから，昔話ができたらそれでいいのだ．

　その間平和が畠を耕すように．最初純白の衣服を着た平和の女神が，曲がったくびきの下に牛どもをつなぎ，耕作を始めたのだ．平和がブドウの木を育てて，ブドウ汁を大桶にためた，父親が自ら瓶をもって息子に生酒をついでやるために．平和の下で鍬も犂もつややかに光るが，（50）非情な兵士の不吉な武器は，物置小屋のうす暗いところで錆に占領されている．

　田舎の百姓は鎮守の森から，当人だけはほろ酔い機嫌で，妻子を荷車にのせて家路をたどる．

　しかしそのときこそ愛の戦いが熱くなる．女は髪をむしりとられ，戸を破られて文句を言う．彼女は美しい頬を少し傷つけられて泣く．しかし勝った男も泣くのだ，自分の狂った手が，かくも大きな凱歌をあげたことを責めて．

　しかし，はしゃぐ愛の神アモルは，二人のいさかいに悪口雑言をみつぎ，息まいている二人の間に平然と坐っているのだ．（60）誰にせよ，自分の女を鞭うつ者は，ああ，石か剣だ．彼は天上から神々を追放しているのだ．

　女の体からきゃしゃな着物をひきちぎったら，それで満足せよ，髪飾りをこわしたら充分と思え．涙をさそい出したら充分とせよ，怒ってその子を泣かせたら，その者は他の者より4倍も仕合わせ者．

　しかし腕力で酷いことをするものは，楯や杭を持って戦場へ行け，やさしいウエヌス女神から遠く去れ．

大　　意

　慈悲深い平和の女神よ，我々の所にやってきて，麦穂を受け取り給え，我々の前に立って，オリーブの実を懐に抱き，純白の衣服のひだの線を流し給え．

Propertius

(1)

　キュンティアが始めてだ．それまで恋煩いなど知らなかった私を，彼女は眸で惨めなとりことしたのだ．そのとき確固たる誇りを持っていた私の目をうつむけさせ，そして恋の神は私の頭の上に足をのせておさえ込んだ．(5) そのあげくに放縦な恋の神は，慎ましい女を憎むことを，そして無思慮なその日暮らしをすることを教えたのだ．

　そしてすでにまる一年，この心狂いはおとろえない．それどころか，その間にも神々の反対する意志を体験するように強いられているのだ．わが友トゥッルスよ，ミラニオンは試練にめげず非情なアタランテの仕打ちを砕いた．(10)

　というのもあるときは，パルテニウス山の谷あいを，物狂おしくうろつき，またなんども，毛深い獣と出合いこれに立ち向かった．

　さらに彼はヒュラエウスの棍棒で打たれ傷を負い，その苦しみからアルカディアの岩山でうめいた．

(15) こうしてミラニオンは韋駄天走りのアタランテを征服したのだ．恋においては，嘆願と献身がこれほど勢力を持っている．私の場合，おくれてやってきた愛の神は，何の手練手管も考えてくれない．承知のはずの道も忘れて，以前のように歩こうともしない．

　そこで天空から月を引きよせる魔術を持っているお前たちよ，(20) そして魔法の炉の上で儀式を行って，下界の神をなだめることを仕事としているお前たちよ，さあ，私の女主人の心を変えてくれ．かの女の顔を私のよりも蒼白にしてくれ．

　すると私はお前らが魔法使いの呪文によって，星や川を自由に動かす力

の持ち主であることを信じよう．
(25) あるいは，友たちよ，もう手遅れだが，私を堕落から呼び戻そうとしている君たちよ．病める胸に手当を見つけてくれ給え．私は剣でも劫罰の焔でも雄々しく耐えよう．もし私が怒りの欲するがままに自由にものが言えるならば．
(30) 最果ての国々を通り海を渡り，いかなる女も私の足跡を辿れぬ所へ連れて行け．愛の女神が快く耳を貸しうなずく君たちは，ローマに留まれ，安らかな愛の中にいつまでも仲睦まじく暮らせ．

　私の場合，我々の仕える愛の女神が，苦しい毎晩を通じて疲労困憊させているのだ．そして愛の神は一刻も怠けずに私の傍に居続けている．(35) 私は忠告する．この不幸を避けよ．各自自分の恋人を手放すな．慣れ親しんだ愛から場所を変えるでないぞ．

　もしこの忠告に耳を貸すのがおくれた人は，どんなに苦々しい気持で私の忠告を思い出すことか．（Ⅰ.1）

(2)

　命よ，頭髪を入念に結って外を歩くことがどうして楽しいのか．絹衣のせんさいな襞をひるがえすことが．シュリアの没薬香水を髪にふりかけて，外国からの輸入品でお前を高く売りつけることが．(5) そして，自然の品位を買い物の飾りで台なしにすることが．そして，生来の精華でもってお前の長所を輝かそうとしないのが，どうして楽しいのか．

　誓って言う．お前の容姿を治す手立ては何もないのだ．恋の神は裸だ，美の細工師を嫌うのだ．

　見よ，美しい大地が，どんなに色とりどりの花を咲かせていることか．(10) 木づたは自分の力でどんなにいっそう美しく伸びていることか．人影なき幽谷にイワナシは，かえって美しく生えているのを．小川が教えられずに流れていく道を心得ているのを．

　海岸が天然のモザイクで描かれて人の心を納得させているのを．小鳥は技を知らないのに，かえってそれだけ甘く歌うのを．(15) このように，

大　　意

　レウキッポスの娘ポイベーが，カストルの情熱に，姉妹のヒーラーイラが，ポリュクスの情熱に火をつけたのも，飾りからではない．イーダースと好色のアポローンが，エウエーノス川の岸辺でかつてマルペッサを争ったのも，そのためではない．ヒッポダミアが，プリュギア人の夫ペロプスの愛情をひきつけ，この異国人の二輪戦車で連れ去られたのも，彼女の見せかけの輝かしさからではなかった．(20)
　かの女らの美しい顔は，いかなる宝石の恩恵もうけていなかった．それはちょうどアペレスの描く，絵の中の女の肌の色合いの如く生粋であった．
　かの女たちは，いたるところから恋人を漁るという野望を持たなかった．彼女たちには，貞節こそ充分に満足できる美しさであった．
(25)お前が，私を他の男と較べて劣っていると思ってくれても私は平気だ．女は一人の男を喜ばせたらそれで充分に飾られているのだ．
　お前には，詩神アポローンが喜んで詩才を，カリオペーが喜んでアーオニアの堅琴の才能を与えているのだから，なおさらのこと（飾られているのだ）．その上，お前の話す快い言葉の中には，比類なき優美さがある．
(30)愛の女神と知恵の女神のよしと認めるものは，ことごとくお前に賦与されているのだ．
　これらによってお前は末長く，わが生涯にとって最もいとおしき存在となろう．もしお前にとって哀れむべき贅沢がうとましいものとなれば．
（Ⅰ.2）

(3)

　テーセウスの小舟が遠ざかる頃，彼に捨てられたクノッススの女アリアドネーが，浜辺に，ぐったりとなってねているように，冷酷非情な岩礁からやっと解き放たれて，はじめての眠りに落ち入ったケーペウス王の娘アンドロメダのように，(5)絶え間なき舞踏の末，精も根もつき果て，草茂るアピダマスの川岸にばったりと倒れたバッカス信女のように，私の目に映った，ともすれば頭のずれ落ちる肱を枕に，やさしい寝息をたてていた

キュンティアが，燃えさしの松明をふりかざす，少年奴隷を伴にして夜更け，深酒に酔って（10）私が千鳥足でたどりついたとき．しかし五感はすべてまだ失われていたわけでなく，ベッドにそっともたれつつ，彼女に近よろうとした．

　一方に恋の神，他方に酒の神，ともに情容赦なき神々が二重の炎で燃えていた私に命じた，（15）寝ている女の体の下に腕をそっとしのばせ，別の手を近づけて接吻し，戦いを始めよと．

　しかし先刻承知のあの癇癪の発作を恐れて，あえて女主人の休息を乱す気に到底なれなくて，ただ目玉を大きく開き，見惚れて（20）釘付けになっていた．ちょうどアルゴスが世にも不思議なイオーの牛姿を見つめていたときのように．

　あるときは，私の額の花環をちぎって，キュンティアよ，お前の眉の上においてみたり，ときには乱れ髪をもてあそびつつ，きれいに結ったり，ときにはその空っぽの手にそっと，リンゴを握らせたりした．
（25）そしてお礼を言わぬ眠りにお土産をみんなくれてやっていた．その土産物はなんども下に傾いている懐（ふところ）から転がりおちた．

　お前がたまに寝返って深いため息をつくごとに，根拠もないのに不吉な前觸れと信じて息をとめた．ある夢が常ならぬ恐怖をお前にもたらしているのか，（30）それともある男がいやだというお前をせしめようと強引に口説いているのかと．

　そのうち，とうとう月が正面の開き窓の上にさしかかってきて，その月が気をつかって，ゆっくりと落ち着いて照らし，そのやさしい光で彼女のつむっていた瞼を開かせた．

　彼女は言った．柔らかい枕の上に肱杖をついて．
（35）「あなたはやっと私のベッドに戻ってきたのね，意地悪をした他の女にすげなく門前払いをくって．一体あなたはどこで私の大切な夜の長い時間を潰していたの．ああ，情けない．星の落ちる頃となって，そんなにだらしない恰好で帰ってくるなんて．不実な人よ，可愛そうな私に，いつも過ごさせているこんな夜を，（40）あなたも一度ためしてみたらいいのに．じっさい私は，ときに紫紅染めの糸をつむぎつつ，ときにそれに疲れて，

大　　意

オルペウスの竪琴の調べによって眠気をごまかしていたの．時にはあなたが他の女を可愛がっている間長いこと，待たされているわが身をほんのちょっと託(かこ)ったりして．(45) そのうち，やっとまどろみにおちいった私を，深い眠りが，心地よい羽で叩いてくれたというわけ．それしか私の涙をいやしてくれるすべがなかったの」(Ⅰ.3)

(4)

　きみはなぜ，ぼくが無精者だという非難をでっちあげて止まないのか，恋の証人であるローマが，ぼくをぐずぐずさせているからと言って．あの女はいま，ぼくの寝床から何千マイルも遠くにいるのだ，ヒュスパニス川がウェネティ地方のエリダヌス川から遠く離れているほどに．
(5) キュンティアは，いまや馴れてしまっていたぼくの愛情を，抱擁でいつくしみ育てることもないし，ぼくの耳に甘く囁くこともない．彼女はかって私には恩に感じていたものだ．誰にしろ，ぼくに叶うほど誠実にかの女を愛した者はいなかったのだから．ぼくらは世間から嫉妬されたのだ．ぼくを押しつぶしたのは神ではないか．(10) それともプロメテウスの岩山で採集された毒草か何かが，二人を引き裂いたのか．
　ぼくはもう昔のぼくではない，遠い旅が女の心を変えるのだ．ほんの束の間に，どんなに深い愛も逃げ去ってしまうのだ．
　いま始めて一人ぽっちの夜の長々しさを思い知らされている．そして耳に響くなげきの重々しさも．
(15) 女を前にして泣ける人は幸福だ，愛の神は自分に飛び散る涙を喜ぶのだから．あるいは見捨てられても，他の女へ愛情を移し変えられる人は幸福だ．女への隷属をとりかえることもまたたのしいのだから．しかしぼくには他の女を愛することも，この女をあきらめることもできない．それがぼくの定めだ．(20) キュンティアが始めてであった，最後であろう．
(Ⅰ.12)

(5)

　女よ，長い間，私がほめそやしたために，異常に思い上がってしまったお前よ，お前の美貌を信頼したのが，そもそも私の間違いだったのだ．
　キュンティアよ，私の愛情が，あのような世間の称賛をお前に与えてしまったのだ．私の詩によってお前が世間で有名となったことを私は恥じている．(5) お前こそ，女性のさまざまの美しい特色を合わせ持つ女として，なんどもほめたたえたものだ．
　そのあげくに，私の愛情は，実際はお前ではないものをお前であると考えたのだ．そしてなんど私はお前の肌の色を，茜色の暁の空になぞらえたことか．お前の顔の輝く純白は，お前の手管で努めて求められたというのに．この狂気の愛を，古里の友人たちも私から取り払うことができなかった．
(10) あるいはまた，テッサリアの魔法使いも，広大な海の水によって，この狂気を洗い落とすことができなかった．いま私がすすんで真相を告白しようとしているのは，剣によって，あるいは，火炙りによって，強制されたからではない．またエーゲ海で難破したからでもない．
　私はウエヌス（愛の女神）に捕らえられ，残酷な大釜の中でさんざん苦しめられていたからだ．その間ずっと私は両手を背後でしばられたままであった．
(15) みよ，今や，私の船は船首に花環を飾って港についた．あのシュルテース砂州をのりこえて，錨が私の手で投げ込まれたのだ．広大な海のうねりで酔い疲れていた私は，いまやっと正気を取り戻したのだ．今こそ私の傷口は癒着し健康になったのだ．
　健全な精神よ，もしそなたが本当に女神ならば，そなたの神殿に私（の絵馬）を捧げよう，これまでも私はなんども祈願してきたが，それらの言葉はつんぼのユーピテル大神の前に空しく落ちていたのだから．(Ⅲ.24)

大 意

(6)

　これまで私は饗宴の最中，食卓を前にして人々の嘲笑の的であった．誰でも私のこととなると，饒舌家になり得たのだ．
　5年間というものは，お前に忠実に仕えることができた．今からお前は指の爪を噛んで，私の誠実な愛のなくなったことを嘆き悲しむがいい．(5)私はもうお前が泣いても心を動かされないぞ．そのようなお前の手練手管に私は今まで呪縛されていたのだ．
　キュンティアよ，お前はいつも落とし穴をしかけては，いつも泣いていたものだ．別れにあたって私も泣くことだろう．しかし私の涙より，不正な仕打ちに対する怒りの方が勝っている．
　お前は，私たちが一緒に暮らそうとしても仲よくやっていけないのだ．今や，私の言葉に同情して涙を流してくれる敷居よ，さらばだ．(10)私の手が腹を立てても壊さなかった戸よ，さようなら．
　しかし人知れずこっそりとやってくる歳月によって重くなった年齢が，お前の上にのしかかるがいい．お前の美貌に不吉な皺がやってくるといいのだ．
　そのとき，ああ，お前は鏡からお前の皺をひどく責め苦しめられ，白髪を根っこから引き抜きたいと思うことだろう．
(15)今度こそ，お前が私にとってかわって，門扉から閉め出され，他人の傲慢な侮辱を耐え忍ぶことであろう．
　そして老婆となったお前が，かってしたことを人からされて，嘆き悲しむことだろう．このようなお前にとって予言的な呪いの言葉を，私の詩集は歌ってきた．お前の美貌の成れの果てを恐れることを，この詩集から学ぶがいい．(Ⅲ.25)

II. 叙事詩

Lucretius : De Rerum Natura

1. 序詞 (Venus への祈願)

　アエネーアースの子たちの母よ，人間と神々の快楽よ，命を与えるウェヌスよ，天空を低くすべっていく星座よ，船を運ぶ海と，収穫をもたらす土地を御身の存在によって一杯に満たすお方よ．まことに御身の力で，生きとし生きる種族がすべて懐妊し，生まれ出て太陽の光を見るのだから．
　御身を，女神よ，御身を風はきらい，御身を，そして御身の到来を，空ゆく雲はさける．
　意匠を凝らす大地は馥郁と香る花を御身に捧げる．御身に向かって大海原の水面は凪ぎ和む．おだやかな天空はくまなくみなぎる光で輝く．
(10) というのも季節の春が姿を現し，幽閉されていた状態から解き放たれると，そして生む力を持った西からの微風が勢いづいてくるやいなや，真っ先に，女神よ，天翔る鳥たちが，御身の愛の力に打たれて胸をはずませて，御身の到着を先ぶれする．
　それから獣や家畜が豊かな牧草地を飛びはねる．流れの早い小川を泳いで渡る．
　こうしてなにもかもが御身の魅力のとりことなって，御身のあとをつけるのだ．御身が，皆を連れて行こうとする所へは，どこへでも熱い欲望をもって．
　それから御身は海原や山々や，早川荒川や，木の葉で作った鳥の巣や，鮮緑の平野を通って，すべてのものの心の中に，こまやかな愛を吹き込み，(20) すべての種族に強い意欲をもってそれぞれの子孫をふやすように促す．
　御身こそ万物の本性を支配する唯一つのお方なので，そして御身なくして，いかなるものもこの神々しい光明の世界に生まれ出ないのだから，そしていかなるものも喜ばしい，愛らしいものになれないのだから，私は御

— 258 —

身の手助けに頼ることを強く願う，万物の本性について，私が今，理論を展開せんとして，詩を書いている間は．

この詩はわが親愛なるメンミウスの (子の) ために書いている．女神よ，御身は常日頃から，彼をあらゆる恩恵でもって飾り，誰よりも高めることを欲してきたのだ．

それ故に，なおさらのこと，女神よ，私の言葉に永劫の命を持つ魅力を与え給え．
（Ⅰ．1-28）

2. 哲学の恩恵

大海原で風が起こって烈しく波立つとき，他人が悪戦苦闘しているのを，陸地から眺めているのは気持がよい．誰かが困っているのが嬉しいのではない．あなた自身がどんな災難も逃れているのを知って喜ぶのである．

大きな戦争のため，両軍が原野に勢ぞろいしているのを見ても，あなた自身が全く何の危険とも関係ない場合，これすら心地よい．

しかしなによりも欣快なことは，哲学の教えによって固く守られた，高台の上の晴朗たる神域にどっしりと住みつき，そこから下界を見下ろし，そして他人が右往左往，さまよっているのを見ることができることである．(10) そして彼らがおもいまどい人生の道をさがし求めているのを，才能を競い，高貴な血統を張り合い，最高の権力へ昇りつめ世界を支配せんものと，夜も昼も人を凌ぐために努力し，あくせくしているのを見ることができることである．

おお，哀れな人間の性よ，ああ，なんと盲目の人間の心情よ，生命にとって，なんと真っ暗な，なんと大きな危険の中で，いずれにせよ，この短い生涯が送られていることか．

人間の本性は，それ自体のためには，ただ次のこと以外，何も要求しないと言うことが，あなたにわからないのか．つまり苦悩が肉体から離れて消え失せ，そして心配と恐怖が除去された本性が，心の中で爽快な感情を楽しめると，それでもう充分だということが．

(20) それ故われわれは肉体の性質のためには，全くほんの僅かのものしか必要としないことがわかるのである．つまり，苦悩を除去できるようなものならなんにせよ，それがまたいっそう多くの喜びを調達してくれるようなものを僅かほど．

それに人間の本性は，いっそう喜ばしいものをいつでも要求しているとは限らないのである．夜中の饗宴に照明が求められて，たとい，燃えている燈火を右手にかかげた若者の黄金の像が，屋敷の中のあちこちに立っていなくても，また家の中が銀食器で輝き，黄金で照り映えていなくても，また竪琴の調べが金色の格（ごう）天井にこだましなくても，(30)我々は小川のせせらぎの傍で，高い木の枝の下に，仲良く柔らかい草むらに体をのばして，高価な食事ではなくても，楽しく体の元気をとり戻すのだから．とくに天気が我々にほほえみかけてくれるときには，そして季節が緑の草原に花をまきちらしているときにはなおさらである．

そして高い熱にしても，やむなく平凡な毛布の上に寝なくてはいけない場合よりも，紫紅染めの刺繍の織物の寝台の上掛けの上で，のたうち回っている時の方が，いっそう早く消え去るわけでもない．

それ故，我々の体には財宝などなんの役にも立たないし，高貴な血統も王位の栄光も役にたたないのだ．その他のものも，魂にとってもまた，なんの役にもたたないと言うことを肝に銘じるべきだ．

40-46 省略

(47) しかしもしこれら（迷信・死の恐怖）が，ばかばかしい噴飯物だとわかると，人間の恐怖心やその後に続く心配は，武具の物音や危険な飛び道具を本当に恐れなくなり，王たちや，権勢家たちの間で大胆に暮らし，黄金から発する光輝にも紫紅染めの衣服の美しい光彩にも怯（ひる）まなくなるならば，あなたはどうして疑うだろうか，これは全く理性の力によるということを．特に全生涯が暗闇の中で四苦八苦しているときには．

(55) というのも，ちょうど子供が，暗闇の中で体をふるわせ，すべてのものを恐れるように，そのように我々はときどき日光の中で恐れおののいているのだ．子供が闇の中でおびえて，現れると想像しているものより，もっと恐れる必要のないものを恐れているのだ．

大　　意

それ故，この心の恐怖や心の暗闇を追い払ってくれるのに必要なのは，太陽の光線でも真昼の明るい輝きでもなく，自然の形姿であり，自然の内なる法則（の認識）である．（Ⅱ.1-65)

3. Epicuros への讃辞

　深い暗闇の世界から，かくも煌々たる松明をかかげて，最先に生命の至福を明るに出すことができたあなたよ．ギリシア人の誉よ，私はあなたの後について，今こそあなたが，はっきりと刻まれた足跡の上に，私の足裏を合わせてしっかりと踏む．
　あなたと張り合いたいと熱望しているからではなく，むしろあなたへの敬愛の念から，あなたのまねをしたいと念願しているからである．なぜなら，一体どうして，つばめが鳴き声で白鳥と争うことができるか，あるいは足のふらつく子山羊が，足の強い馬と，どうして対等の競走ができるだろうか．
　あなたは我々の父親である．万物の真理の発見者だ．(10) あなたは我々に父親として教訓をたれた．いと名高き方よ，我々はちょうど蜜蜂が花咲く岡で，すべての草木の花蜜を吸う如く，それと同じように，あなたの黄金の言葉を味わいつくす．さよう，未来永劫に生き続けるにふさわしい，最も価値のある黄金の言葉を．
　というのも神の如き魂から湧き出したあなたの哲学が，万物の本性について滔々と語り始めるやいなや，我々の心の不安は四散し，この世界をかこむ障壁もとり払われて，万物が空虚全体を通じて動いてゆくのがわかるのだ．神々の意志が啓示され，神々の平和な住居が現れる．この住居は風でゆすぶられることもないし，雲がにわか雨をこの上にまきちらすこともなく，(20) 雪が凍てつく寒さで氷った白い塊となって落ちて傷つけることもない．常に雲のない青空がこの上をおおっていて，空は広くみなぎる光をそそぎ，笑っているのだ．
　さらに自然は我々に必要なものをすべてもたらし，ここではいかなるときでも，我々の心のやすらぎを蝕むことはない．

その一方でアケロンの国は決してどこにも現れないし，大地はすべてが描写されるのを決して邪魔しない．我々の足元の地下で，すべてのものが空虚の中を運ばれている．

ここにおいて，私はこれらのあなたの記述によって，ある神聖な歓喜と畏敬の念におそわれる．自然があなたの力によってかくも明々白々と啓示され，あらゆる部分にいたるまで赤裸々にされているからである．（Ⅲ.1-30）

Vergilius : Aeneis Ⅳ

1.（1-55）

しかし，女王の方は，もう長い間，恋の悩みで深く傷つき，この傷口に血を吸わせて養い，人目にかくれた炎で自らを痛めつけていた．

その男の勇気が，彼の先祖の栄光が，たびたび彼女の心の中に浮かんでくる．彼の顔と言葉が彼女の胸の中に深く刻まれてしまって離れなかったのである．そしてこの心の病みは，体にもおだやかなやすらぎを与えなかった．

その翌日，暁の女神がしめった夜の闇を天空から追い払って，太陽の光線で大地を照らし始めた．そのとき悩み抜いた彼女は，気心の知れた妹に向かってこう話しかける．

「私の妹アンナよ，私はなんと恐ろしい不眠症におそわれて，うなされていることでしょう（10）私たちの館にやってきた新しいお客は，一体どんな方なのかしら．彼の容姿や振舞いのなんと氣高いこと，なんと勇気のある胸と肩を持っておられることか．私はたしかに本当だと思うわ．そして全く根も葉もないことではないと．あの方が神々の種族だということは．臆病は卑しい者のあかしなのね，そうだわ．あの方はどんなに恐ろしい運命に翻弄されたことでしょう．どんなに恐ろしい戦争を最後まで耐え抜いたかを，物語ったことでしょう．

もし私が，夫の死によって最初の愛が裏切られ，欺かれた後，もう誰と

大 意

も結婚の絆によって自分を縛りつけたくないと覚悟し，固く心に誓っていなかったら，もし夫婦の誓いや生活に，すっかり愛想をつかしていなかったら，おそらく私は，このたった一つの誘惑に負けることができたかも知れないわ．(20) アンナ，なぜかといって，私は正直に告白するわ．哀れな夫シュカエウスが非業の最期を遂げたあと，そしてこの兄弟殺しの血しぶきで家が汚されて以来，ただ一人，この方だけが私の気持ちを変えてしまったの．私の決心を強引にぐらつかせてしまったの，昔の恋の焔の名残を思い出させたのだわ．

しかしながらそれより先にどうか，この私に対し，大地が地底の口を開けてくれるように．あるいは，全能のユーピテル父神が，雷光で私を冥界へ，エレブスの住む青白い，薄暗がりの世界へ，深い闇夜の中へ突き落としてくれるように，貞節（の女神）よ，そなたを私が冒涜し，あるいはそなたへの誓いを破棄するより先に．あのシュカエウスが，そう，私を最初に彼自身へ縛りつけてしまった彼が，私の愛をあの世へ持ち去ったのだわ．彼が今もその愛を持っていて，墓で大切に保管していてくれるように．」(30) こう言って女王は溢れる涙で一杯に懐をぬらした．

アンナはこう答える「あなたの妹にとって，私の命より大切な方よ，あなたは独り身でいつまでも嘆き悲しんで，青春の時を磨り減らすつもりですか．可愛い子供とそして愛の女神の報酬を知らないで暮らすつもりですか．そんなことを死灰が，墓の中の霊がいつまでも気にしているとあなたは思うのですか．

たしかにこれまでは，あなたの悲しい心をいかなる求婚者も，リビュアの男にせよ，その前のテュルスの人にせよ，曲げることはできませんでした．イアルバスを軽蔑し，沢山の凱旋式をあげることのできるアフリカの土地が育てたその他の指導者をも見くびってきました．それはそうとしても，この喜ばしい恋にも，あなたはあらがうつもりですか．

いいえ，一体，あなたはどんな者たちの土地に囲まれて住んでいると思っているのですか．(40) こちら側には戦争で不敗無敵の部族，ガエトーリア人の町々が，そして野放図な騎馬族のヌミディア人と客をよせつけないシュルティスの砂州が，取り囲んでいます．あちら側には，かんかん照

— 263 —

りで人々から見捨てられた砂漠地方と，広く住む狂気のバルカエイ人が取り巻いています．そしてテュルスの地で起こる戦争や兄弟の脅かしのことを，いまさらどうして私が話さなくてはいけないのでしょうか．

　私としてはこう考えているのです．トロイア人の船隊が風に吹かれて，このアフリカへ航路をとったのは，神々に了承されていることであり，ユーノー女神の好意によるものであったと．

　姉上よ，この方との結婚によって，この町がどんなにすばらしい都となり，どんなにすばらしい王国に生まれ変わることか．あなたもおわかりでしょう．トロイア人の武器が加わって，ポエニ人がどんなに大きな業績を上げて栄光を高めることでしょう．(50) あなたは，ただ，神意にかなった生け贄を捧げ，神々の恩寵を乞えばよいのです．精一杯お客をもてなし，出発をおくらせる口実を次々と考えるのです．冬が海上で荒れている間は，オリオン座が雨にぬれている間は，船が難儀をしている間は，天候が不順である間は．」こう言ってアンナは姉の心に火をつけ愛情の炎で燃やした．疑心暗鬼に希望を与え，貞節の束縛をとりのぞいてやったのである．(Ⅳ. 1-55)

2. (584-666)

　そしてすでに，真っ先に曙の女神アウローラが夫ティートーヌスの紅花色の寝床から離れて，新しい朝日を大地にそそいでいたとき，女王ディードーは望楼から日光が白く輝いているのを見ると，そしてトロイアの船隊が整然と帆を連ねて出発しているのを見ると，そして海岸にも港にも船はなく，漕兵も一人もいないのを見たとたん，彼女は三度も四度も美しい胸を手でたたき，(590) 金髪を引きちぎって，こう言った．「ああ，ユーピテル大神に誓って，これはなんとしたことでしょう．あの男が，あの渡り鳥が出帆するとは．本当に私の王国を軽蔑しきったのかしら．彼らは武器を準備しないのかしら．全都から追跡しないのか，他の者は造船所から船を引き出さないのか．進め．急いで火を運べ，槍を投げよ，櫓を早く漕げ．

　一体，私は何を言っているのかしら．ああ，不幸なディードーよ，今，

大　　意

　お前を嗟嘆させているのは，彼の不誠実な行為なのか．お前が彼に王権をゆずり渡そうとしていた頃には，この嘆きも似合っていたかも知れない．
　ああ，人々の噂は本当なのか．信じられるのかしら．彼が先祖代々の守護神を持って，トロイアから出国したという話は．老齢のため疲れ果てていた父親を彼が背負って脱出したという世間の噂は．(600) 私は彼の体を捕らえ，引き裂いて波の上にまきちらすことができなかったのかしら．彼の仲間たちを，いや，アスカニウス本人すら剣で切り殺し，父親の食卓に御馳走として出せなかったのかしら．
　しかし彼と戦っていたら，どちらが勝っていたかわからなかったでしょう，しかしそれでもよかったの．私はもう死を覚悟していたのだから，誰も恐れることはなかったのだわ．きっと敵の陣営に火を投げ込んでいたろうに．船の甲板を焔で満たしていたろうに．あの子も父親もあの民族と共に滅ばしていたろうに．そして彼らの死骸の上に私自身，身を投じていたろうに．
　太陽よ，地上のすべての現象を日光で照らし明かしているそなたよ，私のこれらの悩みの調停者であり証人である御身ユーノー女神よ，夜の三叉路で町中にひびく悲鳴によって嘆願されている精霊のヘカテーよ，(610) 復讐の女神たちディーラエよ，死んでいくディードーの霊魂よ．
　どうか，私のこの願いを叶え給え．私の不幸にふさわしい神慮を，私の不幸に向けて給われ．私の祈りを聞いて給われ．『よしたとい，あの呪うべき卑劣漢がイタリアの陸地に漂着し，港に上がることが必然であるとしても，そしてたといこれが，ユーピテル大神の意志で定まっているとしても，これが彼の終着道程としてしっかりと固定されているとしても，彼は大胆不敵な民族との戦いや武器で，苦しめられますように．領土から追放されますように，イウールスの抱擁すらもぎとられ，援軍を嘆願するように，そして身内の者たちの不当な葬儀を見るように．そして彼がたとい不平等な平和条約の下に身を明け渡すことになっても，王位と願わしい光を享受できませぬように．(620) そして定められた死期よりも早く倒れて，その亡骸も埋葬されず，荒地の中で野晒しになっていますように．』
　これが私の嘆願です．私のこの最期の声を血と共に吐き出します．それ

からお前たち，カルタゴ人よ，お前らは彼の子孫や一族を未来永劫に憎悪でもって責め苛めてくれ．

　この復讐を私の霊前に贈り物として供えてくれ．彼と私の民族との間にはいかなる愛情の交流も平和協定も成立しないように，私たちの子孫から，誰かが復讐者となって立ち現れんことを．その汝こそ，アエネアースの植民地を火と剣で追撃してくれるように．こうしていつか力がそなわったとき，そのときこそ敵の海岸には海岸で，敵の波に対して波で，武器に対しては武器で，私は嘆願する，お前たちが，お前たちの子々孫々まで戦わんことを．」

(630)　ディードーはこう言ってから，あらゆる面に配慮を払った．できるだけ早く，忌まわしい世の光を断ち切ろうとして．

　それからシュカエウスの乳母バルケに手短に言った．というのもディードー自身の乳母は昔の祖国の黒い土の中に埋葬されていたのである．「妹のアンナにここへ来るように伝えておくれ．そしてこう言っておくれ，急いで自分の体を川の水でみそぎをするように．そして私が生け贄として指示しておいた家畜を，自分の手でここに引いてくるようにと．こうした後で私の所にやってくるようにと言っておくれ．そしてお前自身は，祭儀用の飾りひも付きの鉢巻で額をおおってくれ．私は下界のユピエル大神に，典礼に則って準備を始めていた儀式をやり遂げたいと考えています．こうして諸々の心配を終わらせたいと．(640)　そしてトロイアの卑劣漢のための火葬堆に火をつけたいと考えています」

　ディードーはこう言った．乳母は老婆の熱意を見せて急いで立ち去った．しかしディードーは非常に恐ろしい決心のため，体は震え，気も狂い，血走った目をきょろつかせ，痙攣する両頬を一面に紅斑でおおい，目前の死のため蒼白となって，館の内部の敷居の扉を突然開けて中庭へ飛び出す．それから高い火葬堆の上に狂乱状態のまま登ると，アエネアースの剣を抜く．このような使用のためではなく，形見として貰っていた剣であったが．

　ここで彼女はトロイア人の衣服と熟知していた寝台をじっと見つめ，暫く涙を流し，物思いに耽り，ためらった後，夫婦の寝台の上に身を投げてから，最期の言葉を言った．(650)「運命と神が許してくれていた間だけ

大　　意

　甘美であったこのぬけがらよ，この私の魂を受け取ってくれ，私をこれらの苦悩から解放してくれ．私は生きた，運命から割り当てられていた道程を生き終えた．これから私は偉大な幽霊となって地下の世界へ行くだろう．私は名声赫赫たる都をうち建てた．私の城壁を見た．夫の復讐をした．夫の敵である兄弟を処罰して．幸福であった．ああ，本当に幸福でありすぎたろうに．もし私たちの海岸に，トロイア人の船が漂着してさえいなかったら」

　こう言って彼女は寝枕に顔を押しつけ「復讐をしないで，私は死にます」という．(660)「いいえ，私は死にたいのです．こうして，そうです，このまま，あの世へ行くのがいいのです．この火葬堆の火焔を海の上から，あの残忍なトロイア人が見て，目の中に呑み込むがいい．そして私の死を不吉な前兆として生涯持ち続けるがいい」

　彼女はこう言い終わっていた．こう言っている最中に剣の上にくずおれた彼女を従者たちが，見つけた時には．そして血の泡立つ剣先と血しぶきを浴びた彼女の両手を見たときには．
悲鳴が館の高い天井にとどろく．噂の女神は都全体を興奮させて突進する．

Ⅳ．584-666

Ovidius : Metamorphoses

Daedalus et Icarus（Ⅷ．183-235）

　そのうちダエダルスは，クレーテ島とそこでの長い追放生活をひどく憎悪し，生まれ故郷への郷愁につきうごかされながら，海の中に閉鎖されていた．「よしたとい，彼が陸路と海路を封鎖していても，天空はたしかに開かれているのだ．そこから我々は出て行こう．ミノス王はすべてを支配しているかも知れないが，空中だけは自分の思うままにできないのだ」と言った．

　彼はこう言って，前代未聞の技に向けて精神を傾注した．そして自然の

ラテン詩への誘い

形姿を改造したのである．(190)と言うのも彼は，一番短いのから始めて，順序正しく羽を並べ，長い羽の後に，次々と短い羽をつづけておき，坂道に羽が生えているかと思われるようにした．このように長さの違った葦の茎が低いのから順次，高い方へ立ち並んだ農村の葦笛が，今もときに見られる．

　息子のイーカルスは，父の傍に立っていた．そして今自分が手でさわっているものが，後で自分を危険に陥れるものとはつゆ知らず，好奇心で顔を輝かせ，ときには吹く風にゆらぐ羽をつかみ，ときには黄色い蜜蝋を指でさわって柔らかくし，自分のいたずらで父親の驚嘆すべき工作の邪魔をしていた．

(200)着手された工作品に最期の仕上げの手を加えると，工作者は，一対の羽の上で，自分の体の平衡を保ち，羽ばたいて宙に浮いた．

　父は息子に身支度をしてやりながらこういった「イーカルスよ，真ん中の道を進むように私は忠告する．あまりに低く飛んで，波しぶきで羽がぬれて重くならないように，もし高く飛びすぎると太陽の熱が羽を焼くだろう，そうならないように気をつけて，この両方の中間を飛べ．私は命令する．お前はBootesやHeliceの方（北方）を見ないように．そしてオリオン座の抜き身の方（南方）を見ないように．私を案内人として道を進め」と．それと同時に飛び方を教え，誰も見たことのない羽を息子につけてやる．

(210)老人は支度をし，忠告している間にも，頬は涙でぬれていた．そして父の手はふるえていた．父は息子に接吻をした．求めても，もう二度とできない接吻を．そして羽ばたき宙に浮くと先に飛び，後に続く息子を心配する．ちょうど親鳥が，羽の生えたばかりのひな鳥を高い巣からつれ出した時のように．そして後に続くように励まし，致命的な飛び方を教えて，自分の羽を動かし，息子の羽をふりかえる．

この二人を，ある釣り人が釣竿を振って，魚を釣りながら眺める，あるいは牧人が杖にすがり，耕作者が鋤の柄にもたれて眺め，唖然として口もきけない．あの二人は空を飛ぶことができるのだから，きっと神に違いないだろうと信じた．

大意

(220) こうして二人はもうユーノー女神の島サモスを右手に，(デロス島とパロス島はすでに後の方に残されていた)，そして左手にレピントゥス島を見ていた．そのとき子供は大胆不敵な飛翔を目指す欲望にかられて，より高い方へ道を求めた．太陽の灼熱の光に近づいて，少年の体に羽をしっかりと結びつけていた，かぐわしい蜜蝋が柔らかくなる．

　蝋がとけてしまっていた．彼は羽のなくなった裸の肩を振り動かす．翼を欠いた彼はいかなる空気もつかむことができない．

　父よ，父よと叫びつづける少年は，青い海の上に落ちて水中に沈んだ．その海は彼の名をとって「イーカルスの海」と呼ばれる．

　一方不幸な父は，もはや父ではなくなった父親は「イーカルスよ」と言った．「イーカルスよ」と言った．「お前はどこだ，どのあたり（地方）を探すと見つかるのか」「イーカルスよ」と言い続けていた．羽を海面に見つけた．父は自分の技倆を呪った．子供の死体を墓に埋めた．その土地は埋葬されたものの名前から「イーカルスの島」と呼ばれた．

Pygmalion（X. 243-297）

　この女たち（キュプロス島の女）が，恥ずかしい罪を犯しながら，生涯をおくっている姿を見て，ピュグマリオンは女の本性が女の心に与える多くの欠点に憤慨して，妻をめとらず独身で暮らし，長い間夫婦の寝床に配偶者を欠いていた．

　そのうち彼は幸運なことに驚嘆すべき技倆によって，雪の如く白い象牙の像を彫刻し，これにいかなる女も持って生まれることのできない美貌を与えた．そして彼は自分の作ったこの女人像に恋をしたのである．(250)その顔は本当の処女の顔であった．あなたはその像が本当に生きていると信じ，そして彼女は，慎み深さに邪魔されなかったら体を抱かれるのを欲していると思うことだろう．それほどまでに彼の技倆は彼の技倆自体によって隠されていたのである．ピュグマリオンは深く感動し，女像の肉体が発生させる情火を胸の中に呑み込む．

　彼はしばしば，自分の作品に手をふれ，それが肉体なのか，象牙なのか

— 269 —

と吟味する．そしていまだに，それが象牙だとは認めないのである．接吻
して，それが返されるものと思いこみ，話しかけ抱き，手足が指でさわら
れると沈むように思い，じっとおさえつけられると，四肢に青いあざがで
きるのではないかと恐れている．そしてあるときは，甘い愛の言葉を投げ
かけ，あるときは乙女の有難がる贈物を持ち帰る．(260) 貝やつややかな
小石や，可愛い小鳥，いろいろな色の花，百合の花，色彩豊かな毬，ポプ
ラの木から落ちるヘリアデースの涙（琥珀）を与える．彼はまた，彼女の
四肢を着物で飾り，指に宝石を，首に長い首飾りを与え，耳には軽い真珠
をぶらさげ，胸には髪飾りの細紐をたらした．なにもかも似合って美しい．
しかし裸の姿もこれに劣らず美しく思える．彼はこの裸像を，シドンの貝
の紫紅染めの寝台の上掛けの上に横たえる．夫婦の寝床の配偶者と呼び，
柔らかい羽毛の枕の上にその感触を喜ぶかのように，首をかたむけてのせ
る．

(270) キュプロス島全土で最も賑やかに祝われるウエヌス女神の祭日が来
ていた．曲がった角に金箔をかぶせた若い牝牛が，一撃の下に倒れて白い
首を投げ出していた．乳香が焚かれて煙っていた．そのときピュグマリオ
ンは供え物を捧げてから，祭壇の前に立ち，おそるおそる「神々よ，もし
あなた方はなんでも叶えて下さることができるのなら，象牙の処女を妻と
して下さいますようにと，私は祈ります」と敢えて言えなくて，「私の象
牙の女像に似た女を妻として下さいますように」と言った．黄金のウエヌ
ス女神は自分の祭りに自ら立ち会っていたので，ピュグマリオンの願いが
何を意味しているかを悟った．そして好意ある神の意志を示した．蝋燭の
炎が三度強く燃え上がって炎の先端が空中高く昇った．

(280) 彼が家に帰ると，自分の乙女の似像を抱き，寝床の上に横たえて接
吻をした．

　彼女が暖かくなってきたように思えた．唇を再び近づける．両手で胸に
さわる．さわられた象牙の胸が柔らかくなって，硬直を捨て，指の下で沈
み，そのままになっている．ちょうど，ヒュメットス山の蜜蝋が，太陽の
熱で柔らかくなると，指でいじられ，どんな目的にも役立つように，いろ
いろと多くの形に変わるように．

大　意

　ピュグマリオンは言葉を失って呆然となり，半信半疑で喜びながら，だまされているのではないかと恐れる．再びいとしい思いにかられ，再び自分の願ったものに手でふれる．それは体であった．親指にさわられた動脈はぴくぴくと動く．（290）そのとき，たしかに自分の愛の望みを達成させたパポスの英雄は，ウエヌス女神に感謝するために多くの言葉をおごそかに発表した．

　最後に自分の唇を本当の唇におしつける．すると処女が与えられていた接吻を感じて，赤くなり，おそるおそる目を光に向けて開き，空と同時に，恋人を見る．

　ウエヌス女神は，めあわせた二人の結婚式に出席した．それから弦月が9度目の満月を迎えたとき，彼女はパポスを生む．パポス島はこの子の名前からとられたのである．（X. 243-297）

Lucanus : Bellus Civile

1. 市民戦争の原因
（I. 67-97）

　このような歴史的大事件の原因を，私は解明してみようと考えた．そして夥しい書巻本を目の前で繙いた．何がローマ市民を狂気へかりたて，同志討ちへと追いやったのか．何がこのローマ世界から，平和を根こそぎ引き抜いたのか．

（70）それはお互いに関係する一つらなりの運命の嫉妬である．最高のものは，地位を長く保つことを拒否されるのが定めである．重大なものは，その度を超えた重さのため，その下敷きとなって崩壊する．そしてローマはその重さを自分で支えきれなかったのである．

　こうしてローマ世界の組織がばらばらに解きこわされ，この世の最期の日が，長い時代を終わらせたときには，再び太古の混沌が出現するだろう．すべての星は，星座を混乱させた星とぶつかり合うことだろう，光り輝く星座は海を目指して落ちるだろうし，陸地は海岸線を沖へひろげようとし

ないだろうし，海が海岸線を取り払うことだろう．月の女神ポエベーは，兄神アポロンに腹を立てて，反対の方向に進むことだろう．そして黄道帯を斜めによぎって二頭立て馬車を駆り立てることだろう，自分に兄の太陽の役を要求して．(80) そして国家の機関はすべて相反目し，世界は瓦解し，調和の法則をかき乱すことだろう．偉大なものは自分自身の上に倒れて崩れる．幸運に恵まれた境遇に対し，神々は繁栄にこの規正を課してきた．そこで運命の女神は，陸と海の覇権を握った国民に対して，自分が嫉妬する役を，ローマ以外の他のどの民族にも委託しなかったのである．

　三人の独裁者によって共有されたローマよ，お前こそもろもろの不幸の原因だ．そして曾て一人以上のものに任されたことのなかった独裁制の，致命的な三者協定こそが．おお，国家にとってなんと有害な一致協力よ，度を超えた野心によって盲目となった三者よ，三人が力を合わせて国家を治めることが，一体どうして共通の利益となると考えたのか．陸が海を，空が大地を支えている限り，(90) また太陽が長い努力によって自らを回転させている限り，そして夜が昼に従って，同じ数だけの天宮の中を運行している限り，共同して統治する者たちの間に，金輪際信頼はあり得ないし，どんな権力も共有されることに我慢ならないだろう．信じてくれ．このような運命の手本は，他のいかなる民族の中にも，また遠い昔に溯って求められる必要のないということを．

　ローマの最初の城壁は，兄弟の血で汚されたのだ．しかしそのときの大きな狂気の賞金は陸と海ではなかった，主君（独裁者）たちを戦わせたものはささやかな聖域（避難所）でしかなかった．

大　意

2. ポンペイユスとカエサル
（Ⅰ.129-157）

　両雄は並び立たず．一方のポンペイユスは老衰に向かって年齢が傾いていた．そして長い間，市民服を着なれて，静かに暮らしているうちに，平和の中で将軍としての本領を忘れていた．名声を求めて，民衆に見世物や贈物を提供し，全身が民衆の人気でつきうごかされていた．自分の建てた劇場内の拍手喝采で悦に入っていた．そして新しい軍勢を準備せず，以前の幸運を深く信じて疑わなかった．彼は偉大な名声の蔭として居残っていたのだ．ちょうど肥沃な農地の中に屹立する柏の木が，昔のローマ人の分捕り品や将軍たちの奉納品を枝にぶらさげているように立っている．だから，もはや頑丈な根で大地にしっかりと立っているのではなく，自らの重さで固定されているにすぎない．空一杯に裸の枝を広げているが，(140)葉でなく幹によって蔭をつくっている．しかし冬の最初の東南風が吹いてきたとき，倒れんばかりに頭をふっていても，周りの木々が，頑丈な強さを誇って高く聳えていても，唯一本，この柏の木があがめられているのだ．
　しかしカエサルの中には，ただ単に名前だけでなく，将軍として雷名もあった，のみならず，持ち場にずっと立っていることに我慢できない豪胆さがあり，戦わずして勝つことだけは，潔しとしなかった．
　鋭気と不撓不屈の精神を持ち，希望や憤怒が呼びかける所なら，どこへでも彼は武器を持ち運び，剣を血で汚すことも決していとわなかった．おのれの成功に汲々とし，神々の恩寵に専念し，最高の地位を求めている自分の邪魔をするものはなんでも (150) 排除し，滅ぼし，道を切り開いて喜んだ．
　それはちょうど雷光が，風によって雲の中から押し出されて，はじき飛ばされた大気の音と世界の破裂音と共にぴかっと光り，天空を裂き，おびえている民衆の体をふるわせ，ジグザグの光線によって，彼らをめくらとするように．稲妻は自分の領分の中でたけり狂い，いかなる物体も雷光がつきぬけるのを拒否できないので，落ちては多くのものを殺戮し，広くまき散らした光を集めて，また天に帰るときも，多くのものを打ち倒すのだ．

3. カエサル，ルビコン川を渡る
（Ⅰ. 183-232）

　カエサルは急行軍で凍てついたアルプスを越えていたとき，すでに心の中で，将来大きな擾乱と戦争の起こることを予想していた．

　小さなルビコン川の流れの傍までやってきたとき，将軍は夢の中で，恐れ震えている祖国ローマの巨大な幻影を，暗闇の中ではっきりと見た．彼女はこの上なく悲痛な顔をして，小塔状の王冠をかぶった頭の天辺から，白い髪をふりみだし，流れおちる髪をかきむしりつつ，両肩をはだかにして，カエサルの傍に立って，(190) 嘆息まじりの言葉を話しかける．「これから先，お前たちはどこへ行くのか，お前たちは私の旗を持ってどこへ向かうのか．兵士たちよ，もしお前たちが正当に進めるとしたら，もしお前たちがローマ市民であるならば，ここまでではないか，進むことが許されているのは」

　このとき突然，将軍の体の中を戦慄が走った．髪は逆立った．弱気が全身をおしとめ，川岸の先端で両足を釘付にした．

　しばらくしてカエサルは言った．「おお，偉大なる都の城壁を，タルペイヤの崖から見ている雷神よ，ユーリウス氏の先祖のトロイアの守護神よ，天空にさらわれたクゥイリーアスの秘技よ，高きアルバ山に住むラティウムのユーピテルよ，ウェスタ女神のかまどよ，最高の神に匹敵するローマの女神よ，どうか私の企てに御加護を給われ．(200) 私は御身に対し国賊として，狂気の武器を向けているのではない．さよう，今私がここにいるのは，陸と海の勝利者としてのカエサルなのだ．どこにいようと，私はあなたの兵士なのだ（もしこういうことが許されるならば）今でもあなたの兵士だ．私を御身の敵たらしめようとしているのは彼である．彼こそ御身に対し罪を犯そうとしているのだ」

　こうして彼は戦争の遅延を断ち切り，水嵩の増していた川を渡り，急いで軍旗を進めた．それはちょうど獅子が灼熱のリビアの焼けただれた土地で，敵をすぐそばに見ながら，うずくまって，折りをうかがい全身に怒りを秘めている．やがて狂暴な尻尾を鞭として自らを鼓舞し，たて髪を立て，

大意

　大きな口を開けて太く低いうなり声を発して，(210) もしそのときマウリ族の軽装兵の投げた槍が突き刺さると，あるいは猟槍が広い胸を襲うとき，武器に向かって突進し，かくも深い傷をものともせず脱出する．そのようなときの獅子の如く．
　赤いルビコン川は，小さな源泉から流れ落ち，僅かな水量で速く流れている，暑い夏が燃えていたときは．そして谷底を通ってゆっくりと進み，確かな境界線として，ガリア人の土地とイタリア人の植民地とを区切っている．
　だがそのときは，冬が水の力を増大させていた．そして古い月をはらんだ弦をもって，雨を告げる三日目の新月と，そして雨をふくんだ東南風で雪のとけたアルプスが，川の水嵩をふやしていた．(220) 最先に騎兵隊が川上で水流を防ぐために，斜めに川を横切って並列する．それからその他の大勢の兵士が，いまや水勢の殺がれた，緩い流れの川の中を，渡河し易い浅瀬で突破した．
　カエサルは急流を制圧して対岸に着き，侵入を禁じられていたイタリアの土地に立つとこう言った「ここで，ここから私は敵との講和と，敵に冒涜された正義とを放棄するのだ．運命の女神よ，御身のあとに従う，いまや平和条約を遠く放り捨ててしまえ．私は運を天に任す，戦争を審判者とせねばならぬ．」
　こう言って指揮官は，きびきびと立ち回り夜の闇の中で，軍隊を急がせる．バレアレス族の撚り合わされた革ひもをつけた投石器隊が先に立ち，その背後から，パルティア族の弓兵隊を送る．そしてまわりを威圧しながら，近くのアルミヌムに侵入する．そのときはもう，星が金星だけを残して，太陽の光から逃げようとしていた．

略 語 表

abl. abs	絶対奪格		接	接続法
abl.	奪格		属	属格
acc.	対格			
cett.	その他の校訂本		**タ行**	
cf.	参照せよ		他	他動詞
dep.	デポネンティア		対	対格
f.	女性		単	単数
gen.	属格		奪	奪格
inf.	不定法		直	直接法
loc.	地格		動形	動形容詞
m.	男性		動名	動名詞
n.	中性			
pl.	複数		**ハ行**	
sg.	単数		不	不定法
sp.	spinum		不句	不定法句
			副	副詞
カ行			分	分詞
完	完了			
完分	完了分詞		**マ行**	
形	形容詞		未	未来
現	現在		未完	未完了過去
現分	現在分詞		未来完	未来完了
古	古ラテン語		未分	未来分詞
			名	名詞
サ行				
自	自動詞		**ヤ行**	
受	受動相		与	与格

索　引
人　名

Annaeus Mela　207
Asinius Pallio　175
Augustus 帝　42, 51, 54, 135, 175, 194
Brutus　97
Caesar　50, 51, 97, 121, 207, 209
Cato（大）　28
Cato（小）　207
Catullus　51, 76ff., 165
Cicero　161
Claudia　45
Claudius 帝　61
Cleopatra　59
Clodia　76
Clodius Pulcher　76
Crassus　209
Ennius　24, 47
Epicuros(rus)　161, 171
Erasmus　28
Eusebios(us)　161
Florus　56
Gallus　175
Goethe　135
Hadrianus 帝　51, 55
Heluia Prima　45
Hieronymus　161
Horatius　i, 97ff., 121, 175
Joyce, James　197
Julia (Caesaris)　209
Julia (Augusti)　194
Lucanus　50, 207ff.
Lucretius　161ff.
Maecenas　54, 97, 121, 135, 194
Memmius　83, 165
Messalla　121, 194

Metellus Celer　76
Naevius　46
Nero 帝　49, 50, 207
Orbilius　97
Ovidius　121, 194ff.
Pacuvius　48
Petronius　51, 63ff.
Plautus　7, 12, 47
Plinius（大）　116
Plinius（小）　56
Pollio, Asinius　175
Pompeius　207, 209
Pound, Ezra　135
Propertius　19, 121, 135ff., 194
Quintilianus　1, 25, 121
Schiller　135
Scipio Barbatus　44
Scipio（大）　47
Seneca　49, 51, 57ff., 207
Tennyson　1
Terentius　7
Tibullus　121ff., 194
Traianus 帝　56
Varus　175
Vergilius　i, 1, 17, 20, 23-25, 48, 97, 175ff.

文法項目

(本巻中のすべての該当箇所を網羅したものではない)

A

ablative → 奪格
ablative absolute 65, 92, 104, 132, 144, 151, 158, 182, 186, 198, 206, 214, 220, etc.
accent 4, 5, 24f.
 pitch ～ 4
 stress ～ 4
accusative → 対格
asyndeton 38, 164, 169
attraction 79, 92, 152, 203

B

文法的（性数格の）一致（accordance） 110, 118, 143, 178, 187
分詞構文 111, 152, 164, 172, 216, 221
母音
 1. 一つの母音が一音節を形成 1
 2. 複母音も一音節を形成．但し複母音は二音節を形成することもある 2
 3. 長母音と短母音 6
 4. 長母音又は複母音を含む音節，短母音を含む音節
   → 音節
 5. 語末母音省略 → elision
 6. 母音接続 → hiatus
 7. 母音交替 15

C

caesura 19
地格（locative） 47, 181
 cf. 場所の奪格 abl. loci → 奪格
collective singular 106

D

dative → 与格
奪格（ablative）
 起源の ～（originis） 44, 220
 限定・観点の（limitationis） 106, 182, 218
 原因・理由の（causae） 36, 58, 87, 104, 125, 144, 149, 182, 212, etc.

— 278 —

索　引

手段の (instrumentalis)　33, 34, 35, 38, 49, 60, 65, 104, 181, 215, etc.
素材の (materiae)　143
随伴の (comitativus)　125, 133, 154, 170, 215, 221
性質の (qualitatis)　57, 179
時(間)の (temporalis)　37, 82, 109, 138, 181, 221
場所の (loci) 詩の中で，前置詞なしでよくあらわれる．　46, 112, 116, 125, 127, 139, 167, 178, 182, 199, 200, 203, 204, 220, etc.
比較の (comparationis)　87, 145, 181
分離の (separativus)　120, 132, 153, 169, 178, 209
仕方の (modi)　45, 46, 85, 114, 143, 192, 193, 218, etc.
　　abl. 支配の形容詞　173, 181
　　　　　　　　動詞　34, 91, 106, 150, 205
同格 (apposition)　82, 105, 110, 112, 182, 211, 219
動形容詞 (gerundivum)　32, 39, 80, 171, 189, 198, 215, 221
動名詞 (gerundium)　38, 114, 138, 173, 182, 211

E

elegeia　18
elegiac distich (couplet)　18, 48, 49, 51, etc.
elegiac pentameter　18
elision　22, 23
enclitic　6
epigramma　51
epitaphium　42

F

不定法 (infinitive)　29, 36, 41, 61, 126, 139, 140, 145, 168, 206, 215, 218
不定法句 (accusativus cum infinitivo)　33, 41, 107, 127, 131, 134, 138, 154, 155, 168, 179, 182, 197, 215, 218, etc.

G

願望文　33, 180, 187, 190, 191, 193, 205
genetive → 属格
合成語　3, 6, 14

H

hendecasyllabic　77, 78f.
hendiadys　92
hexameter　1, 16, 28f.

— 279 —

dactylic ～　17
　spondaic ～　17
非人称的表現・非人称動詞　179, 190, 212, 221
hiatus　23
historical present　94, 178, 200, 209
historical infinitive　214, 215
補足不定法　40, 64, 83, 85, 126, 150, 164, 168, 191, 199, 209, 210, 211, etc.
hypermetron　191

I

一致 → 文法的一致
ictus　24, 25
infinitive → 不定法
inscriptiones　42
一般的二人称の接続法　167, 203

J

冗語・冗語的表現 → pleonasm
譲歩文　138, 149, 190, 197
時間文　94, 109, 118, 131, 169, 173, 178, 186, 199, 205, 210, etc.
条件文　82, 91, 93, 125, 139, 140, 146, 154, 169, 170, 179, 189, etc.

K

格言的完了（gnomic perfect）　154, 211, 214
関係文　125, 168, 169, 191, 215
間接疑問文　34, 37, 38, 40, 46, 52, 53, 108, 109, 119, 182, 204, 209
傾向・結果文　169, 197
呼格（vocative）　80, 81, 82, 84, 87, 95, 116, 155, 205

L

liaison　20, 21
locative → 地格

M

命令・禁止文　28, 30, 32, 33, 38, 125, 140, 191, 192
目的文
　名詞的 ～　36, 151, 198, 199
　副詞的 ～　35, 38, 48

索　引

O

音節とその音量　1
 1. 音節の区切り方　1
 2. 単音節語（例, orbs）と多音節語（例, caelicola）　5
 3. 長母音や複母音を含む音節の音量は，本質的に（naturā）長（重）い　8
  lēgēs（－－）ただし位置によって（posĭtū），短（軽）くなることもある（例）
  flētus（－⏑）→ fleō（⏑－）　8
 4. 短母音を含む音節の音量は本質的に短（軽）い（例）tabula（⏑⏑⏑）　8
  ただし位置によって長（重）くなることもある（例）per（⏑）→ perdo（－－）　9
 5. 短母音が次の2子音の前にくるとき，（位置によって）この短母音節の音量が長
  （重）とならないで，長短（重軽）共通となることがある．その2子音は黙音＋流音で
  ある（例）tenebrae（⏑≏－）　9
 6. 語末の音節について　10, 11
  (a) 多音節語の場合
   ⅰ. 母音 a, e で終わる音節の音量は短（軽）い（例）terra（－⏑）age（⏑⏑）　10
   ⅱ. i, o, u で終わる音節の音量は長（重）い（例）domini（⏑⏑－）amo（⏑－）
    cornu（－－）　11
   ⅲ. 子音（c, l, m, n, r, s, t）で終わる音節の音量は短（軽）い（例）consul（－⏑）
    amabam（⏑－⏑）　12, 13
  (b) 短音節語の場合
   ⅰ. 母音で終わる音節の音量は長（重）い（例）dō, tū　13
   ⅱ. 子音で終わる音節の音量も長（重）い（例）mos（－）sol（－）　14

P

particle　14
pause　24
pleonasm　65, 91, 180, 187
prolepsis　126
poetic licence　15, 104, 120, 183, 198
　~ plural（= rhetorische Plural）　149, 178, 193, 204, 206

R

理由文　167, 200, 205
朗誦　20, 21

S

scan, scansion　1, 15, 16, 17. passim
scazon →詩型

― 281 ―

詩型　16
　elegiac couplet　18
　〜 pentameter　18
　hendecasyllabic　77
　hexameter　15
　dactylic 〜　17
　spondaic 〜　17
　scazon　77, 78, 84
　stropha　98
子音　2, 3, 9
　1. 1子音が二つの母音にはさまれるときの一音節の形成　2
　2. 2子音が一つの母音につづくときの一音節の形成　2
　3. 黙音（p, t, c, b, d, g）またはf＋流音（l, r）の2子音は，1子音とみなされてscanされる　2
　4. 3.の2子音の前の音節の音量　9
　5. sc, squ, sp, st, ps, gn 及び二重子音も1子音とみなされる　2
　6. その他ギリシア語系の2子音の結合について　3
　7. 一つの母音と3子音の結合　3
詩脚　16
　iambic　16
　trochaic　16
　spondaic　16
指小辞（diminutive）　80
stropha　98f.
　Alcaia　100
　Archilochia　98
　Asclepiadea　99
　Sapphica　101
syllaba anceps　9

T

対格（accusative）
　感嘆の　168
　限定・観点の　128, 134, 149, 151, 157, 164, 170, 187, 192, 193, 205
　二重対格　30, 138, 156, 182
　同族の（中性の内的目的語）　43, 87, 218, 220
　広がりの　153
　対格主語　41, 88, 167, 182

索　引

V

vocative → 呼格

Y

与格（dative）
　共感の（sympatheticus）　68, 92, 94, 116, 138, 159, 179
　行為者の（auctoris）　32, 36, 80, 85, 92, 181
　判断者の　36, 61, 145
　分離の　92, 95, 125
　目的の　67, 154
　目的地の（運動動詞と共に）　151, 159, 190
　利害関係の（commodi）　41, 70, 87, 113
　形容詞と　44, 151, 204, 211, 220
　動詞と　87, 181, 198, 206, 215, 220

Z

絶対（的）奪格→ abl, abs
絶対的主格　63
zeugma　105
属格（genitive）
　価格の（pretii）　80
　限定の　111
　目的の（objectivus）　37, 46, 95, 199, 203
　所有の　38, 86, 92, 130, 170
　主語的（subjectivus）　243
　性質の（qualitatis）　138, 204, 211
　部分の　41, 116, 127, 173
　説明の　139
　理由・原因の　180
属格支配の形　106, 107, 131, 173, 211, 220

あとがき

　本書を読み終えた読者が，これと定めた詩人の原典を本格的に読まれるさい，できるだけ多くの註釈書を手元におかれるように．孤独な書斎に，古今東西の古典学者を招聘し，賑やかに意見の交換ができるからです．
　本書の文法的説明には 2 巻本の Leumann（I）-Hofmann-Szantyr（II）と 3 巻本の Kühner-Holzweissig（I）-Stegmann（II．2Bde）を用いました．前者はラテン語史という広い視野からラテン語のあらゆる相（古・古典・俗・キリスト教・中世ラテン）の，文法と文体を考察しているのに対し，後者は，古・古典ラテン語の文献からの引用例が実に豊富で，索引も極めて精緻です．しかし若い読者はまだ持っておられないと思いましたので，止むなく，MK から典拠や用例をあげました．これを了とされますように．なお，本書に関して抱かれた質疑は，下記の住所あてにお送り下されば，応答します．「また楽しからずや」
　本書の出版は，大学書林の佐藤政人氏のいつもながらの御厚情によるもので，悉なく厚くお礼を申し上げます．最後に友人の佐野正信氏に感謝の言葉を述べておきます．今回も悪筆の私の原稿を入力してもらい，厄介な scansion の図示もきれいに処理していただきました．

國原吉之助
〒463-0001　名古屋市守山区上志段味字東谷 2109-302

著者紹介

国原吉之助［くにはら・きちのすけ］名古屋大学名誉教授（西洋古典学）

1926年広島県生まれ。京都大学文学部卒業。著書に『新ラテン文法』（共著），『新版 中世ラテン語入門』，『古典ラテン語辞典』など。訳書として，岩波文庫に，タキトゥス『年代記』，スエトニウス『ローマ皇帝伝』，ペトロニウス『サテュリコン』など。講談社学術文庫に，カエサル『内乱期』，『ガリア戦記』，『プリニウス書簡集』がある。

目録進呈　落丁本・乱丁本はお取替えいたします。

平成21年2月28日　　Ⓒ第1版発行

ラテン詩への誘い

編著者　國原吉之助

発行者　佐藤政人

発　行　所

株式会社　大学書林

東京都文京区小石川4丁目7番4号
振替口座　00120-8-43740
電話　(03) 3812-6281～3番
郵便番号112-0002

ISBN978-4-475-01886-9　　TMプランニング・横山印刷・牧製本

大学書林
語学参考書

著者	書名	判型	頁数
國原吉之助 編著	新版 中世ラテン語入門	Ａ５判	320頁
國原吉之助 著	古典ラテン語辞典	Ａ５判	944頁
タキトゥス 田中秀央 訳注 國原吉之助	ゲルマーニア	新書判	152頁
小林 標 著	独習者のための 楽しく学ぶラテン語	Ａ５判	306頁
小林 標 編著	ラテン語文選	Ｂ６判	224頁
有田 潤 編	ラテン語基礎1500語	新書判	130頁
セネカ 山敷繁次郎 訳注	幸福な生活について	新書判	116頁
藤井 昇 訳注	マールティアーリス詩選	新書判	72頁
有川貫太郎他 編訳	現代ラテン語会話	Ｂ６判	254頁
古川晴風 編著	ギリシャ語辞典	Ａ５判	1332頁
プラトーン 田中秀央 訳注	クリトーン	新書判	108頁
真下英信 著	ペリクレスの演説	Ａ５判	244頁
細井敦子他 訳注	リューシアース弁論選	Ａ５判	176頁
古川晴風 訳注	ヘーローイデース殺し	Ｂ６判	120頁
古川晴風 訳注	嵐とパイエーケス人の国	Ｂ６判	160頁
福田千津子 著	現代ギリシャ語入門	Ａ５判	226頁
福田千津子 編	現代ギリシャ語基礎1500語	新書判	110頁
福田千津子 編	現代ギリシャ語常用6000語	Ｂ小型	376頁
福田千津子 編	現代ギリシャ語会話練習帳	新書判	238頁
大井一徹 著	ポケット現代ギリシャ語会話	新書判	220頁
福田千津子 編	現代ギリシャ語動詞変化表	新書判	134頁
八木橋正雄 著	現代ギリシャ語の基礎	Ａ５判	246頁

―目録進呈―

大学書林
語学参考書

著者	書名	判型	頁数
島岡　茂著	フランス語統辞論	Ａ５判	912頁
島岡　茂著	フランス語の歴史	Ｂ６判	192頁
島岡　茂著	古フランス語文法	Ｂ６判	240頁
島岡　茂著	古プロヴァンス語文法	Ｂ６判	168頁
工藤　進著	南仏と南仏語の話	Ｂ６判	168頁
多田和子著	現代オック語文法	Ａ５判	296頁
瀬戸直彦著	トルバドゥール詞華集	Ａ５判	376頁
多田和子編	オック語会話練習帳	新書判	168頁
佐野直子編	オック語分類単語集	新書判	376頁
工藤　進著	ガスコーニュ語への旅	Ｂ６判	210頁
多田和子編	ガスコン語会話練習帳	新書判	192頁
田澤　耕著	カタルーニャ語文法入門	Ａ５判	250頁
大高順雄著	カタロニア語の文法	Ａ５判	648頁
中岡省治著	中世スペイン語入門	Ａ５判	232頁
出口厚実著	スペイン語学入門	Ａ５判	200頁
寺﨑英樹著	スペイン語文法の構造	Ａ５判	256頁
三好準之助著	概説アメリカ・スペイン語	Ａ５判	232頁
浅香武和著	現代ガリシア語文法	Ｂ６判	220頁
池上岑夫著	ポルトガル語文法の諸相	Ｂ６判	246頁
池上岑夫著	ポルトガル語とガリシア語	Ａ５判	216頁
池上岑夫著	SE 考―ポルトガル語のSEの正体を探る―	Ｂ６判	168頁
彌永史郎著	ポルトガル語発音ハンドブック	Ｂ６判	232頁
小林　惺著	イタリア文解読法	Ａ５判	640頁

―目録進呈―

大学書林
語学参考書

伊藤太吾著	ロマンス語概論	Ａ５判	296頁
島岡　茂著	ロマンス語比較文法	Ｂ６判	208頁
伊藤太吾著	ロマンス語ことわざ辞典	Ａ５判	464頁
伊藤太吾著	ロマンス語基本語彙集	Ｂ６判	344頁
伊藤太吾著	ロマンス語比較会話	Ａ５判	264頁
伊藤太吾著	やさしいルーマニア語	Ｂ６判	180頁
伊藤太吾著	スペイン語からルーマニア語へ	Ｂ６判	228頁
伊藤太吾著	フランス語からスペイン語へ	Ｂ６判	224頁
伊藤太吾著	イタリア語からスペイン語へ	Ｂ６判	298頁
伊藤太吾著	スペイン語からカタルーニア語へ	Ｂ６判	224頁
伊藤太吾著	ラテン語からスペイン語へ	Ｂ６判	260頁
伊藤太吾著	スペイン語からガリシア語へ	Ｂ６判	296頁
富野幹雄著	スペイン語からポルトガル語へ	Ｂ６判	224頁
富野幹雄著	ポルトガル語からガリシア語へ	Ｂ６判	248頁
工藤康弘・藤代幸一著	初期新高ドイツ語	Ａ５判	216頁
塩谷　饒著	ルター聖書	Ａ５判	224頁
古賀允洋著	中高ドイツ語	Ａ５判	320頁
浜崎長寿著	中高ドイツ語の分類語彙と変化表	Ｂ６判	176頁
高橋輝和著	古期ドイツ語文法	Ａ５判	280頁
石川光庸訳著	古ザクセン語 ヘーリアント(救世主)	Ａ５判	272頁
藤代幸一・他著	中世低地ドイツ語	Ａ５判	264頁
渡辺格司著	低ドイツ語入門	Ａ５判	202頁
浜崎長寿著	ゲルマン語の話	Ｂ６判	240頁

―目録進呈―

大学書林 語学参考書

著者	書名	判型	頁数
小泉 保 著	改訂 音声学入門	A5判	256頁
小泉 保 著	言語学とコミュニケーション	A5判	228頁
下宮忠雄 編著	世界の言語と国のハンドブック	新書判	280頁
佐藤知己 著	アイヌ語文法の基礎	A5判	416頁
小泉 保 著	現代日本語文典	A5判	208頁
大城光正 吉田和彦 著	印欧アナトリア諸語概説	A5判	392頁
千種眞一 著	古典アルメニア語文法	A5判	408頁
湯田 豊 著	サンスクリット文法	A5判	472頁
上田和夫 著	イディッシュ語文法入門	A5判	272頁
栗谷川福子 著	ヘブライ語の基礎	A5判	478頁
千種眞一 著	ゴート語の聖書	A5判	228頁
勝田 茂 著	オスマン語文法読本	A5判	280頁
小沢重男 著	蒙古語文語文法講義	A5判	336頁
津曲敏郎 著	満洲語入門20講	B6判	176頁
小泉 保 著	ウラル語統語論	A5判	376頁
池田哲郎 著	アルタイ語のはなし	A5判	256頁
黒柳恒男 著	アラビア語・ペルシア語・ウルドゥー語対照文法	A5判	336頁
森田貞雄 著	アイスランド語文法	A5判	304頁
児玉仁士 著	フリジア語文法	A5判	306頁
塩谷 亨 著	ハワイ語文法の基礎	A5判	190頁
森田貞雄 三川基好 小島謙一 著	古英語文法	A5判	260頁
河崎 靖 フレデリック 著	低地諸国(オランダ・ベルギー)の言語事情	A5判	152頁
斎藤 信 著	日本におけるオランダ語研究の歴史	B6判	246頁

― 目録進呈 ―

大学書林
語学辞典

著者	書名	判型	頁数
黒柳恒男著	新ペルシア語大辞典	Ａ５判	2020頁
土井久弥著	ヒンディー語小辞典	Ａ５判	470頁
野口忠司著	シンハラ語辞典	Ａ５判	800頁
三枝礼子著	ネパール語辞典	Ａ５判	1024頁
坂本恭章著	カンボジア語辞典	Ａ５判	560頁
小野沢純 本田智津絵 編著	マレーシア語辞典	Ａ５判	816頁
尾崎義・他著	スウェーデン語辞典	Ａ５判	640頁
古城健志 松下正三 編著	ノルウェー語辞典	Ａ５判	848頁
古城健志 松下正三 編著	デンマーク語辞典	Ａ５判	1014頁
千種眞一編著	ゴート語辞典	Ａ５判	780頁
松山納著	タイ語辞典	Ａ５判	1306頁
松永緑彌著	ブルガリア語辞典	Ａ５判	746頁
直野敦著	ルーマニア語辞典	Ａ５判	544頁
大野徹著	ビルマ(ミャンマー)語辞典	Ａ５判	936頁
小沢重男編著	現代モンゴル語辞典(改訂増補版)	Ａ５判	974頁
武内和夫著	トルコ語辞典(改訂増補版)	Ａ５判	832頁
荻島崇著	フィンランド語辞典	Ａ５判	936頁
今岡十一郎編著	ハンガリー語辞典	Ａ５判	1152頁
田澤耕編著	カタルーニャ語辞典	Ａ５判	1080頁
三谷惠子著	ソルブ語辞典	Ａ５判	868頁
前田真利子 醍醐文子 編著	アイルランド・ゲール語辞典	Ａ５判	784頁
児玉仁士編	フリジア語辞典	Ａ５判	1136頁
加賀谷寛著	ウルドゥー語辞典	Ａ５判	1616頁

―目録進呈―